U0463493

笑看诗人在线聊天——品唐诗

天作岸我为峰

不负少年郎

上

赵集广 编著

黑龙江少年儿童出版社

图书在版编目 (CIP) 数据

天作岸我为峰 不负少年郎 笑看诗人在线聊天：品
唐诗：全2册 / 赵集广编著 . -- 哈尔滨：黑龙江少年儿
童出版社，2024.6
ISBN 978 - 7 - 5319 - 8608 - 9

I. ①天… Ⅱ. ①赵… Ⅲ. ①唐诗 - 鉴赏 - 青少
年读物 Ⅳ. ① I207.227.42 - 49

中国国家版本馆 CIP 数据核字 (2024) 第 112167 号

天作岸我为峰 不负少年郎 上

TIAN ZUO AN WO WEI FENG BU FU SHAONIANLANG SHANG

赵集广 编著

出 版 人：薛方闻
责任编辑：李昶 高彦
设计制作：华宇传承
出版发行：黑龙江少年儿童出版社
　　　　　（黑龙江省哈尔滨市南岗区宣庆小区 8 号楼 150090）
网　　址：http://www.lsbook.com.cn
经　　销：全国新华书店
印　　刷：文永印刷河北有限公司
开　　本：710 mm × 1000 mm 1/16
印　　张：10.75
字　　数：157 千字
书　　号：ISBN 978 - 7 - 5319 - 8608 - 9
版　　次：2024 年 6 月第 1 版
印　　次：2024 年 6 月第 1 次印刷
定　　价：98.00 元（全二册）

前言

这些年，大家似乎非常热衷捧读唐诗、趣谈诗人，可是，名气再大的诗人，在漫长的历史长河中也不过是一个个小人物。至多就是发了一条朋友圈，然后便消失在历史的汪洋大海中。至于诗坛名家的佳作，很多孩子虽然背熟了，但却似懂非懂。

那么，有没有一套书，可以让孩子一看就来劲、一读就爆笑、一诵就过目不忘呢？这套《天作岸我为峰 不负少年郎》，以独特新颖的视角，用诙谐、幽默的语言，搞笑、风趣的漫画，带孩子循着 15 位诗人的足迹，走入真实的唐诗世界，还原出一个个血肉丰满的人物。

这套书以诗人为经，诗作为纬，就像穿越到唐朝一样，编织出一幅让孩子看得懂，也愿意看的鲜活画作。翻开这套书，孩子会在哈哈大笑中理解唐诗背后的诗意与深意，体会到诗人有悲壮、有传奇、有无奈，以及跟你我一样，有柴米油盐的生活。

现实主义唐诗是我国文学史中的一个重要组成部分，它们像镜子一样反映了社会现实和人民生活。杜甫、白居易、杜牧、刘禹锡、陈子昂都是现实主义诗人的杰出代表，他们生活于唐朝的不同时期，将他们的人生和诗作串联在一起，就是一部宏大的大唐史诗。除了现实主义诗作的厚重之外，在这本书中还能欣赏到王维的清静幽远和高适的大气雄浑，零距离感受唐诗的多彩魅力。

小小少年，怎能不学诗？小小少年，怎能不学史？这套书就像一粒种子，会在孩子的心里生出无数的枝桠：透过诗人的关键事件，感悟人生百态；在沉浸式小剧场中，养成宽广的胸襟；在精选的文学常识中，培养大语文的思维习惯。

被古诗滋养的孩子，得到的不仅仅是诗情和文采，更是一个心灵和另一个心灵的对话，一个生命对另一个生命的感悟。那些遥远的面孔，从未如此鲜活；那些经典的诗篇，始终动人心弦、闪耀星空！

杜甫

刘禹锡

目录

杜甫

"高开低走"的跌宕人生
——诗圣杜甫

他，出身豪门，年少轻狂；人到中年，写尽人生辛酸——科举落榜、家道中落；安史之乱后，辗转流亡，穷困潦倒，他就是人生高开低走的杜甫。

唐代伟大的现实主义诗人

别名：诗圣、杜少陵、杜工部、杜拾遗、杜草堂

生卒年代：712年－770年

出生地：河南巩县(今河南巩义)

字号：字子美，号少陵野老

杜甫的好友列表

职场上司
唐玄宗李隆基
唐肃宗李亨
唐代宗李豫

特别关注
祖父杜审言
父亲杜闲
妻子杨氏
儿子杜宗武
弟弟杜颖、杜观
舅舅崔沔

星标朋友
李白
岑参
高适
严武
贾至
房琯

特殊关系
狱友王维

兴趣标签
张垍
苏源明
王倚

他的关注
李龟年
公孙大娘

黑名单
李林甫

出生就拥有一手好牌

公元 712 年，大地沉睡，月光如洗。在洛阳的一个儒学世家，诞生了一名男婴。他就是被后人称为"诗圣"的杜甫。同样是这一年，年轻有为的唐玄宗登基了。

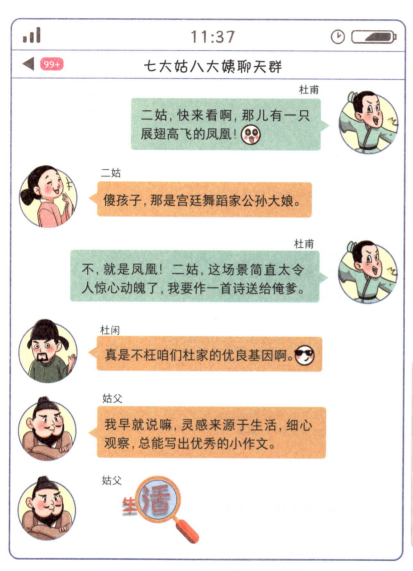

① 我国古代人并不像现代人按照周岁来计算年龄，而是在出生时就计为 1 岁，例如杜甫出生于 712 年，卒于 770 年，应该享年 58 岁，但《新唐书》史书记载是"年五十九"。因此本书中出现的所有人物年龄都要比实际周岁大 1 岁左右。

都说出名要趁早，杜甫 7 岁时 ① 那次经历，让他灵感大发，写下处女作，被众人视为"神童"。然而因年代久远，作品现已失传。好在有史料可以佐证，如他在《壮游》中曾言："七龄思即壮，开口咏凤凰。"自此，杜甫便开始凭借他的文学禀赋在文化圈里初露尖尖角。杜甫不仅自身天资聪颖，祖辈也非文即武，完全就是妥妥的人生赢家。

有一段时间，处于青春期的杜甫对当时的填充式教育充满了抵触情绪，心里只想着：世界那么大，我要去看看！

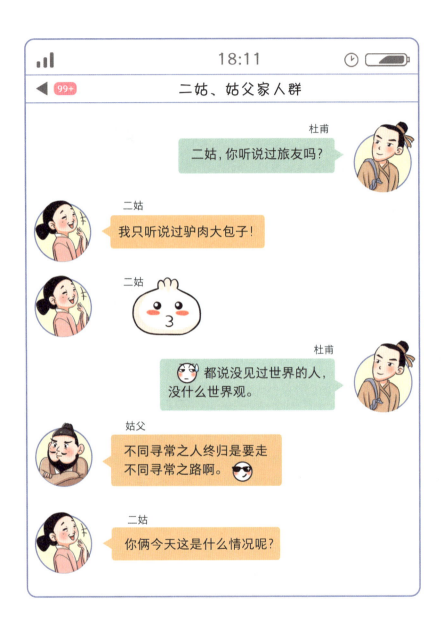

人生就是一场说走就走的旅行。19岁那年，杜甫开始了人生的第一次漫游，首选之地是当时盛产诗人的吴越。那时的读书人往往会有那么一段或长或短的漫游时期，说白了就是给自己的生活找条出路。当他们站在自己偶像所歌咏的地方举目远眺时，似乎瞬间就有了让自己继续"努力"的动力。

不过，在大唐时代，文人要想在茫茫人海中脱颖而出还得走科举考试这条千军万马过独木桥的路，就算你是富二代、官二代也不会对你开绿灯。开元二十四年（736年），25岁的杜甫背负着整个家族的期望参加了人生的第一次大考——科举考试，结果却很残酷——落榜！

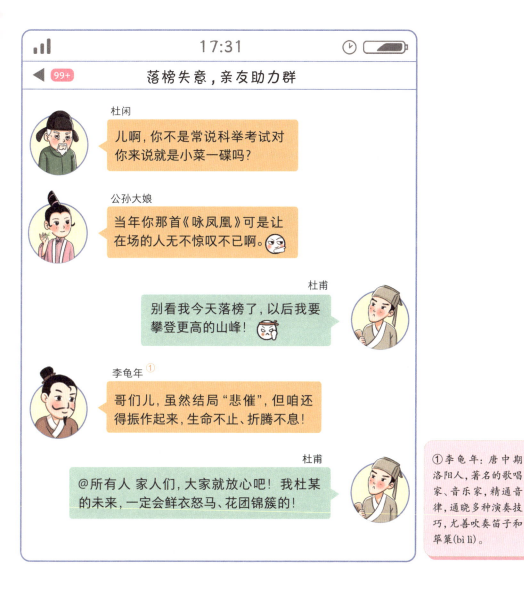

落榜失意，亲友助力群

杜闲
儿啊，你不是常说科举考试对你来说就是小菜一碟吗？

公孙大娘
当年你那首《咏凤凰》可是让在场的人无不惊叹不已啊。

杜甫
别看我今天落榜了，以后我要攀登更高的山峰！

李龟年①
哥们儿，虽然结局"悲催"，但咱还得振作起来，生命不止、折腾不息！

杜甫
@所有人 家人们，大家就放心吧！我杜某的未来，一定会鲜衣怒马、花团锦簇的！

①李龟年：唐中期洛阳人，著名的歌唱家、音乐家，精通音律，通晓多种演奏技巧，尤善吹奏笛子和筚篥(bì lì)。

此时的杜甫一没哭天喊地，二没怨爹怨娘，他相信自己永远会勇敢地走下去。不久，他就整理好心情，继续将不羁的漫游生活提上了日程。

次年，杜甫便与好哥们儿苏源明①一起来到齐赵平原，第二次漫游。好在他的父亲当时正在兖州②做司马③，有这样一位可靠的父亲，他才得以在此过了四五年"裘马轻狂"的快意生活。一日，爷俩放怀把酒后，他又背起行囊来到泰山脚下。看到眼前雄伟磅礴的风景，情不自禁地创作了《望岳》一诗："岱宗夫如何？齐鲁青未了。造化钟神秀，阴阳割昏晓。荡胸生曾云，决眦入归鸟。会当凌绝顶，一览众山小。"

此时的杜甫胸怀济世安民之壮志，心里满是沸腾和燃烧的小种子，正如他在《奉赠韦左丞丈二十二韵》中所言："致君尧舜上，再使风俗淳"，要闯就要闯世界最高的高峰！可是，眼前这个傲视一切、雄心壮志的热血男儿却不知道，想通过科举考试进入仕途，实现"致君尧舜上，再使风俗淳"这一远大志向的路，却足足让他磕磕绊绊地走了一辈子。

① 苏源明：京兆武功（今陕西武功西北）人，杜甫知己。公元764年，饿死在长安。

② 兖（yǎn）州：今山东济宁兖州区。

③ 司马：地方军事长官，闲职。

B.《峨眉山月歌》描写了诗人乘船顺江而下所见之景，"峨眉山月"与诗人千里相随，触发了诗人对友人的思念之情。

C.《峨眉山月歌》后两句叙写诗人江上行船的旅程，表现了诗人离友人越远就越加思念的情感。

D.《送杜少府之任蜀州》首联描写友人即将离京赴任蜀州，诗人遥望蜀地，视线却为风烟所遮，心头萌生淡淡的伤感。

七、阅读下面这首唐诗，回答下面1~2题。

送魏二

王昌龄

醉别江楼橘柚香，江风引雨入舟凉。

忆君遥在潇湘月，愁听清猿梦里长。

1. 下列关于这首诗的陈述有误的一项是（　　）（5分）

A. "醉别江楼橘柚香"，直叙其事，并交代了地点和季节。

B. "江风引雨入舟凉"，写出了诗人迎风沐雨的畅快。

C. 诗人想象，朋友不久就要到达潇湘，那时夜泊江上，孤月高悬，两岸猿啼声声入梦。

D. 末句的"长"字写猿声，使人想起《三峡》中的"常有高猿长啸，属引凄异，空谷传响，哀转久绝"。

2. 这首诗抒发了诗人_____的感情。（5分）

八、阅读下面这首唐诗，完成1~2题。

去蜀

杜甫

五载客蜀郡，一年居梓州。

如何关塞阻，转作潇湘游？

世事已黄发，残生随白鸥。

安危大臣在，何必泪长流！

[注] 公元765年，剑南节度使兼成都府尹严武去世，诗人失去在蜀地的依靠，结束相对安定的生活，被迫携家眷离开成都。

1. 下列对诗歌的理解和赏析，不正确的一项是（　　）(5分)

A. 首联回顾了在蜀地长达数载的生活，暗含不舍之情。"客"是客居旅居的意思。

B. 颔联用设问表达在兵荒马乱之时举家迁居的无奈与悲凉。"如何"意为"为何"。

C. 颈联上句的"黄发"与《桃花源记》中"黄发垂髫"的"黄发"所传达的感情相同。

D. 颈联下句用"白鸥"这一意象表达离开蜀地后人似白鸥、转徙江湖的悲苦之情。

2. 有人认为，《去蜀》的尾联与《茅屋为秋风所破歌》的结尾表达的思想感情完全不同，请你予以反驳。(10分)

答:＿＿＿＿＿＿＿＿＿＿＿＿＿＿＿＿＿＿＿＿＿＿＿＿＿＿＿

＿＿＿＿＿＿＿＿＿＿＿＿＿＿＿＿＿＿＿＿＿＿＿＿＿＿＿＿＿＿

九、阅读下面的两首唐诗，回答下面1~2题。

雁门太守行	出塞作
李贺	王维
黑云压城城欲摧，甲光向日金鳞开。	居延城外猎天骄，白草连天野火烧。
角声满天秋色里，塞上燕脂凝夜紫。	暮云空碛时驱马，秋日平原好射雕。
半卷红旗临易水，霜重鼓寒声不起。	护羌校尉朝乘障，破虏将军夜渡辽。
报君黄金台上意，提携玉龙为君死。	玉靶角弓珠勒马，汉家将赐霍嫖姚。

1. 对两首诗理解和分析不恰当的一项是（　　）(5分)

A.《雁门太守行》诗前两句用"黑云"喻指敌军的气焰嚣张，借"甲光"显示出守城将士雄姿英发，两相比照，色彩鲜明，爱憎分明。

B.《出塞作》诗第三、四句写出吐蕃猎手盘马弯弓、勇猛强悍的样子，暗示边情的紧急，为诗的下半部分作铺垫。

C. 两首诗都描写了军事行动，《雁门太守行》诗"半卷"写出黑夜行军，偃旗息鼓之状;《出塞作》诗"朝""夜"突出军情紧迫，进军神速。

D. 两首诗结尾两句都运用典故，写出将士们渴望杀敌立功的心愿，表现出他们舍生忘死的报国之情，感人至深。

2.《雁门太守行》全诗采用了＿＿＿＿＿＿＿＿（5分）的修辞手法，把战斗的气氛渲染得凝重而惨烈，突出了将士的高昂士气和＿＿＿＿＿＿＿＿(5分）。

十、阅读下面这首唐诗，完成下面1~3题。

白雪歌送武判官归京

岑参

北风卷地白草折，胡天八月即飞雪。忽如一夜春风来，千树万树梨花开。散入珠帘湿罗幕，狐裘不暖锦衾薄。将军角弓不得控，都护铁衣冷难着。瀚海阑干百丈冰，愁云惨淡万里凝。中军置酒饮归客，胡琴琵琶与羌笛。纷纷暮雪下辕门，风掣红旗冻不翻。轮台东门送君去，去时雪满天山路。山回路转不见君，雪上空留马行处。

1. 以下理解不正确的一项是（　　）（5分）

　　A. "忽如一夜春风来，千树万树梨花开"，表达了诗人对边塞奇异壮美风光的喜爱之情。

　　B. "湿罗幕""锦衾薄""角弓不得控""铁衣冷难着"，写出了天气的寒冷和军营将士的艰苦生活。

　　C. "纷纷暮雪下辕门，风掣红旗冻不翻"，大雪纷纷、天寒地冻，表现诗人身处恶劣环境的痛苦与悲伤。

　　D. "山回路转不见君，雪上空留马行处"，峰回路转，武判官的身影已消失不见，诗人依然深情目送。

2. "忽如一夜春风来，千树万树梨花开"一句中"忽如"二字用得巧妙，不仅写出了大雪来得急骤，而且表现出诗人＿＿＿＿＿＿＿的心情。（5分）

3. "雪上空留马行处"一句让人回味无穷，请合理想象，描绘这一情景。（50字左右）（10分）

　　答：＿＿＿＿＿＿＿＿＿＿＿＿＿＿＿＿＿＿＿＿＿＿＿＿＿＿＿＿＿

＿＿＿＿＿＿＿＿＿＿＿＿＿＿＿＿＿＿＿＿＿＿＿＿＿＿＿＿＿＿＿＿＿

最爱湖东行不足，绿杨阴里白沙堤。

A. 首联点题，交代游踪。诗人从孤山寺北到贾公亭以西，远眺西湖，见到了春水初涨，云脚与湖面相接的开阔景象。

B. 中间两联抓住早莺、新燕、乱花、浅草四种景物，描绘了暮春时节生机勃勃、欣欣向荣的美好景象。

C. 尾联直抒胸臆，写诗人完全陶醉在美好的湖光山色之中，表达了诗人的喜悦之情。

D. 全诗准确抓住景物特征，运用富有表现力的语言加以描绘，形象鲜活，色彩鲜明，富有画面感。

六、阅读下面的两首唐诗，完成下面1~2题。

送杜少府之任蜀州

王勃

城阙辅三秦，风烟望五津。

与君离别意，同是宦游人。

海内存知己，天涯若比邻。

无为在歧路，儿女共沾巾。

峨眉山月歌

李白

峨眉山月半轮秋，

影入平羌江水流。

夜发清溪向三峡，

思君不见下渝州。

1. 下列对诗句的理解，不正确的一项是（　　）（5分）

A. "峨眉山月半轮秋，影入平羌江水流" 意为 "船行平羌江上，半轮秋月高悬在峨眉山头，明月倒映在江水中，伴诗人远行"。

B. "与君离别意，同是宦游人" 意为 "今天我与你分别，内心忧伤，无论是在京城的我，还是即将远赴蜀州的你，都是远离故土、在异乡为官的人"。

C. "海内存知己，天涯若比邻" 意为 "我们是心心相连的朋友，即使远在天涯海角，也如同比邻而居"。

D. "无为在歧路，儿女共沾巾" 意为 "在分别的路口，我虽想挽留你，却无能为力，只能默默无语，泪下沾巾"。

2. 下列对两首诗的内容与情感的理解，不正确的一项是（　　）（5分）

A.《送杜少府之任蜀州》和《峨眉山月歌》皆为离别而作，两首诗均充满了离愁别绪和难以释怀的悲戚之情。

酬乐天扬州初逢席上见赠

刘禹锡

巴山楚水凄凉地，二十三年弃置身。怀旧空吟闻笛赋，到乡翻似烂柯人。

沉舟侧畔千帆过，病树前头万木春。今日听君歌一曲，暂凭杯酒长精神。

A. 首联"凄凉地"和"弃置身"写出诗人长期谪居的痛苦经历，流露出诗人压抑已久的愤激心情，为全诗定下了感情基调。

B. 颔联用典贴切，感情深沉，"闻笛赋"表达了诗人对岁月流逝、人事变迁的感叹，"烂柯人"表达了诗人对故友的怀念。

C. 颈联景、情、理相结合，对举"舟""帆"与"树""木"，体现了诗人豁达的胸怀和奋发进取的精神，同时喻含新事物不断涌现的理趣。

D. 尾联点明馈赠原意，既是对友人关怀的感谢，也是和友人共勉，"长精神"三字含义深刻，表达了诗人意志不衰、坚忍不拔的气概。

四、下面对《月夜忆舍弟》一诗的赏析，不恰当的一项是（　）（5分）

月夜忆舍弟

杜甫

戍鼓断人行，边秋一雁声。露从今夜白，月是故乡明。

有弟皆分散，无家问死生。寄书长不达，况乃未休兵。

A. 全诗层次井然，首尾照应，语言朴实自然，辞浅情深，情景交融，哀婉动人。

B. 颔联交代时令，点明主旨，"月是故乡明"实写眼前明月，抒发了思乡之情。

C. 颈联中"有"与"无"对比鲜明，绵绵愁思中夹杂对生离死别的焦虑和不安。

D. 尾联将个人际遇与国家命运联系在一起，表现出战乱给人民带来的深重苦难。

五、下面对《钱塘湖春行》一诗的赏析，不恰当的一项是（　）（5分）

钱塘湖春行

白居易

孤山寺北贾亭西，水面初平云脚低。

几处早莺争暖树，谁家新燕啄春泥。

乱花渐欲迷人眼，浅草才能没马蹄。

本卷答案

一、C 项中"只能独自剪烛西窗"理解错误，原句是"何当共剪西窗烛"，意为"什么时候我们才能一起秉烛长谈，相互倾诉今宵巴山夜雨中的思念之情呢？"是诗人的想象，而非现实。

二、C 项中"表现诗人对乘舟垂钓悠闲生活的渴望"理解错误，这两句诗引用姜太公垂钓碧溪和伊尹乘舟梦日的典故，表达的是自己有朝一日能像古人一样，为统治者重用，建立一番伟业的信心。

三、B 项中"'烂柯人'表达了诗人对故友的怀念"理解错误，"烂柯人"的典故在这里表达的是诗人对岁月流逝、人事变迁的感叹，以及对过往生活的怀念，并非特指对故友的怀念。

四、B 项中"'月是故乡明'实写眼前明月"理解错误，这句诗是抒情而非实写，通过对比，表达了诗人对家乡的思念之情。

五、B 项中"描绘了暮春时节生机勃勃、欣欣向荣的美好景象"理解错误，根据诗句中的"早莺""新燕""浅草"等词，可以判断诗人描绘的是早春时节的景象。

六、1. D 项中"我虽想挽留你，却无能为力，只能默默无语，泪下沾巾"理解错误，原句的意思是"不要在分手的歧路上因离别而悲伤，就像那些青年男女一样地别泪沾巾"。表现友谊的深长，劝慰友人不必为离别而忧伤。

2. A 项中"两首诗均充满了离愁"理解错误，《送杜少府之任蜀州》虽然也是写离别，但诗中并无悲苦缠绵之态，而是表现出一种高远的志趣和旷达的胸怀，给友人以安慰和鼓励；《峨眉山月歌》则主要描绘了诗人在舟中所见的夜景，表达了诗人思念家乡亲人和友人的感情，但并未"充

满了离愁"。

七、1. B项中"写出了诗人迎风沐雨的畅快"理解错误，实际上"江风引雨入舟凉"是写凄风苦雨引发了诗人的离愁别绪，增添了萧瑟凄凉的气氛，也渲染了离别的黯淡气氛。

2. 这首诗抒发了诗人惜别友人和对友人的深切关怀之情。

八、1. C项中《桃花源记》中表达的是作者对和平、幸福生活的向往和追求，而本诗中的"黄发"则是诗人自指，抒发了暮年漂泊的悲苦之情。

2.《去蜀》的尾联"安危大臣在，何必泪长流"虽然表面上看似表达了诗人对国家安危的忧虑和无奈，但实际上也隐含了诗人对民生疾苦的关心和对社会不公的愤慨。这与《茅屋为秋风所破歌》结尾"安得广厦千万间，大庇天下寒士俱欢颜"所表达的忧国忧民、心怀天下的情感是相通的。两者都体现了诗人对人民疾苦的深切关怀和对社会现实的深刻反思，只是表达方式和角度略有不同而已。

九、1. D。《出塞作》诗的结尾两句并没有直接表达将士们渴望杀敌立功的心愿，而是写朝廷对将士的奖励，以此来鼓舞士气，激励将士们奋勇杀敌。

2. 采用了夸张的修辞方法，突出了将士的爱国热情。

十、1. C。并不是为了表现诗人身处恶劣环境的痛苦与悲伤，而是突出了边塞环境的极端恶劣和将士们在这种环境下依然坚守岗位的坚韧精神。

2. "忽如"不仅写出了大雪来得急骤，更表现了诗人惊喜好奇的心情。

3. 武判官已经骑马远去，只留下了一行深浅不一的马蹄印迹在雪地上。这些印迹被雪花渐渐覆盖，但那份离别的情感和深深的牵挂却久久不散，仿佛还留在那片雪地上，让人心生感慨。

中考阅读诗词（真题）

姓名＿＿＿＿＿＿＿＿＿＿＿＿　　　　分数＿＿＿＿＿＿＿＿＿＿＿＿

一、下列对诗句的理解，不正确的一项是（　　）（5分）

A. "安得广厦千万间，大庇天下寒士俱欢颜"（《茅屋为秋风所破歌》），写诗人盼望眼前出现千万间广厦来庇护天下寒士，表达了忧国忧民之情。

B. "沉舟侧畔千帆过，病树前头万木春"（《酬乐天扬州初逢席上见赠》）。诗人以"沉舟"和"病树"自比，虽流露出惆怅之情，但依然乐观进取。

C. "何当共剪西窗烛，却话巴山夜雨时"（《夜雨寄北》），写诗人出行在外，思归而不得归，只能独自剪烛西窗，在巴山的夜雨中思念家乡。

D. "手把文书口称敕，回车叱牛牵向北。"（《卖炭翁》）写出官吏的粗暴蛮横，间接表现了卖炭翁的无助无奈，表达了诗人对当时劳动人民的同情。

二、下面对《行路难·其一》一诗的赏析，不恰当的一项是（　　）（5分）

行路难（其一）

李白

金樽清酒斗十千，玉盘珍羞直万钱。停杯投箸不能食，拔剑四顾心茫然。

欲渡黄河冰塞川，将登太行雪满山。闲来垂钓碧溪上，忽复乘舟梦日边。

行路难！行路难！多歧路，今安在？长风破浪会有时，直挂云帆济沧海。

A. 诗歌采用乐府古题"行路难"，以叙事开篇，渐而过渡到抒情。

B. 诗人面对美酒佳肴却"停杯投箸""拔剑四顾"，透露出内心的迷惘痛苦。

C. "闲来"两句连用两个历史典故,表现诗人对乘舟垂钓悠闲生活的渴望。

D. 诗人反复感叹"行路难"，唱出了无穷忧虑、焦灼不安的心声。

三、下面对《酬乐天扬州初逢席上见赠》一诗的赏析，不恰当的一项是（　　）

（5分）

一晃,杜甫在齐赵一带已经过了好几年没心没肺的生活。可是惬意的时光总是短暂的,33 岁那年,当他斜倚着青竹,回想起这些年娶妻生子,父亲、二姑相继离世,慨叹自己竟成了一个俗不可耐的中年人。现实的窘迫与艰难,让眼前的落日余晖也不再醉人。直到这一年夏天,他在洛阳遇到比他大 11 岁的李白,迷茫的人生才似乎透进了一束光。

此时的杜甫正处在苦闷之中,迫切想找一个知心人倾心畅谈,而当时的李白早已鼎鼎大名,他虽耳闻已久,可惜只是没有缘分见面。这次,当他从朋友圈得知李白"赐金还山"经过洛阳的消息,仿佛闷热的空气中吹来一阵清风,这让他不胜欢喜。

这次偶遇就像一剂猛药一样，给杜甫一地鸡毛的生活找到了绝处逢生的希望，他一边慨叹自己与李白漂泊不定、学道无成的人生际遇，一边献上《赠李白》(二年客东都，所历厌机巧。野人对膻腥，蔬食常不饱……)，以表达自己当时的心情。在李白的感召下，天宝三年（744 年）秋，杜甫如约来到梁宋①，这是他第二次与自己的偶像近距离接触。人一旦得到幸运之神的眷顾，好事就会接踵而来。这次相会还让他结识了长期定居梁宋的高适。那时，他刚过 40 岁，虽有几分"薄名"，但实际上仍处于在家待业的状态。

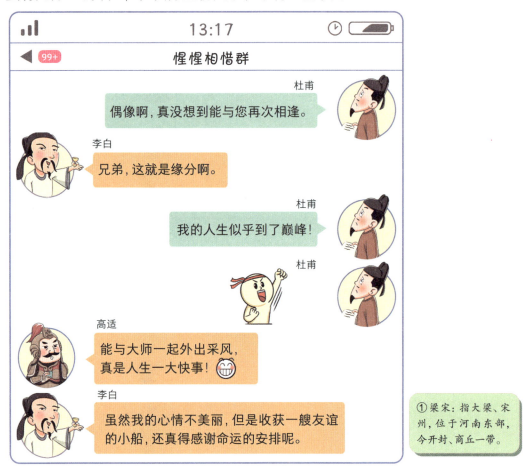

① 梁宋：指大梁、宋州，位于河南东部，今开封、商丘一带。

杜甫与李白、高适的这次相会，真可谓高山流水遇知音。三人或切磋诗文，或论说天下，就连斗诗也斗出了新天地。为此杜甫曾创作《遣怀》："……白刃雠（chóu）不义，黄金倾有无。杀人红尘里，报答在斯须……"表达了自己内心的快活与自在。第二年，杜甫与李白又如约在山东相聚，但是天下没有不散的筵席，此次痛饮狂歌后，两人日后竟再也未能相见。

说来惭愧呀！祖辈的光环太亮眼，自身心理素质不过关啊。

偶像，您从小就是别人家的孩子，怎么落榜了呢？

不是宇宙级，也是世界级了。

杜甫祖父名叫杜审言，是唐代近体诗奠基人之一，在当时堪称第一"狂人"。

您已经是诗圣了，祖辈难道是宇宙级人物吗？

难怪您曾自豪地说，我爷爷写的诗谁都比不了。

不是我吹嘘，根本就是前无古人，冠绝古今。

什么？灭绝？

不是什么灭绝，是超过前人，就是老北京话说的"盖了帽儿了"。

哈哈，这么看来，我以压倒性优势戴上两道杠，也是超群出众啊！

没错啦，就是本尊。

您的父亲还担任过兖州司马，我爸说官儿不分大小，月月能按时领工资就好。

杜闲

唐朝时期的州相当于现在的市，司马专门负责管辖某一州的军事。

.rec

9

要不当年我哪有赞助资金游山玩水呢？不过这事儿你可不能效仿啊！

明白了，如果我家祖上三代都是名校毕业，我肯定也会压力山大。

哆嗦

还有就是当年我小小年纪就开始混迹文艺圈，初生牛犊不怕虎啊，结果轻敌了！

少年杜甫

我爸说，唐朝科举制度中进士的含金量还是很高的，一两次考不中都是常事。从哪儿摔倒就从哪儿爬起，我看好您哟！

进士

朝为田舍郎，暮登天子堂！等我中了进士，第一件事就是游遍大江南北。

等着您平步青云的好消息！哎，偶像，干吗去？还没给我签名呢？

为了大奖，我得赶紧去孜孜不倦地学习啊……

求职长安，注定是官场局外人

　　747 年，杜甫在经历了与同道中人舞文弄墨的惬意日子后，亲朋好友之间突然传开一则新闻——当朝皇上唐玄宗下令，天下人才入京赴试。通俗地说，就是朝廷要搞一场特考，让天下所有有一技之长者全部到长安应试，并且要量才授职。上次考试没当回事儿，这次可是光宗耀祖的绝好机会。于是杜甫乐颠颠地来到长安再次参加国考。然而，遗憾的是他又落榜了。

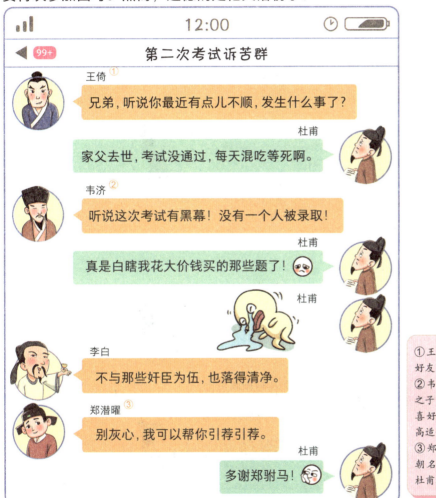

①王倚：杜甫的平民好友。
②韦济：宰相韦嗣立之子，时任户部侍郎，喜好作诗，与杜甫、高适等人为友。
③郑潜曜(yào)：唐朝名士，驸马，曾随杜甫游韦曲。

　　科考前，杜甫的理想还是锃亮锃亮的；落榜后，什么鲤鱼跃龙门，完全就是飞鸟折翼。不过，还真不能怪他文化水平不过关，而是宰相李林甫导演的一场闹剧。这个人嫉贤妒能，唯恐有才干的人会危及到他的地位，所以暗中指使考官，一个也不要录取。事后，还在唐玄宗面前道贺，称"野无遗贤"，这可是圣王治世的征兆。就这样，杜甫的理想再一次破灭。

生活就像一个大磨盘，杜甫的理想被碾得粉碎，让他不得不放低姿态，毛遂自荐。几次碰壁后，杜甫面见了当朝驸马张垍（jì），以"天上张公子，宫中汉客星"的诗句称赞他是皇宫里冉冉升起的文曲星。751年正月，唐玄宗举行祭祀太清宫、太庙、南郊的三大典礼，杜甫又抓住了这个热点，写下三篇文章，洋洋洒洒数万字，终于得到了玄宗的垂青。

这三篇文章分别是《朝献太清宫赋》《朝享太庙赋》《有事于南郊赋》，合称为"三大礼赋"。究其内容，无非是讲述唐朝创业之艰辛："栉风沐雨，劳身焦思"，盛唐当今之盛况："蹴魏踏晋、批周抉隋"。在华丽的文字之下，歌功颂德的意图十分明显。由此可见，在生活的打击下，含着金钥匙出生的杜甫已经从一个爱做梦的理想主义者华丽转身为一个识时务的现实主义者。

好主题配上杜甫的好文才，这三篇文章让玄宗看得龙颜大悦。他金口一开，让杜甫担任集贤院待制，并让宰相考察他的文章，量才适任。至此，杜甫这条奔走献赋、以求赏识的路看似照进了一束光，但是距离真正的一跃龙门还差得远呢。

这是因为，当朝宰相就是曾经以"野无遗贤"为由让杜甫名落孙山的李林甫。为了不让自己搬弄是非的戏法被拆穿，李林甫对杜甫继续"维持原判"。就算玄宗皇帝对三大礼赋赞不绝口，李林甫依然说杜甫毫无文才、不可重用。于是，杜甫只能困坐集贤院，等待时来运转。但是好不容易盼走了嫉贤妒能的李林甫，又等来了一个不学无术的杨国忠。因为沾了妹妹杨玉环的光，杨国忠一步登天，官拜宰相，根本没有识才的慧眼。虽说是金子总会发光的，但是拾起杜甫这块金子的人要么蒙上了眼睛，要么就是睁眼瞎，根本看不到他身上夺目的光彩。

直到 755 年，杜甫才被授予河西尉的官职，管理地方上收税、治安之类鸡毛蒜皮的小事。作为一个凭借文采获得皇帝垂青的饱学鸿儒，杜甫苦等四年，却只等来了这么一个专业不对口的工作，因此他在《官定后戏赠》里发出了 "不作河西尉，凄凉为折腰" 的感叹，干脆地拒绝了这个机会。看杜甫不满意，朝廷就让他改任右卫率府兵曹参军，专门负责管理东宫的武器库。虽然身份低微，但好歹是个京官，又是东宫太子的下属。于是再三权衡之下，经历过失望和苦寂的杜甫还是向命运妥协了。

正式入职通知群

杜甫：兄弟们，刚收到人事部发来的右卫率府兵曹参军的通知。😎

李白：杜兄，请大家喝酒啊！

高适①：八品都不到吧，还不如县尉。

李白：高适兄，你以为大家都和你一样？事业坐上了火箭，呼呼呼！😄

李白：嘻嘻嘻

杜甫：你们聊，我干活去了。

① 高适：唐代边塞诗人，曾任刑部侍郎、散骑常侍等职，与岑参、王昌龄、王之涣合称"边塞四诗人"。

自从到了新去处，杜甫就积极熟悉工作事务，毕竟这份差事比起自己当年上山采草药、沿街叫卖的日子不知强多少倍。然而，闲来无事时，还是会想起自己当年的豪言壮语，"自谓颇挺出，立登要路津。致君尧舜上，再使风俗淳"（《奉赠韦左丞丈二十二韵》）。那时总认为自己与众不同，一定会身居要职。只是人在职场，为了妻儿老小，为了养家糊口，难免会向命运低头。

数月后，杜甫怀揣着积攒下的俸禄日夜兼程地从长安赶回奉先。途中，当他路过骊山时，向行宫看了一眼，他知道此时此刻皇帝和贵妃正在歌舞升平，而他则在寒风中连夜赶路，只为早点儿看到久别的妻儿。然而，更虐心的还在后面，他最小的儿子竟然被活活地饿死了！

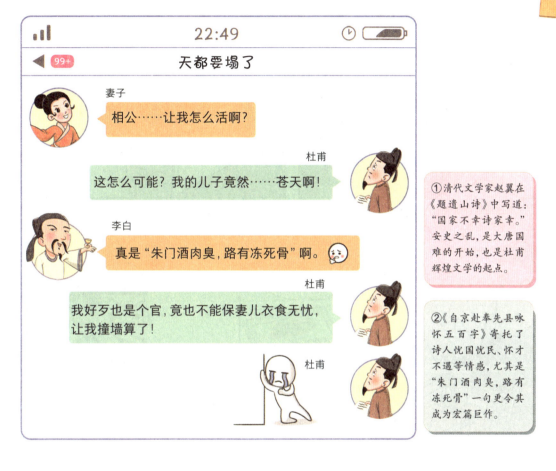

这个噩耗犹如晴天霹雳，让杜甫感觉天都要塌了。个人的不幸与王朝的苦难①交织于他的身上，悲悯之情得到几何级数的累加。诗人文思如泉涌，写下了千古名诗《自京赴奉先县咏怀五百字》②。此后，他就开始用诗记录唐王朝的苦难。可是，杜甫的运气又实在太差，刚谋得一份差事，就赶上"安史之乱"。结果，就连这苦熬十年才得到的芝麻小官，他也做不成了。也许，杜甫注定是官场的局外人。

难怪我的朋友圈都没人点赞，原来是怕惹祸上身啊。

后来，安禄山的手下史思明也入了伙，这家伙阴险得很，一会儿投降唐军，一会儿对抗唐军。

安禄山

史思明

结盟仪式

偶像，都火烧眉毛了，还做白日梦呢？

什么？此时杜甫却在幻想大胡子会被赶走，到时天下太平，又可以重振雄风。

你们得学学我，云游四海、吟诗作乐，人生好不快活！

不过，自古乱世出英雄！在大唐诗坛，您就要一路高升啦！

真会高升吗？

是说您将成为大唐诗坛最亮的那颗星！

诗坛
终身成就奖

几年后……

努力给自己的职业生涯"续命"

当杜甫还陷在丧子之痛中时，更大的苦难已扑向整个大唐王朝。756年，安禄山先是攻占东都洛阳，不久攻破潼关，占领长安。唐玄宗连夜逃往蜀地。皇上溜之大吉，太子李亨随即在灵武即位，并喊出抗击叛军的口号。这让杜甫顿时心潮澎湃，唐肃宗刚上台，朝廷肯定缺人，机会来啦！于是，他和留在鄜（fū）州羌村的家人一番拥抱泪崩后，不顾连天战火火速赶往灵武。可是，杜甫行到半路就被叛军给抓了起来，押解回了长安。

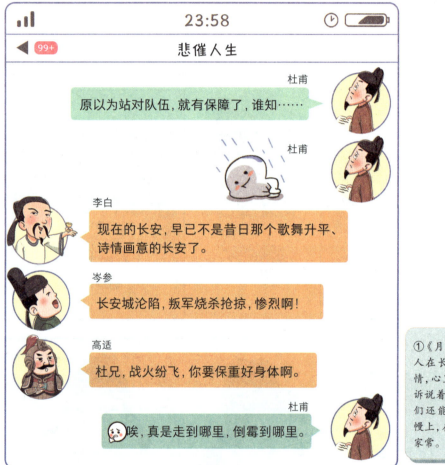

> **23:58**
>
> ◀ 99+　悲催人生
>
> 杜甫：原以为站对队伍，就有保障了，谁知……
>
> 杜甫：（图片）
>
> 李白：现在的长安，早已不是昔日那个歌舞升平、诗情画意的长安了。
>
> 岑参：长安城沦陷，叛军烧杀抢掠，惨烈啊！
>
> 高适：杜兄，战火纷飞，你要保重好身体啊。
>
> 杜甫：唉，真是走到哪里，倒霉到哪里。

①《月夜》描写了诗人在长安的思亲心情，心里反复向妻子诉说着，什么时候我们还能一起倚在窗幔上，在月光下共叙家常。

杜甫怎么也想不到，竟然以俘虏的身份回到曾生活十年的长安。更惨的是，同样是关大牢，王维被俘后，由于有状元的光环，还担任了官职，而自己一个芝麻官只有遭罪的份儿。想到这里，杜甫想家了，作诗《月夜》①一首，送给远方的妻儿："今夜鄜州月，闺中只独看。遥怜小儿女，未解忆长安。香雾云鬟湿，清辉玉臂寒。何时倚虚幌，双照泪痕干。"

然而，在此次"职场大地震"中，倒霉的诗人不只是杜甫一个。李白空有一颗投军报国的心，高适亲眼看着"美人帐下犹歌舞"的哥舒翰兵败潼关后投了降，张垍被安禄山封为宰相后，战战兢兢①……

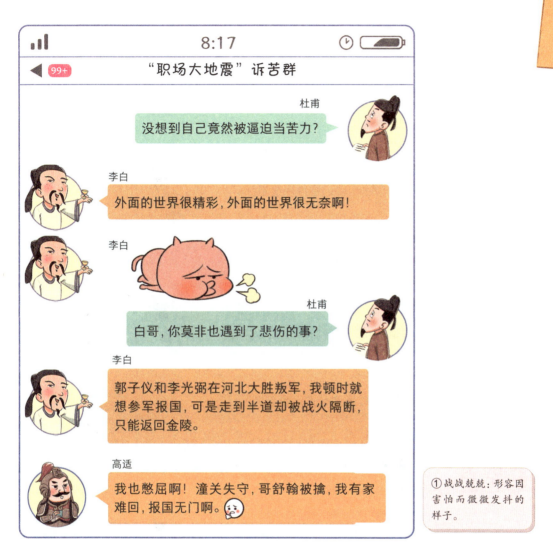

①战战兢兢：形容因害怕而微微发抖的样子。

此时的杜甫似乎唯有写诗，才能让他内心的忧愤得以安放。在陈陶一地，四万唐军几乎全军覆没，他写下了"野旷天清无战声，四万义军同日死"（《悲陈陶》）；在青坂一地，战场血流成河，他写下了"山雪河冰野萧瑟，青是烽烟白人骨"（《悲青坂》）。此时，战火仍在熊熊燃烧，而杜甫并不知道，诗坛上的一座丰碑正在缓缓立起，上面刻着四个金色大字——诗圣杜甫。

757 年，一直叫嚣着取长安、称皇帝的安禄山死了 ①。叛军合伙人只剩下史思明，一会儿投降一会儿反叛，搞得唐军与叛军的战事陷入胶着状态，唐朝也从开元盛世变得支离破碎。杜甫想到自己独困长安，过着颠沛流离的生活，不禁潸（shān）然泪下。一首《春望》（国破山河在，城春草木深。感时花溅泪，恨别鸟惊心。烽火连三月，家书抵万金。白头搔更短，浑欲不胜簪 ②。），可以说是字字戳心、句句催泪。

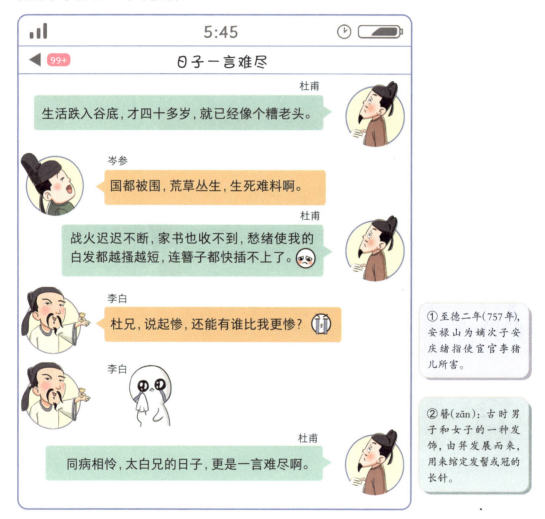

① 至德二年（757 年），安禄山为嫡次子安庆绪指使宦官李猪儿所害。

② 簪（zān）：古时男子和女子的一种发饰，由笄发展而来，用来绾定发髻或冠的长针。

论比惨，杜甫恐怕只服李白。同一年，李白本想建功立业，于是投奔永王，还写下诗歌《永王东巡歌十首》大赞一番，没想到永王招兵买马与肃宗对着干，结果李白的这首诗在皇上眼中就显得格外碍眼，于是被扣了一个附逆作乱的罪名押入大牢。好在有郭子仪、崔涣等名臣求情才保住性命。但最终还是被流放夜郎。

同年 4 月，唐朝大将郭子仪与叛军在长安展开对阵，杜甫终于迎来了奔赴唐肃宗的机会。几经周折，他穿过两军的封锁线来到凤翔，明晃晃地站在唐肃宗的面前。当唐肃宗得知他为了投靠自己，完全将生死置之度外时，当即把他调入核心部门，做了唐肃宗的左拾遗。虽说是个不起眼儿的小官，但是杜甫哪儿在意这个。霎时，为大唐事业献身的美好画卷已跃然于眼前。

① 房琯：唐朝文官。杜甫官运的中止，与其领兵于陈陶的那一场败仗有关。此后杜甫被贬，穷困潦倒。

② 在去赴任的路上，杜甫看到哀鸿遍野、民不聊生的惨象，不禁感慨万千，写下"三吏"（《石壕吏》《新安吏》《潼关吏》）"三别"（《新婚别》《无家别》《垂老别》）。

只可惜命运还是跟杜甫开了一个大玩笑，上任没多久，职业生涯就遭遇断崖。当时，高层商议将兵权交给文官房琯（guǎn）①，以五万唐军迎击叛军，结果唐军被打得稀里哗啦。唐肃宗大怒。杜甫却认为错不在房琯，便出言维护，潜台词是唐肃宗急于求成，用人不用其所长。遗憾的是，他没能遇上明君，唐肃宗一怒之下，把他贬为华州司功参军②，专管零七杂八的琐事。

遭此一难后，759 年的夏天，这个胡子拉碴，终其一生憧憬着当官、当大官的男人竟毅然辞官了。他隐约感觉到身在乱世，当官也不能救民众于火海，不如携家人找一个相对平静的地方活出自己的诗和远方。这一站他选择了西北秦州（今甘肃天水一带），因为这里有他的侄子杜佐和好友赞公。

这段时间，杜甫的灵感和情感如电光火石一般，写了不少诗作，如《**秦州杂诗二十首**》(*满目悲生事，因人作远游。迟回度陇怯，浩荡及关愁。*)，听到李白流放夜郎，积思成梦，不由感叹道："*浮云终日行，游子久不至。三夜频梦君，情亲见君意。*"（《**梦李白二首**》）"*凉风起天末，君子意如何。鸿雁几时到，江湖秋水多。文章憎命达，魑魅喜人过。应共冤魂语，投诗赠汨罗。*"（《**天末怀李白**》）当然，最让他牵挂的，还是远在鄜（fū）州的妻儿。

为什么我这样积极，总是郁郁不得志呢?

好心寒啊!

还不是因为您说了别人想说又不敢说的话。

可是，好朋友难道不就是要相互帮助吗?

也许是我太讲江湖义气了!

义字当头。

是您太热心肠了。上次岑参来凤翔求您帮忙，您二话不说，就给谋了个右补阙。这职位比您的还高一级呢。

我和岑参都是苦命啊，年轻时的小目标都是光耀祖宗，可是人到中年，水深火热啊。

『同病相怜』

岑参的祖上三代都是大人物，从小含着金汤匙出生，背负着家族使命，这些倒是跟您很配。

我曾祖父是唐朝宰相！

我祖父是刺史！

我父亲是刺史！

岑参

光宗耀祖 东山再起

唉，我就是砸在了小目标上。

人生巅峰

不过，和比自己厉害的小伙伴在一起，才会有更厉害的人生！

好哥们儿的定义就是：有福同享！有难同当！

只可惜唐肃宗当时正在气头上，最后连我也一块怪罪了。

难怪房琯有事了，您会站出来为他说话。

还好，脑袋还在。

我咋又说错话了呢？

杜甫不光在朝廷上发言最积极，身处困境也不忘助人为乐。

感动

小花小草，家国天下，我都不吝深情。谁叫我是情圣杜甫呢？

24

流落成都，唯有抱团取暖

在那个兵荒马乱的年代，为了家人的安全，杜甫思前想后，觉得应该找一个更可靠的靠山，好在他多年积攒的人品还算不错，铁哥们儿严武成了他的贵人。当时小杜甫 14 岁的严武正担任蜀州刺史。759 年年末，杜甫从秦州辗转来到蜀地，投奔严武。严武是一位立过军功的大将军，曾三次镇守四川，平息蜀乱，击退吐蕃，最关键的是，他还是杜甫的忠实读者，也有写诗的爱好。

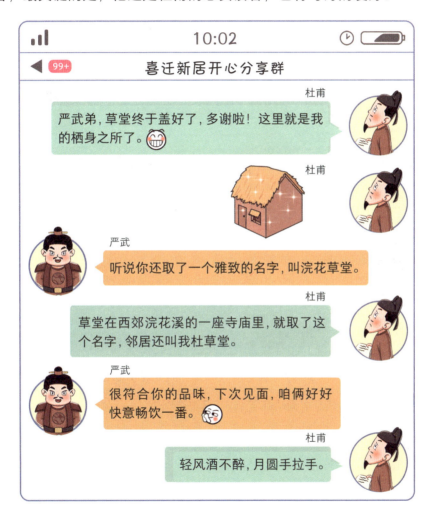

10:02

喜迁新居开心分享群 99+

杜甫：严武弟，草堂终于盖好了，多谢啦！这里就是我的栖身之所了。

严武：听说你还取了一个雅致的名字，叫浣花草堂。

杜甫：草堂在西郊浣花溪的一座寺庙里，就取了这个名字，邻居还叫我杜草堂。

严武：很符合你的品味，下次见面，咱俩好好快意畅饮一番。

杜甫：轻风酒不醉，月圆手拉手。

草堂虽不能让杜甫丰衣足食，但却安抚了一家人的惶惶之心。严武在《赠杜二拾遗》（传道招提客，诗书自讨论。佛香时入院，僧饭屡过门。）中所表达的嘘寒问暖，杜甫深受感动，作诗《酬高使君相赠》（古寺僧牢落，空房客寓居。故人供禄米，邻舍与园蔬。）表达感激。一度，杜甫有意在此长住下去。可惜，他的一生注定与苦难相连，好在这段草堂岁月竟也成了他后半生难得的好时光。

760 年，杜甫踏入蜀地后，第一时间游览了武侯祠。因为在三国众多英雄人物中，他独尊诸葛亮。当他亲眼目睹诸葛武侯的庙貌时，对前辈的敬仰之情更如滔滔江水，一发不可收，写下了感人肺腑的千古绝唱《蜀相》："丞相祠堂何处寻，锦官城外柏森森。映阶碧草自春色，隔叶黄鹂空好音。三顾频烦天下计，两朝开济老臣心。出师未捷身先死，长使英雄泪满襟。"

杜甫之所以会对诸葛亮有着如此深的情结并不奇怪。他身处大唐由盛转衰的阶段，在安史之乱中，亲眼目睹"国破山河在，城春草木深"的凄凉残景，亲身感受过底层人民"朱门酒肉臭，路有冻死骨"的疾苦生活。而诸葛亮身上闪耀着的诸多光环——文韬武略、鞠躬尽瘁，足以让他这种乱世文人在偶像那里找到精神寄托。然而就算他费尽心思、四处奔波，也只能空怀抱负，以诗文终老。

763 年，史思明之子史朝义因自己不被重用而弑[1]杀了史思明，后来史朝义也兵败自缢（yì）。至此长达八年的安史之乱总算是结束了。当杜甫听到官军收复了河南河北、战乱结束的消息时，欣喜若狂，百感交集的他写下了著名的诗作《闻官军收河南河北》："剑外忽传收蓟北，初闻涕泪满衣裳。却看妻子愁何在，漫卷诗书喜欲狂。白日放歌须纵酒，青春作伴好还乡。即从巴峡穿巫峡，便下襄阳向洛阳。"

①弑：就是杀的意思，是指子杀父、臣杀君，即地位低的人杀死地位高的人。

②回纥（hé）：漠北少数民族之一，今天的维吾尔族。

③王维逝世于761年，李白逝世于762年。

现实对杜甫就是这么残酷，虽然他熬到了叛乱平息的一天，但是眼前的大唐早已千疮百孔，虽国名犹在，却也只是在坍塌的边缘徘徊。而昔日好友也相继去了，曾经的太白兄是何等的才思敏捷、下笔成诗，自己人生暮年却又是如此飘零与窘迫，而王维兄，据说死之前还变得疯疯癫癫。前路漫漫，日子依然艰难。

在成都草堂的这段日子，杜甫一度靠朋友接济来过活，又时常在成都、新津、青城之间辗转，可是这样的生活并非长久之计，他还得找份工作来维持生活。广德二年（764 年），铁哥们儿严武再度回成都任剑南节度使。这一次，严武邀请杜甫作幕僚，还得了一个六品上的虚职——检校工部员外郎，就是给别人处理杂事。虽然官位不高，但是杜甫当时没有其他的选择，也便接受了这份工作。

杜甫在重返成都的途中写了《将赴成都草堂途中有作先寄严郑公》（五首）给严武，其中第一首"得归茅屋赴成都，直为文翁再刳符。但使闾阎还揖让，敢论松竹久荒芜"洋溢着他回归成都的喜悦和对严武的感激之情。然而，杜甫的幕僚生涯并不舒心，他在《宿府》一诗中写道："清秋幕府井梧寒，独宿江城蜡炬残。永夜角声悲自语，中天月色好谁看？"诉说了内心的心酸与无奈。

杜兄，来帮帮兄弟吧。

杜甫刚搬到成都草堂时，严武曾多次邀请他做自己的幕僚，可是杜甫偏不答应。

我懒!

你要是不来，我就去找你了。

快! 快! 快!

你想来，我也拦不住，但来了我也不管饭啊。

没锅没米 喝西北风

我自带厨子和食材，还不行吗?

……

真任性，不过我家厨房小，没做饭的地方啊。

厨房

人生的最后五年，辗转漂泊

永泰元年（765年），杜甫的贵人高适和严武相继去世，失去依靠的他非常悲伤，这一次，他不得不离开居住了五六年的杜甫草堂，再次踏上漂泊之路，度过他一生中最后的五年。他先后经过嘉州、戎（róng）州、渝州、中州、云安，两年后来到夔（kuí）州①。这期间，他创作灵感大爆发，创作诗篇450余首。

16:59

◀ 99+　怀念往昔时光

杜观②
害人的安史之乱，都已经结束四年了，还是一片乱象！

高式颜
军阀乘乱拼得你死我活，就连吐蕃、回纥也开始蠢蠢欲动了。

高式颜

杜甫
李白、王维、高适、严武，我的好兄弟都走了……

高式颜
前辈，上次您趁着酒劲儿，跟我聊了好多心里话。

杜甫
你是高适的侄子，也是我的好友，自然要一醉方休，只是我现在老了，不敢狂醉了。

①夔州：今重庆奉节、巫溪、巫山、云阳等地。

②杜观：诗圣杜甫的异母弟弟。

把酒言欢，杜甫何尝不想开心一点儿？可是人生过半，身体已经衰老，处境仍然潦倒。再次见到老友，再也不用伪装出坚强的样子，干脆大醉一场。767年的重阳节，杜甫独自登上夔州白帝城外的高台，望向天边时，感慨万千，创作了走心的《登高》（*风急天高猿啸哀，渚清沙白鸟飞回。无边落木萧萧下，不尽长江滚滚来。万里悲秋常作客，百年多病独登台。艰难苦恨繁霜鬓，潦倒新停浊酒杯。*）。

大历三年（768 年），杜甫在原有旧疾的基础上，又新添了许多并发症，又老又病只能靠吃药续命，但他还是过着四处漂泊的日子。这年冬天，杜甫从夔州经三峡来到岳阳城下。可是他该如何度过这个把手放在外面，都会冻成红萝卜的冬天呢？该不会是靠写诗"取暖"吧？还真是说对了。

在这次南漂途中，杜甫没事就写写诗。当年老体衰的他站在岳阳楼远眺时，虽然看不见长安，也看不见战火，但他心中仿佛看见了江山和百姓的疾苦。此时的杜甫就像江中的一叶扁舟，孤苦无依，每每想到自己的处境，不禁老泪纵横，随即创作了一首《登岳阳楼》（昔闻洞庭水，今上岳阳楼。吴楚东南坼（chè），乾坤日夜浮。亲朋无一字，老病有孤舟。戎马关山北，凭轩涕泗流。）。此诗一经问世就在诗坛拔得头筹，后世再也没人敢写岳阳楼了。

平心而论，对于四海为家、四处求职的杜甫来说，命运留给他的机会已经不多了。大历五年（770年），年迈的杜甫在湖南潭州一带遇到了流落江南的李龟年。彼时，开元盛世，他可是朝廷里的御用歌唱家，唐玄宗身边的红人，就像李白是御用文人，高力士是宦官亲信一样，李龟年就是唐玄宗的知音。然而此时，诗圣竟然靠街头卖艺为生，一副老态龙钟的落魄样儿。

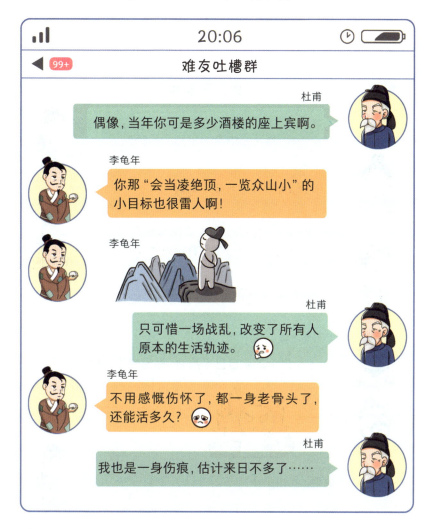

虽说李龟年红透半边天的时候，杜甫还只是小杜，但两个年过半百的人相遇，早已时过境迁，物是人非，两位老人时而沉默不语，时而掩面拭泪。想起当年把酒言欢、年少轻狂的日子，杜甫的情绪排山倒海般地涌来，提笔写下《江南逢李龟年》："岐王宅里寻常见，崔九堂前几度闻。正是江南好风景，落花时节又逢君。"此诗之后，再也没人能写出更美的重逢。而整个大唐盛世，也就此结束。

770 年，生计无望的杜甫准备前往郴（chēn）州投奔舅舅，途中他被洪水围困在耒（lěi）阳县，眼看周围一片汪洋，叫天天不应，叫地地不灵，杜甫隐约有一种不祥的预感。幸好，耒阳县令聂大人听到偶像被困后，立即划船送来了好酒佳肴。被饿得奄奄一息的杜甫，看到好酒好肉，立马开启了暴饮暴食模式。几天后，杜甫死在了一条小船上，结束了他 59 年的生命历程。一代大诗人就这样戏剧性地与世长辞了。

这一次，杜甫再也回不到魂牵梦绕的家乡了。纵观他奔波的一生，也许为自己拓宽了眼界，为世人留下了名句，可他直到最后都没过上好日子。不过，如果他的棺材板在动，一定会传出一个声音——虽然我的身体死了，但精神并没有死去！接下来的时代，将发现这个死于 770 年的苦命人，不仅是"一流的诗人"，更是"中国最伟大的诗人"。世间已无杜子美。但是他的诗，比历史还真实。

诗词大会开播啦

偶像，如果让你穿越到现代，在诗词大会上赋诗一首，你会用自己的哪一首诗呢？

那必须得是《登高》啊！要不我的读者也不干。

中国好诗词——登高！

房客了！

登高，必胜！

登高
文学大奖

这首诗放到今天，也是妥妥的文学领域的大奖啊。

不是我吹嘘，这首诗不知超越多少人呢？

请你选出"语不惊人死不休"的含义：
A.语句不雷人，决不罢休
B.说完惊人的话，立马去世

文字是真让人头大啊！

难怪世人都说，您的作品是语不惊人死不休，但到底是啥意思呢？

有些内心戏是只可意会不可言传的……

行走在大地上的诗人
——诗魔白居易

他出身书香门第,乐天知命,独善其身,是其生活哲学;他心系苍生,用诗写尽民间疾苦;他靠一支笔擎起中唐诗酒年华,人称"诗王""诗魔";他的诗朗朗上口,妇孺皆懂;他一生笔耕不辍,留下三千八百余篇诗章,是唐代诗词数量最多的诗人。他就是白居易,从少年才子一步步成为行走在大地上的诗人。

唐代现实主义诗人、新乐府运动主要倡导者

别名:诗王、诗魔、白二十二

生卒年代:772年 - 846年

出生地:河南新郑

字号:字乐天,号香山居士、醉吟先生

白居易的好友列表

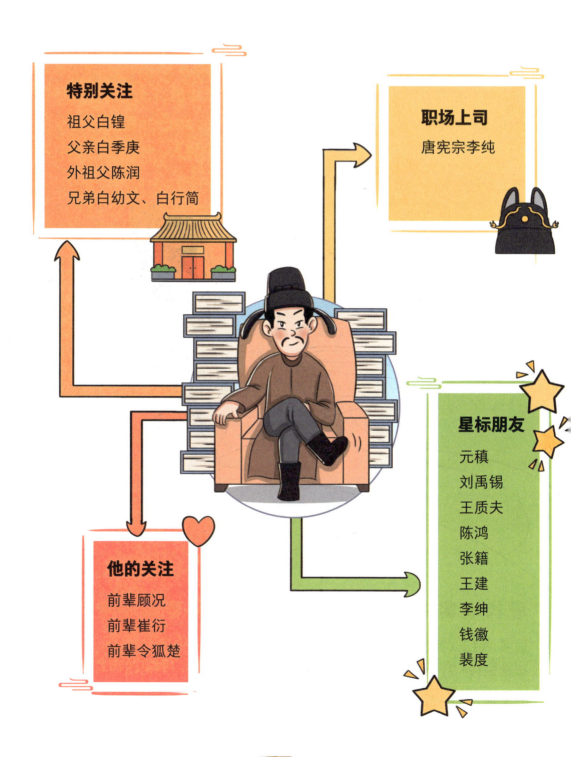

特别关注

祖父白锽

父亲白季庚

外祖父陈润

兄弟白幼文、白行简

职场上司

唐宪宗李纯

他的关注

前辈顾况

前辈崔衍

前辈令狐楚

星标朋友

元稹

刘禹锡

王质夫

陈鸿

张籍

王建

李绅

钱徽

裴度

长安城里，最闪亮的少年

时间到了 772 年，唐朝陷入藩镇割据的乱局。国家大事全由节度使说了算，谁都不能干预。唐诗的江湖，也如朝局一般昏暗。诗佛王维、诗仙李白、诗圣杜甫相继离世，下一个能重振唐诗繁荣之风的人又会是谁呢？此时，在河南新郑东郭寺村的一个小官僚家庭，出生了一个婴儿。说来也奇，这个娃天生聪慧过人，三岁会认字，五岁学作诗，九岁通声韵，十岁就已文采斐然。他就是从先辈手中接过振兴唐诗旌（jīng）旗的那个人——白居易。

翻看白居易的家谱，虽然看似平凡，其实并不简单。祖辈、父辈都是擅长诗文、知识渊博的大知识分子，就连外祖母和母亲也是妥妥的知识女性，擅长琴棋书画，还知书达礼。有这样的高级知识分子作"启蒙老师"，白居易想不成名都难。

一晃，白居易在老家这个小县城度过了美好的青少年时光。16 岁那年，他开始了第一次长安游学。长安作为历史悠久、人杰地灵的城市，无疑是年轻人创业发展的最佳选择。而且对于当时的文人来说，十年寒窗苦读，考取功名依然是主流。可是泱泱大唐，最不缺的就是诗人，年轻人要想在求职面试中胜出，若无大师的加持，一鸣惊人是断无可能的。于是，白居易去拜见了长安城当时有名的诗人顾况。那首小学生必背古诗词《**赋得古原草送别**》(离离原上草，一岁一枯荣。野火烧不尽，春风吹又生。) 成了他步入长安的"敲门砖"。

有了前辈的赏识，还有自己过硬的实力，白居易凭借这首诗一夜之间震惊了大唐文人的朋友圈，而且有了这次在长安城的初露头角，也大大提高了他的科举通过率。但他的梦想并不只是当个名震天下的"大诗人"，他要考上科举，光耀门楣（méi）。

虽然白居易凭借新发的诗作冲上了热门，可是在菜价贵如油的帝都，光有名声兜里空空是根本混不下去的，更何况自身家产也没那么丰厚。三年后，迫于生计，他不得不离开长安，回到符离。当他回望繁花似锦的长安城，不禁慨叹道：我还会回来的！然而，这一回眸却让他结识了此生最爱的女子——湘灵，一位普通的邻家女孩。那年，他 19 岁，她 15 岁，这段青涩的感情一如他们的年龄，纯洁而专一。为此，白居易写诗《邻女》夸赞心仪之人：娉娉十五胜天仙，白日嫦娥旱地莲。何处闲教鹦鹉语，碧纱窗下绣床前。

白居易原以为一切就会这么美下去，没想到母亲的阻拦反倒激发了他为爱而奋斗的想法。此后，白居易在求学的进阶路上，始终保持着强劲的冲劲儿，傻傻地以为只要自己努力求得功名，就可以迎娶湘灵，就算舌头生疮、手肘生茧，甚至满头白发都不在乎。这样努力的人，上天又怎么舍得辜负呢？

贞元十六年（800年），白居易的父亲病逝。家里的顶梁柱突然没了，科考成了白居易唯一的出路。29岁那年，白居易收拾好行囊，第二次进京。这一次，是为了求取功名。考场上，他自信心十足，毕竟对于这个小有名气的考生来说，进入"决赛"完全胜券在握。果不其然，放榜之日，三千人参考，仅十七人及第，白居易名列第四。金榜题名那天，当白居易在榜单上看到自己的名字时，心里不由得升起一股豪气，挥毫写下"慈恩塔下题名处，十七人中最少年"。

① 白季康：白居易的叔父。
② 崔衍：宣州刺史，白居易在其帮助下，在宣州考过乡贡后，才有资格参加科举。

十年寒窗苦读，一朝成功在握。此时白居易的心情就像烧开的水一样，激动得热血沸腾。得意之余，即兴一首《及第后忆旧山》："偶献子虚登上第，却吟招隐忆中林。春萝秋桂莫惆怅，纵有浮名不系心。"原以为终于可以衣锦还乡，迎娶心爱的姑娘了，可是依旧逃不过被世俗成规束缚的老妈。此后他在长安，她在符离。未承想世间最好的相遇竟然变成了久别。

偶像,史书说您七个月就认识"之""无"。哇! 天才宝宝啊!

低调,低调,说出来会遭人嫉妒的。

白居易出生在一个动荡不安的年代,"窝里斗"的画面几乎天天上演。

在那个脑袋都难保的年代,您这优等生是怎么炼成的啊?

白居易的祖父和父亲虽然官职卑微,但并不妨碍他胸怀苍生、心系天下。

拼家风

拼爷爷　拼爹

我爸公务繁忙,学习的事都是我妈操心。

怎么又错了?

我妈……唉,别提了!

同样是妈,为啥我妈总说我是榆木疙瘩?

我妈对我的智力开发非常用心,总说:"孩子,你很努力。"

我妈? ……根本就是一个霸道总裁!

我妈就是我在文学路上的启蒙老师。

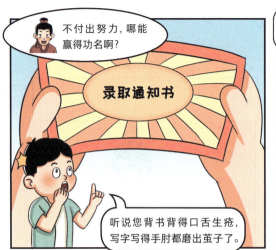

开启职业生涯的奋斗史

当时即使考中了状元，也不能直接加官授爵，要想晋升，还需参加吏部的铨试①。这一次，白居易又顺利通过，同科及第者仅有八人，含金量之高可谓荣耀至极。同批拿到录取通知书的，还有一位叫元稹（zhěn）的考生。后来，他俩同被分配担任秘书省校书郎，属九品芝麻小官，是大唐的基层公务人员，相当于国家图书馆的普通管理员。不久，两人因志同道合很快组队。一般来说，朋友之间的交情从浅到深是需要时间沉淀的，而元白二人从一开始就电光火石，"一见钟情"。

12:49

相见恨晚二人组

白居易
> 在下是金榜题名的白居易，幸会！😎

元稹
> 在下是初入诗坛的新人，幸会！

白居易
> 听说你的自传体小说《莺莺传》震惊八方啊。

白居易
> 赞！

元稹
> 真不好意思，我和崔莺莺的故事一不小心就成了大唐热门话题。😁

白居易
> 巧了，我也正在酝酿一部超级大作《长恨歌》。

元稹
> 哥，相见恨晚啊！来，干了这杯酒！

①铨试：唐宋选用官吏的制度。

元稹比白居易小7岁，诗才一点儿也不输于他。两人志趣相同，仕途同时起步，一起欣赏长安的大街小巷。在这段日子里，白居易曾写诗《秋雨中赠元九》给元稹，"不堪红叶青苔地，又是凉风暮雨天。莫怪独吟秋思苦，比君校近二毛年。"两个正值大好年华的人，在彼此的心中有着特殊的分量。

按照大唐律法，三年校书郎任满后，从业者还需奔赴考场，就是更高级别的考试，通过后才可在仕途这条通道继续混下去。当时虽然报考队伍排起了长龙，但前途无疑是最明朗的。806年，作为一个逢考必过的锦鲤，白居易榜上有名，不久后担任盩厔（zhōu zhì）（今西安周至县）县尉，相当于现在的副县长，从此开启了他职业生涯上的镀金之旅。

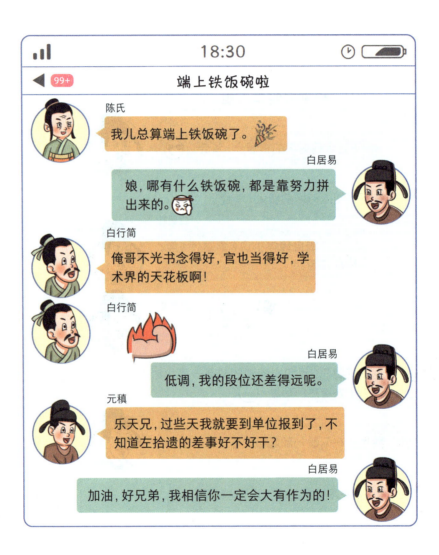

白居易虽然是科举考试的佼佼者，但是任职期间却没有一点儿官架子，经常和老百姓打成一片，为民排忧解难。因为长期深入基层，他还创作了很多反映时事的犀利诗篇，成为唐代最伟大的现实主义诗人之一。

35 岁的白居易担任县尉时，经常呼朋唤友，东游西逛。一日，他和好友陈鸿、王质夫到马嵬（wéi）驿附近的仙游寺游玩。酒足饭饱后，几位老文青聊着感兴趣的话题。眼前的马嵬驿一派太平之景，可是 50 年前，大唐第一美人杨贵妃却在此香消玉殒。唐玄宗和杨玉环的爱情故事，让白居易不由得想到自己曾经的那段青涩感情，他和湘灵何尝不是一对苦命鸳鸯呢？

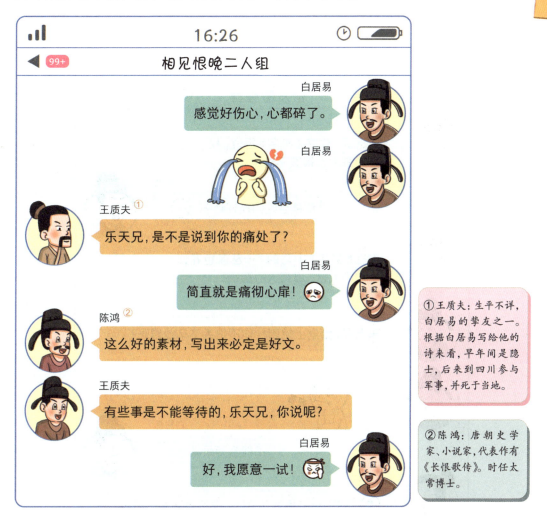

① 王质夫：生平不详，白居易的挚友之一。根据白居易写给他的诗来看，早年间是隐士，后来到四川参与军事，并死于当地。

② 陈鸿：唐朝史学家、小说家，代表作有《长恨歌传》。时任太常博士。

白居易借着酒劲，一气呵成，伟大的长篇叙事诗《长恨歌》就此诞生。"在天愿作比翼鸟，在地愿为连理枝。天长地久有时尽，此恨绵绵无绝期。"当他回首昔日的爱与相思时，只能空叹一句"此恨绵绵无绝期"。两年后，为爱单身 37 年的白居易拗不过母亲的以死相逼，娶了一位门当户对的女子杨虞（yú）卿为妻，正式开始了他的婚姻生活。

《长恨歌》在大唐文坛首发后，顿时声名鹊起，也成功地引起了唐宪宗的注意，对其大加赞赏。不久，唐宪宗便提拔白居易为翰林学士；808年，白居易又升为左拾遗，相当于今天的监察部长，主要工作是挑皇上的毛病，这差事堪称全球最危险十大职业之一，万一惹怒皇上，那是要丢乌纱帽、蹲大牢的。可是白居易自从放下儿女情长之后，就把全部精力投入到工作中，给皇上提意见反倒成了他工作计划中的重点项目。

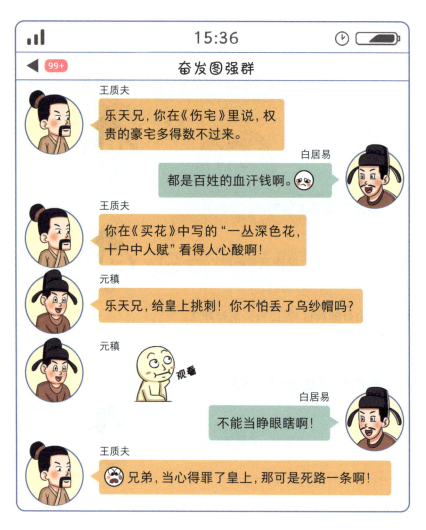

白居易本想兢兢业业地干点儿实事，谁知这个完美主义者一上任就写了很多反映社会现实的诗歌，不光得罪了不少当朝权贵，后来竟然连皇上的底都敢揭。他的本意是想尽言官之责报答皇上的知遇之恩，可是刺挑得多了，皇上哪会高兴？扣了奖金不说，还被老板视为眼中钉——"要不这个皇位你来坐算了！"

在白居易的工作计划中，除了一边抓风气，还一边抓新乐府运动①。为此他和一生的挚友元稹摇着小旗，喊出了一个响亮的口号：诗词要接地气，诗词要反映时事，总之就是不能来半点儿虚的。于是白居易和他的创作团队怀着美好的情怀和强烈的使命感，写出了许多针砭（biān）时弊②的讽喻诗：在《卖炭翁》中，"可怜身上衣正单，心忧炭贱愿天寒"道尽了多少底层人民被压迫剥削的悲惨命运；在《观刈（yì）麦》中，"力尽不知热，但惜夏日长"揭露了统治者对劳苦大众的盘剥。

① 新乐府运动：中唐诗歌革新运动，主张诗歌要讽喻时事，由白居易、元稹、张籍、王建、李绅等所倡导。

② 针砭时弊：指出时代和社会的问题错误，劝人改正。

虽然白居易用他的笔写尽民众的悲欢离合，但是皇帝对他的表现却很是不满，"原本招你来是为了陪我聊聊诗和远方，现在倒好，你和你的团队对我蹬鼻子上脸"。两年后，白居易便由皇上身边的大红人，变成了一个查暂住证、开户籍证明的京兆府户曹参军，这落差堪比飞流直下三千尺。

白居易在创作诗歌时，非常注意语言的通俗易懂，可以说是最接地气的诗坛大师。

诗魔，听说您还获得过"最接地气诗坛名家奖"？

立足诗坛多年，白居易逐渐形成了自己的创作风格：写老百姓的事。

我的口号就是从群众中来，到群众中去！

大娘，这首诗您听得懂吗？

懂！不都说的是俺嘛。

诗魔，您一定有不少追随者吧？

写诗就像写作文，要想写出好文，就要写出读者的痛点。

吹，继续吹……

数量上碾轧同行，程度上史无前例！

大唐日报头版头条

白居易凭《长恨歌》一诗成名后，成为圈内公认追随者数量最多的诗人！

非得逼我亮出绝世珍宝！

在白居易的崇拜者中，有个叫葛青的人疯狂到把偶像作品的诗句纹到自己身上，还配了图。

据说，当时邻国新罗有一位宰相想以每首诗一百两银子的价格收购白居易的诗词。

我的世界你不懂！

我也要学写诗，名扬四海。

白居易

听说您的名声还走出国门，名扬海外呢。

一不小心就红到了国外，真让人难为情。

妥妥的跨国名人啊。

结果，被我以携带不方便拒绝了。

你先把这周的小作文写好了！

作文

又要写作文，我太难了……

职业生涯跌宕起伏

811 年的一日，白居易母亲外出赏花，不慎坠井身亡。按当时守孝制度，父母亡故后，后代若有为官者，须辞官守孝三年。白居易守孝期满后，在宰相韦贯之的推荐下，任职左赞善大夫，负责监督、辅佐太子，但无法进入核心层，是一个有职无权的闲官。815 年，主战派的宰相武元衡在上朝路上遭人刺杀。关于背后元凶是谁，满朝文武都心知肚明，这是藩镇军阀在背后搞鬼，可就是没人敢发声。白居易却愤然上书，要求朝廷为忠心耿耿的武元衡报仇。

当时白居易的谏言就像匕首一样刺向当权者，此举无疑给他惹来一个大麻烦。权贵大臣以他没有谏言之权而把他给顶了回去，还给他安了一个"越职言事"的罪名。其实，归根结底还是白居易的性格太耿直，平时得罪了太多人，被别有用心之人嫉恨。

更诡异的是，主和派担心这项罪名还不够，又添油加醋，说白居易的母亲明明是赏花坠井时死的，他却写赏花诗和新井诗，这是大大的不孝。要知道在古代，"忠"与"孝"是历代王朝立国之本，"不孝"的罪名仅次于对皇帝的不忠。站在朝堂之上的白居易，忽然感到无比孤独。皇上大笔一挥，将他贬为江州（今江西九江）司马。胳膊扭不过大腿，白居易只得顺从圣意。

就这样，江州被贬成了白居易人生路上重要的转折点。在此之前，他以"兼济天下"为己任，希望能做对百姓有益的事情；此事之后，他的行事渐渐转向"独善其身"，虽仍有关怀贫苦大众的心，但他的行动却不再像过去那样激进。对此，白居易深感痛心，在写给友人元稹的《与元九书》这封书信中，慨叹道："我越真诚，反而越格格不入。"这一刻，他心中某个坚硬的东西，出现了裂痕。踌躇满志的岁月已经不在了，如今只剩下心灰意冷。

一路跋山涉水，白居易终于到达江州。巧的是，江州刺史崔能是他的好友。司马本是个闲差，人未上任，崔能就来相迎，给足面子。一个秋夜，白居易与友人在江边喝酒，分别时忽闻阵阵琵琶声。琵琶女的故事，再次戳（chuō）痛他的伤疤。自己曾年少出名，一曲成名作震动帝都文坛，可是人到中年却在这小城混日子，不由得悲从中来，写诗《琵琶行》，留下"同是天涯沦落人，相逢何必曾相识"的千古名句。

不久，《琵琶行》便传遍大街小巷，只是其中揭露了内部权利的很多阴暗面，让宪宗皇帝和权贵阶层恨得牙痒痒。相比一诗成名的《长恨歌》，这一次，白居易虽有受众群体的支持，但晋升仍然无望，求稳似乎更靠谱一些。贬谪江州的日子，让白居易逐渐意识到自己就算争得头破血流，也改变不了世界，于是他选择急流勇退，向现实妥协。

谪（zhé）居江州的日子，心系家国的白居易日渐"堕落"起来，讽刺的是，此后竟官运亨通。先是从江州司马调任为忠州刺史，在荒地大搞城市绿化。自从搞了城市建设，他的事业仿佛坐上了直升机，直冲云霄。元和十五年（820 年），唐宪宗吃丹药暴毙（bì）[1]，唐穆宗即位后，召白居易回长安，任命他为尚书司门员外郎，不久白居易升为主客郎中、知制诰，相当于二等助理秘书。次年，转上柱国，相当于军区司令；后又封中书舍人，成了皇上的私人秘书。

11:58

红运高照聊天群

韩愈
乐天兄，听说皇上找你谈话了，喊你回去任职。

白居易
低调！就是正常的人事变动。

韩愈
高层也找我谈话了，在兵部任职。

白居易
恭喜恭喜！

张籍
多亏韩兄的帮忙，我升任水部员外郎了。

白居易
咱们几个铁哥们儿又上路了！

白居易

①暴毙：指因病或因灾难而突然死亡。

这几年，白居易的事业蓬勃发展，职位和薪水都蹭蹭地往上涨。想当初在江州赋闲时，一直标榜淡泊名利，如今荣誉加身，不免有几分得意："*紫微今日烟霄地，赤岭前年泥土身。得水鱼还动鳞鬣，乘轩鹤亦长精神。*"（**《初加朝散大夫又转上柱国》**）兴致来了，还会约上三五好友外出踏青。看得出，曾经的热血青年早已不再极力寻求改变时代，而是选择与这个世界妥协。

某年四月，白居易和小伙伴组团到庐山游玩。

大林寺，我们来啦！

人生总要有一次说走就走的旅行，哪怕离家只有二里地。

为什么受伤的总是我……

啊，怎么花都谢了？

俺奶奶好像说过，四月过，百花谢。

门票都买了，不逛到闭园那不白来了！

门票

你少吃点儿肉不就省下来了？

没肉的日子太难了……

说得对，挣钱多不容易！

白居易与友人只好沿着山路向上攀爬，等他们走进大林寺内，却意外发现山寺中有一片刚刚盛开的桃花。

哇，桃花！哥，快看啊

眼前这一幕让白居易喜出望外，之前郁闷的心情也一扫而空。

想想还有点儿小兴奋！

明明山脚下的桃花都谢了，怎么到山上就开了呢？

告诉你们吧，这里还藏着地理知识呢！

受气温差异的影响，随着海拔高度的上升，从山脚到山顶的温度会逐渐下降。

简单地说，就是山脚穿半袖，山顶穿军大衣。

说得我都想裹棉被了。

山脚的温度适合花开的时候，山顶不合适。山脚的花谢了，山顶的温度才升到花开的温度。

原来桃花朵朵开，都是有原因的啊。

-10℃

0℃

10℃

20℃

要不怎么会有"一山有四季，十里不同天"的说法呢？

我的诗词已经成功地引起地理老师的高度重视！

该来的总会来，就不要多愁善感了。

我才不伤心呢！

从满腔热血到从容淡定

行走职场，套路都是一样的。和上任唐宪宗一样，唐穆宗看中的也只是白居易的才气，屡次提拔不过是为了展示礼贤下士①的一面。不过，白居易很快就发现身居高官也没什么意思。自己频频上书，结果连个回响都没有；朝中牛李党争日益激烈，站错队，可不是闹着玩儿的。此时白居易身上的锋芒早已被岁月磨平，于是请求朝廷把他调到外地。长庆二年（822年），白居易出任杭州刺史。

① 礼贤下士：指有地位的人能够敬重有德有才的人。下士，指降低自己的身份结交有才能的人。

在杭州任期内，白居易为老百姓办了很多实事，可谓功德无量。公务之余，常邀三两好友，西湖泛舟，围炉煮酒，写出一些闲适、悠然的小诗。如《钱塘湖春行》一诗中，"乱花渐欲迷人眼，浅草才能没马蹄"写尽春的气息；《暮江吟》中的"一道残阳铺水中，半江瑟瑟半江红"更是美得让人陶醉。此时的诗魔不是放弃初心，而是不想再将自己的满腔热血错付在不值得的地方。

长庆四年（824年）初，唐穆宗走了唐宪宗的老路，服长生不老药崩逝。唐敬宗即位。朝堂变动，官员升降一时频繁。次年，白居易改任苏州刺史。虽然年过半百，但是他的工作作风仍然深得民心，兴修河道，整理山塘，为百姓做了很多实事。然而仅一年时间，他就明显感觉身体大不如从前。

其实，白居易在青年时期就曾漫游江南，旅居苏杭，应该说江南在他的心中留有深刻的印象。只是这次苏州任职后，诗人便再也没有回过江南。不过他把储存在脑海里的江南影像，完美地表露在三首《忆江南》之中，尤其是"江南好，风景旧曾谙。日出江花红胜火，春来江水绿如蓝。能不忆江南"更是成为描写江南的千古佳句。

826 年，受眼疾的困扰，白居易向皇上表达了他打算回洛阳休养的想法。恰好一生蹉跎的刘禹锡，此时正被调到洛阳。两人虽未见过面，但白居易早已将刘禹锡视为自己的好友。船行至扬州，二人把酒言欢，聊事业、聊时事，诗魔意气风发，举杯吟出一首《**醉赠刘二十八使君**》，尤其是"**诗称国手徒为尔，命压人头不奈何**"一句用"国手"来形容刘禹锡，视其为文坛的重量级人物，足以看出白居易是有多钦佩刘禹锡。

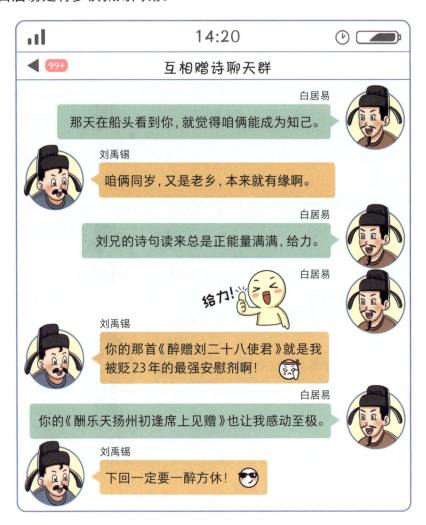

刘禹锡听得很是欣慰，写了首《**酬乐天扬州初逢席上见赠**》回赠白居易。其中，"**沉舟侧畔千帆过，病树前头万木春**"这句满满正能量的诗句更是成功地奠定了刘禹锡在大唐诗坛中的地位。这一年，白居易和刘禹锡建立了互相吹捧的笔友关系，也是二人的第一次高光时刻。

白居易身体久未治愈，只好卸任苏州刺史，被召回京城待命。827 年，大唐政权发生了大地震，唐敬宗被杀，唐文宗即位。与大多数帝王一样，养才子无非是为了锦上添花。这一次，虽然政权在走下坡路，但白居易还是做了秘书监，就是皇家图书馆馆长，相当于副部级，还穿上了为三品以上官员独家定制的紫色朝服，像寓意美好的吉祥物一样端坐在官位上。此后的岁月里，白居易老实了很多，一心向佛，过着半隐半官的生活，闲来无聊与好友约约小酒，写写小诗，生活过得优哉游哉。

此时的白居易已经不再是那个被寄予厚望、愿为大唐事业鞠躬尽瘁的热血青年。秘书监当了一年，就转任刑部侍郎，干了一年。现在的他不再强求结果，过一种闲适的"穷则独善其身"的生活成了他晚年的人生信条。

白居易的晚年生活可以说是十分惬意。然而大和五年（831年）对他来说却是一个悲伤之年。3岁的儿子阿崔不幸夭折；同年七月，挚友元稹暴病而死[1]。不久后，白居易就和佛结下了缘分，经常出入于洛阳香山寺[2]，并有了"香山居士"的名号。

① 元稹去世的时候，白居易为他写墓志铭，得到了一笔丰厚的润笔费，据说有六七十万钱。

② 香山寺，始建于北魏，武则天主政期间香火鼎盛，安史之乱后逐渐衰败。

白居易与元稹曾经是何等的意气风发、壮志满怀，可是谁又扛得住一波三折的人生？这对诗坛顶级好友的关系可谓荡气回肠、令人神往。白母病逝，元稹也不富裕，仍寄钱给他。元稹被贬，白居易不停地惦念。元稹得知白居易被贬江州，又是一顿凄凄惨惨戚戚，并写下著名的《闻乐天授江州司马》："残灯无焰影幢幢，此夕闻君谪九江。垂死病中惊坐起，暗风吹雨入寒窗。"如今，元稹走了，白居易又不禁发出"同心一人去，坐觉长安空"（《别元九后咏所怀》）的感慨。人生得此知己，夫复何求。

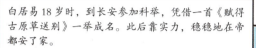

白居易18岁时，到长安参加科举，凭借一首《赋得古原草送别》一举成名。此后靠实力，稳稳地在帝都安了家。

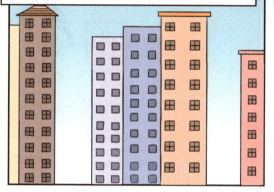

当时，唐朝长安可以说是世界上最繁华的城市，也是读书人的向往之地。

白居易刚做校书郎时，衣食无忧，生活过得清闲自在。

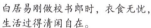

我在理财，好早日实现小目标啊。

诗魔，您这是在干吗呢？

努力打工中

通过自己的辛勤劳动，努力改善居住环境啊。

您的小目标是什么呢？

几年后，白居易果然靠自己的努力在渭南买了一套农家院。

这不是"开轩面场圃，把酒话桑麻"的画面嘛。

我们的每一份努力，都将开出绚烂的花朵。

后来，白居易又考中进士；年近半百时，又在长安安了家。

人生总有意想不到的惊喜，我是喜极而泣啊。

这是好事啊，您怎么还哭上了呢？

不管怎么说，这都是一件可喜可贺的事情。

想当初，为了第一桶金，我是何等奋发图强。

果然"功夫不负有心人"，就算年少成名，也要足够努力。

谁说不是呢？我这个奋斗不息的老前辈就是最好的例子。

829年，白居易因身体不适，被朝廷派到洛阳，拥有了一处属于自己的大宅子。

又是一桩喜事啊！

有山有水，有花有草。

出门溜大象，在家斗猴子。

一个字——美！

大和三年（829年），58岁的白居易又在洛阳购置了一处园林风格的大宅子，之后便在此颐养天年，直到75岁去世。

偶像，您怎么住动物园了啊？

人生赢家不都是这样，养花遛鸟！

64

身不由己的佛教居士

唐文宗开成三年（838 年），花甲之年的白居易因病在洛阳担任太子少傅分司，此时的他对政治已经心灰意冷。闲来无事就在香山寺念佛诵经、打坐修禅。在青灯古佛的熏陶下，白居易的心灵得到了前所未有的安宁。

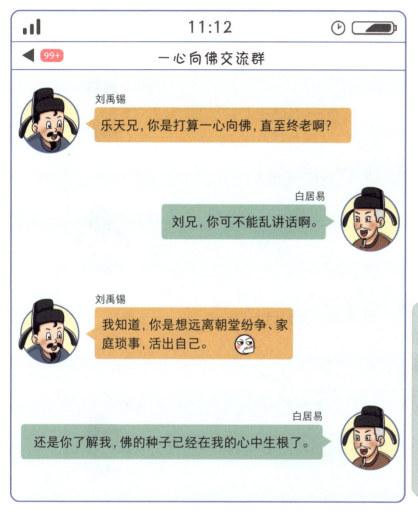

11:12

一心向佛交流群

99+

刘禹锡
乐天兄，你是打算一心向佛，直至终老啊？

白居易
刘兄，你可不能乱讲话啊。

刘禹锡
我知道，你是想远离朝堂纷争、家庭琐事，活出自己。

白居易
还是你了解我，佛的种子已经在我的心中生根了。

① 白居易晚年时，写下《醉吟先生传》，文中的醉吟先生正是他本人。

② 白居易用那笔润稿费重修了香山寺，此后游人络绎不绝，直到北宋时期还是文人学者的热门景点，欧阳修等曾来此游览作诗。

晚年的白居易早已不再是曾经文字激扬的有志青年，对朝堂之事也不再抱有任何幻想。此时他唯一笃信佛教。在白居易现存的一千多首诗歌中，涉及佛教内容的就有四百余首。晚年，他阅遍佛经，曾自言"栖心释氏，通学大中小乘法"（《醉吟先生传》）①。之后就彻底住在香山寺②，一心向佛，直至终老。不再流连人间享乐的白居易还辞去了心爱的舞姬（jī）樊肃，并留下诗作《春尽日宴罢感事独吟》："五年三月今朝尽，客散筵空独掩扉……"

839年，白居易患上风疾。唐武宗会昌二年（842年），白居易罢太子少傅分司，改以刑部尚书致仕。同年七月，经历了人生起起伏伏的刘禹锡与世长辞，享年71岁。白居易想起自己曾与刘禹锡时常游历于洛阳一带，不禁老泪纵横，感慨万千。

白居易和刘禹锡的人生际遇可以说极其相似。晚年在洛阳相聚时，白居易是东都太子少傅，刘禹锡则是太子宾客。毕竟是个闲职，所以这对老伙伴日日以诗酒唱和为乐。当时以他俩为首形成了一个刘白诗人群，白居易还将自己与刘禹锡的唱和诗编成《刘白唱和集》，稳居大唐畅销书榜首。想到从此与知己永不相见，白居易写下《哭刘尚书梦得二首》："四海齐名白与刘，百年交分两绸缪。同贫同病退闲日，一死一生临老头……"，寄托了自己对友人的无限哀思。

844 年，古稀之年的白居易拿出所有的积蓄，捐赠给家乡，支持龙门的水利建设。完工后大笔一挥，作诗《开龙门八节石滩诗二首》："……我身虽殁心长在，暗施慈悲与后人。"不管自己有过怎样的经历，他仍心存兼济天下的人生信条。次年，白居易还在洛阳的履道里举办了著名的"七老会"，与会者有胡杲（gǎo）、吉皎、郑据、刘真、卢真、张浑与白居易，后来"七老会"发展成"九老会"①。

① 九老会：即白居易退居洛阳时的九老之会，泛指告老还乡者的聚会，参加者多为七十多岁的老人。

② 李商隐为白居易题写的墓志铭石碑已经消失，现存墓碑是康熙年间重建香山寺时所立，上书正楷"唐少傅白公墓"。

在生命最后的日子里，白居易经常与朝中官员和其他退隐老人唱和酬赠。其间他还和诗坛新锐李商隐成了忘年交。虽然这个成功的老人早已名满天下，但他仍然非常欣赏李商隐的才华，还交待说死后由李商隐为自己写墓志铭②。白居易和李商隐作为中晚唐诗坛界的标杆人物，两个人的忘年之交也成为历史上的千年佳话。

唐武宗会昌六年（846 年），当满山红叶红透的时候，白居易与世长辞，走完了人生最后一段路，享年 75 岁。家人依照他的遗嘱，将其埋葬在洛阳龙门香山的琵琶峰上。白居易的去世，有如巨星陨（yǔn）落一般，顿时震动朝野，皇帝还赠其尚书右仆射一职。

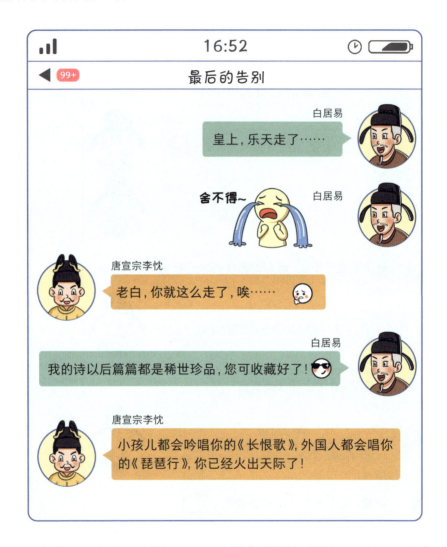

白居易去世后，唐宣宗李忱还写诗**《吊白居易》**以悼念，"缀玉联珠六十年，谁教冥路作诗仙？浮云不系名居易，造化无为字乐天。童子解吟《长恨》曲，胡儿能唱《琵琶》篇。文章已满行人耳，一度思卿一怆然。"一篇**《长恨歌》**，一篇**《琵琶行》**，犹如双璧，让诗魔横亘在中国诗歌史上。永不认输的白居易，像高山一样让后人仰慕。

白居易晚年时，曾说自己来世想做李商隐的儿子，还称这是他最大的心愿。

白居易晚年时，最喜欢品读别人的诗词佳作，尤其欣赏李商隐的才华。

虽然白居易很欣赏李商隐，但是晚年的他在政治上也没有多大能量，即便有心提拔，也很无奈。

因为仰慕李商隐的才华，白居易曾说，他最大的心愿是当李商隐的儿子。

巧的是，白居易去世后没多久，李商隐便喜得贵子。

李商隐的第一个儿子，资质平平，甚至还有些愚钝。

后来，李商隐的小儿子出生了，聪明伶俐，为了纪念白居易的厚爱，便给这个孩子取名为"白老"。

一生诗剑风流——英豪杜牧

　　他出身官宦门第，名相之后，自小志向远大；他诗赋俱佳，精通兵法，善论兵事。他虽是个风流才子，骨子里却是个忧国忧民的战略家。只可惜生不逢时，宦官专政、党争激烈，他心系苍生，却报国无门，只能以诗文为利器，揭露历史深处的悲凉、荒诞与可笑。他就是一生诗剑风流的一代英豪——杜牧。

唐代杰出的诗人、散文家

别名：杜樊川、小杜、杜十三
生卒年代：803年－852年
出生地：京兆万年(今陕西西安)
字号：字牧之，号樊川居士

杜牧的好友列表

特别关注
曾祖杜希望
祖父杜佑
父亲杜从郁
妻子裴氏
妻子崔氏
弟弟杜顗
儿子杜晦辞

职场上司
唐文宗李昂
唐武宗李炎
唐宣宗李忱

特殊关系
上司沈传师
上司牛僧孺
前辈吴武陵
前辈崔郾

星标朋友
李商隐
韩绰
张祜
许浑

黑名单
李德裕

出生就是个官三代

杜牧出生在长安一个世代为官的家庭。曾祖父杜希望是开元年间的朝廷重臣，战功赫（hè）赫。祖父杜佑（yòu）不仅学富五车，官也做得很大，是三朝宰相。父亲杜从郁虽然做官、做学问不如祖辈，但也是个小官，足以维持生计。杜牧曾用一首诗描述自己曾经的显赫家世："旧第开朱门，长安城中央。第中无一物，万卷书满堂。"意思是说，我家的大宅子就在京城一环内，满屋子都是藏书。不过杜牧 15 岁左右时，家道日渐中落，过了好几年吃苦的日子。

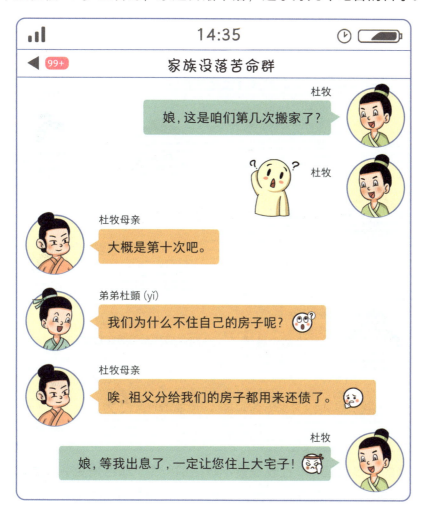

原本官三代、公子哥出身的杜牧，是妥妥的豪门望族。但是随着祖父和父亲的相继离世，他失去了最后的依靠，一家人沦落到靠接济为生。还经常居无定所，八年间搬家数十次。寒冬长夜，饥寒交迫，甚至到了吃野菜的地步。眼前不如意的生活，与童年时的显贵形成了强烈的反差。杜牧是有官三代的名，而无官三代的命。

虽然日子过得很辛酸，但是受家族的影响，从杜牧记事起，爷爷就经常提醒，现在不比盛唐，要多看史书，知晓朝代成败兴衰的道理。当时的大唐，藩镇闹独立，宦官要上位，被朝廷委以重任的大臣忙着搞帮派斗争，牛李党争那叫一个乱。杜牧在读书之余，特别关心国家大事，为此还专门研究过孙子，写过 13 篇《孙子》注解。杜牧十几岁时，就已显露出不一般的政治才华。

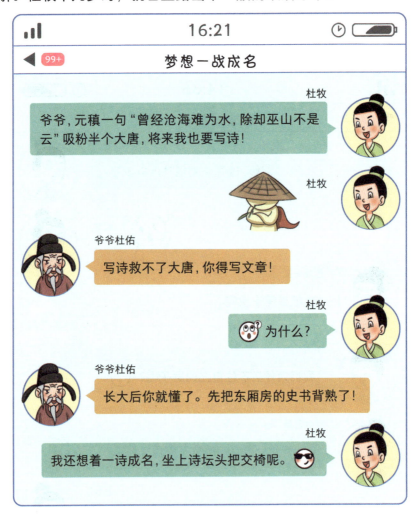

在爷爷的众多晚辈中，杜牧是最不听话的一个，却也是受爷爷影响最深的一个。因其排行十三，又称为杜十三。当时的牛李党争席卷了整个政坛，若是缺乏政治眼光，很容易卷入其中，成为无辜的政治牺牲品。长庆二年（822 年），20 岁的杜牧已博通经史，尤其专注于治乱与军事。23 岁作出《阿（ē）房（páng）宫赋》(六王毕，四海一；蜀山兀，阿房出。覆压三百余里，隔离天日。骊山北构而西折，直走咸阳……），字字句句表达了他对藩镇问题的见解。

然而正是《阿房宫赋》这篇长文让杜牧一战成名。当时唐敬宗是十足的败家子，这让杜牧想起了安禄山掀唐玄宗桌子一幕。于是借秦王的奢华阿房宫，提醒唐敬宗：再兴盛的王朝，如果不爱民，都是自寻死路。起初，压根儿就没人搭理他这个年轻书生。直到生命中的贵人——太学博士吴武陵[1]看到这篇风格豪放的文章后，才在科举主考官礼部侍郎崔郾（yǎn）面前大力推荐。

[1]吴武陵：唐代散文大家，为人疏狂，爱惜人才。向崔郾力荐杜牧一事在《唐摭(zhí)言》中有详细记载。

在那个纸醉金迷、一派狂欢的大唐末日，一位名不见经传的年轻书生凭借一篇《阿房宫赋》开始在大唐诗坛崭露头角。他一边尽情地挥洒着自己的才华，一边句句戳中当时读书人的内心。这文笔、这见解、这气度，连时任太学博士都不忍埋没，连连称赞杜牧这人也太有才了吧。此时的杜牧仿佛隐约体会到爷爷当年逼他读史书的良苦用心。自从扔出这颗极具威力的炸弹后，他整日都在静候朝廷的聘书从天而降。

后门

偶像,听说当年您的科举名次是走后门得来的?

考场

那都是娱乐八卦的炒作,我可是当之无愧的!

搬好小板凳,听我慢慢道来。

那真相到底是什么呢?

话说杜牧的《阿房宫赋》刷爆朋友圈后,吴武陵当即去找主持科举的考官崔郾。崔郾读罢,也连连称好。

吴武陵

怎么样,今年的状元就给杜牧吧?

探花× 榜眼× 状元×

对不住啊,状元早就定下了。

崔郾

这是什么操作?

那就榜眼!

榜眼!

你是要搞事情？

第二名也有人选了。

探花

那探花呢？

让我先哭一会儿……

探花也答应给了别人。

如果没别的办法，那就只能等放榜之日，让前五名各写一篇文章比试比试，只怕到时候，您这主考官的颜面……

别急嘛，老哥，第五名还给您留着呢。

结果，26岁的杜牧以第五名的成绩，进士及第。虽说这个第五名有点儿走后门的嫌疑，但是凭借杜牧的实力，状元花落谁家还真不好说。

哼，明明可以靠实力，偏偏却要靠走后门。

踏上为官之路

唐朝的科举搞的是推荐制，考前如果没有大师替你推荐，分数再高也白搭。大和二年（828年），杜牧以第五名的成绩，进士及第，可谓少年得志，意气风发。随后在同年三月的制举考试中，杜牧又是一举得中，自此踏上为官之路。一年之中两度折桂，小杜同学喜上眉梢，作诗《及第后寄长安故人》："东都放榜未花开，三十三人走马回。秦地少年多酿酒，已将春色入关来。"自此一颗科举新星冉冉升起。一时间，想与他结交的人排起了长队。

频上热搜的杜牧春风得意，甚至有点儿忘乎所以。这天，他与友人游终南山。偶遇高僧，相谈甚欢。友人介绍杜牧时，特意强调官宦世家、帝都户口、房产百套、榜上有名等标签。原以为高僧会露出追星族的狂热，不料却无半点儿反应。杜牧顶着一个大写的尴尬，在寺庙墙上写下一首《赠终南兰若僧》："北阙南山是故乡，两枝仙桂一时芳。休公都不知名姓，始觉禅门气味长。"

自此，杜牧挟着科举新贵的头衔，开始了官场生涯。先是被授弘文馆校书郎，当起了皇家图书管理员。次年，应江西观察使沈传师的邀请，先后至南昌担任幕僚。由于沈家与杜家为世交，沈氏兄弟又是文学爱好者，所以杜牧经常到沈传师家做客。其间，杜牧还对沈家一歌女张好好产生了好感，眼看就要成就一段伉（kàng）俪（lì）佳话，结果主人的弟弟抢先纳姑娘为妾，活活拆散了这对鸳鸯。

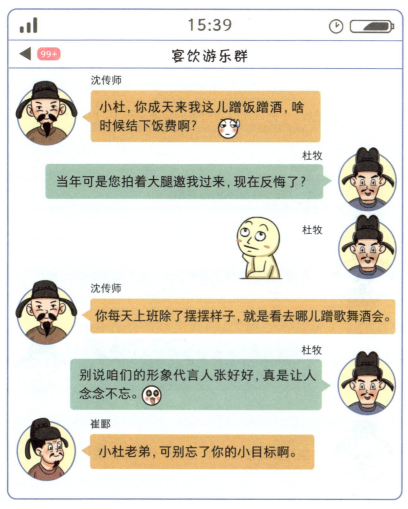

失恋后的杜牧终日游走于花街柳巷，对张好好朝思暮想，于是作诗《宣州留赠》："红铅湿尽半罗裙，洞府人间手欲分……" 833 年，沈传师调回，杜牧收到淮南节度使牛僧孺的聘书，到扬州担任幕僚，之后与这位淮南节度使结下深厚的情谊。但杜牧依然风流浪荡，牛僧孺不好劝阻，只好派人暗中保护。直到后来杜牧在长安任职才得知牛僧孺的这番苦心，从此对他感激涕（tì）零（líng）。而牛僧孺正是著名的"牛李党争"中"牛"的一方。

扬州虽是个好地方，杜牧却不想过得清闲悠哉，而是要报效大唐。当他听说幽州作乱时，一口气写下数篇文章，表达自己的政治主张，其中就包括后来被收入《资治通鉴》的《罪言》《原十六卫》《战论》和《守论》。此文深得时任吏部侍郎的沈传师好评。835 年，杜牧被调回洛阳，做了一名监察御史。因此，逃过了十一月"甘露之变"的险恶风波。在洛阳，他竟偶遇故人张好好。

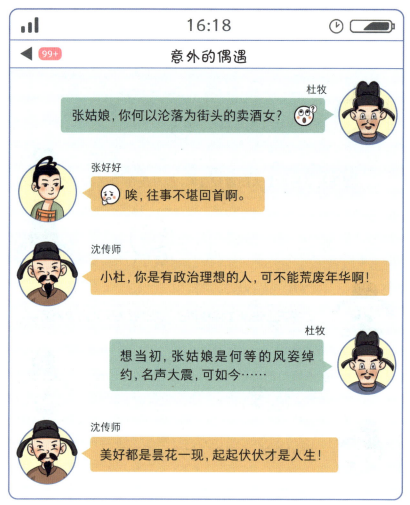

这次偶遇让昔日情侣泪如泉涌，纵有千般苦，却欲言又止。杜牧只好写诗诉衷情，荡气回肠的《张好好诗》(*君为豫章姝，十三才有余。翠茁凤生尾，丹脸莲含跗……*) 成了他唯一传世的书法真迹。此后在洛阳期间，由于工作清闲，杜牧不是呼朋唤友就是游山玩水，并写下不少经典诗篇，其中就包括《山行》: "*远上寒山石径斜，白云生处有人家。停车坐爱枫林晚，霜叶红于二月花。*" 不久，杜牧赴宣州任职，与张好好从此山高水远，后会无期。

开成二年（838 年），杜牧奔赴宣州，途经金陵时，看到达官贵人的灯红酒绿，大发感慨，写下教科书级别的咏史诗**《泊秦淮》**："烟笼寒水月笼沙，夜泊秦淮近酒家。商女不知亡国恨，隔江犹唱后庭花。" 在这里，他还听说了传奇女诗人杜秋娘的故事。此女才华横溢，是将军府上的歌妓，后被卷入政治争斗，晚景颇为凄凉。读了她的名作**《金缕衣》**，杜牧唏（xī）嘘（xū）不已，写下长篇**《杜秋娘诗》**："京江水清滑，生女白如脂。其间杜秋者，不劳朱粉施……"

在宣州，杜牧的官职是团练判官，虽说离家远点儿，但是钱多事少。闲来无事，他便四处喝酒撸串。路过乌江亭，写下**《题乌江亭》**："胜败兵家事不期，包羞忍耻是男儿。江东子弟多才俊，卷土重来未可知。" 这首诗不光是写给上司，更是写给自己，他要在这个狂躁的时代活出一点儿人样。离开宣州后，杜牧被诏入京，先后任左补阙（quē）、膳部员外郎和比部员外郎。

"甘露"，多有诗意的一个词，竟然成了血腥事件？真是令人细思极恐！

要不说，历史就是惊天动地的传奇、扑朔迷离的谜团呢。

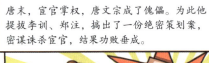

唐末，宦官掌权，唐文宗成了傀儡。为此他提拔李训、郑注，搞出了一份绝密策划案，密谋诛杀宦官，结果功败垂成。

简直就是男版宫斗剧啊。

话说一日，唐文宗正在总裁办会客，将军韩约报告说，后院石榴树昨晚天降甘露。唐文宗听后龙颜大悦。

天降甘露，此乃天下太平之象！

于是唐文宗邀请众人到后院欣赏甘露，实则是想乘机将宦官一网打尽。并叫李训先去看看情况。

李训

老板，我看了，怎么感觉不像甘露呢？

唐文宗又叫宦官仇士良等人去欣赏，仇士良带着宦官们来到后院。

仇士良

乡巴佬儿，连甘露都不认识！

当时虽然韩约已设下埋伏，可是由于太紧张，竟然瑟瑟发抖，还留下不少汗。

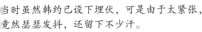

韩约

这演技完全不在线啊。

这大冬天，你怎么还会流汗呢？

嗯……

哈哈，连台词都念不好。

韩约竟然结结巴巴答不上来。这时，突然吹来一阵风，把掩盖伏兵的幕布给吹了起来。

这下可完了！

仇士良一看就知道中计了，赶紧逃命，还命人控制住唐文宗。

小子，你给我等着，我还会回来的！

伏兵赶忙追上去，可是晚了一步，宦官已经关上宫门，把他们挡在了外面。

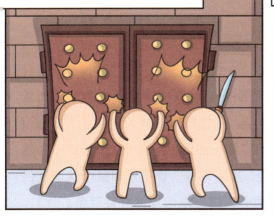

后来，宦官们大开杀戒。一时间，长安血流成河。

想想真后怕，如果我当时在长安，真不知会遇到什么。

诗人的落幕

此后，杜牧的仕途一直不顺。由于集团党派斗争激烈，李党上台，牛党落寞。再加上杜牧不拘小节，与李德裕三观不合，和牛僧孺又有私交，因此在那个阵营决定命运的时代，他当然难逃被李党排挤的命运。会昌二年（842 年），他被外放为黄州刺史。世事无常，只好在诗境中找回自我，为此他留下了多篇诗作，代表作《**江南春**》（*千里莺啼绿映红，水村山郭酒旗风。南朝四百八十寺，多少楼台烟雨中。*）就暗藏了含蓄深蕴的情思。

杜牧的一生，英雄却无用武之地。从政期间，恰是牛李党争最激烈的时候，为了明哲保身，只好做一个超然派，非牛非李。虽然发表治国论文数篇，提出治国方略数条，而且不少建议也深得李德裕的称赞。然而，终其一生，始终不为朝廷所重用，搞得他郁郁寡欢。他虽是个情圣、风流才子，骨子里却是个忧国忧民的战略家。在黄州，杜牧对自己依然充满信心，把当地治理得井井有条。

杜牧离开黄州，又辗转池州、睦（mù）州任刺史。这个多才多艺的风流诗人，不仅兴利除弊，关心人民，笔下佳作也是如流水般绵绵不断。他创作的咏史诗犀利地揭露了晚唐荒诞而无奈的现实。在黄州附近，他想起东吴，一战成名，三足鼎立。不由作诗《赤壁》（折戟沉沙铁未销，自将磨洗认前朝。东风不与周郎便，铜雀春深锁二乔。），发出"决定国家命运，一战足矣"的感慨。

感慨之余，又多了几分失落。人到中年，还在这小城做刺史，想想都心酸。一个细雨霏（fēi）霏的清明节，当杜牧看到路上行人魂不守舍的情景时，不由得想到大唐国势渐衰，于是有感而作《清明》（清明时节雨纷纷，路上行人欲断魂。借问酒家何处有？牧童遥指杏花村。）。也许自己的后半生基本就这样了。面对此情此景，只有眼前这杏花村的老酒，才能给他一点儿慰藉。

又是几年过去了，新上台的唐宣宗不待见李德裕，直接把他贬到海南。杜牧的恩人牛僧孺也没机会东山再起，因为他早已去世了。朝堂更迭，杜牧再次收到邀请，回朝廷任司勋员外郎、吏部员外郎等职。可是身处暮气沉沉的朝廷，他怎么也高兴不起来，也逐渐不再过问政治。

但是一想到死水之下的暗流还在涌动，宦官在暗中搅局，朝廷和藩镇的矛盾还在上演，杜牧便把自己注解的《孙子兵法》交给宰相大人，希望能为赢（léi）弱的大唐尽自己的微薄之力，恐怕这是他能为大唐做的最后一件事了。要知道，杜牧不仅是个名传千古的诗人，还是个有理想的军事家，他对于《孙子兵法》的注解被称为历代第二，仅次于曹操的注解。之后他便以京城物价高、生活压力大为由，连续三次申请担任湖州刺史，一心想远离朝廷。

宣宗大中四年（850年），杜牧接连打了三次报告，工作调动才被批准。不过也有人认为，他请求外放不单是为生计，而是对朝廷大失所望。临走之前，他想再看一眼长安城，于是登上乐游原——长安最高的地方，思绪万千，写下留给长安、留给这个时代最后的挽歌《**将赴吴兴登乐游原一绝**》(*清时有味是无能，闲爱孤云静爱僧。欲把一麾江海去，乐游原上望昭陵。*)。巧的是，在乐游原，他看到了唐太宗的陵墓，而那个梦幻般的朝代已然成了过去。

曾经的杜牧胸怀大志，如今却已心灰意冷。登高望远，想起昔日的唐太宗，恰是对活着的皇帝与当今朝政的失望透顶。现在的大唐早已不再如过去那般繁华兴盛、山河无恙（yàng），而他这样的人又有何施展之处？江湖悠悠，恐怕只有闲云野鹤才是杜牧最终的归宿。在湖州的这段日子，杜牧凭吊前贤，结识诗友，作了不少诗作。

此后，杜牧在仕途上又是几番辗转。先是奉命回京担任考功郎中、知制诰（gào）。次年，迁中书舍人。虽为五品官员，但已不再重要，此时他的心里只想着落叶归根，回归故里。不久，他就重修了老家留下来的宅子，并起名"樊（fán）川别墅"。每有闲暇，就与三五知己一起饮酒作乐、吟诗作赋。后来，杜牧患上重病，自知将不久于人世，便终日闭门在家。

这是杜牧生命中的最后一年。临终之时，他强撑病体，用生命最后的余力给自己撰写了墓志铭，总结一生的起起伏伏。同时，还把自己一生所写的诗稿重新整理一遍，遗留下来的诗稿只占原稿的十之二三，其余的都被付之一炬。诗人严肃地对待自己的创作，用精益求精的标准遴（lín）选传世之作，实为文学史上的佳话。宣宗大中六年（852 年），杜牧逝世，享年 50 岁。

大中六年（852年），杜牧深感时日不多，于是提笔给子孙留下一首《留诲曹师等诗》。

留诲曹师等诗

万物有丑好，各一姿状分。
唯人即不尔，学与不学论。
学非探其花，要自拔其根。
孝友与诚实，而不忘尔言。
根本既深实，柯叶自滋繁。
念尔无忽此，期以庆吾门。

偶像，您临终前写给后人的诗，真是令人叹服！

我是一个好爸爸．

正大光明

我好歹也算个官，子孙自然不能差了啊。

我爸常说，年轻人要敢于有梦，有小目标！

挑战一个月，暴瘦30斤！

那是鼓励你为了梦想而努力学习。

咳，可是学习始终不上道，愁死啦！

探索学习好方法

学习要有方法和技巧——学习不能流于表面，而要寻根究底。

啥？学习还要拔根？这不是要我的命吗？

妈妈，好怕啊

修身立德

学习不可只看虚华和肤浅，而是要挖掘精髓，追求修身立德。

你拿个铁锹干吗？

我得追根溯源，刨出好成绩啊！

年轻人，凡事只有根基扎实，才能枝繁叶茂，记住：根本既深实，柯叶自滋繁。

偶像，我懂了，我要振兴家门去了！

千万别把我的话当成耳旁风啊……

哪怕身处逆境，依然笑傲江湖
——诗豪刘禹锡

他被认为是大唐最有前途的政治新星；他的诗作昂扬向上，透着超凡脱俗的哲学意味；他是诗坛界少有的多面手，写辞赋诗外，还乐于钻研哲学、天文与医学；他有重现盛唐荣光的梦想，对底层草民也深怀悲悯之情；他从奋发有为的年纪，迈入黯淡哀愁的中年。他就是乐天诗豪刘禹锡。

唐朝文学家、哲学家，有 诗豪 之称

别名：刘宾客、刘中山、诗豪、刘二十八

生卒年代：772年－842年

出生地：河南郑州荥阳

字号：字梦得，晚年自号庐山人

刘禹锡的好友列表

特别关注

父亲刘绪

职场上司

唐代宗李豫
唐德宗李适
唐顺宗李诵
唐宪宗李纯
唐穆宗李恒
唐文宗李昂
唐武宗李炎

特殊关系

王叔文
王伾
诗僧皎然
诗僧灵澈

星标朋友

韩愈
柳宗元
白居易
武元衡
裴度
元稹

黑名单

武元衡

家道中落，才华自救

大历七年（772年），在河南郑州荥（yíng）阳，出生了一个被后人称为"诗豪"的男娃，他就是刘禹锡。祖先为汉景帝与贾夫人之子刘胜，父亲、祖父都是不起眼儿的小官吏，安史之乱发生后，父亲刘绪为了避乱，迁居苏州，到江南谋了个小官。刘禹锡正赶上这一名门望族日渐衰落。

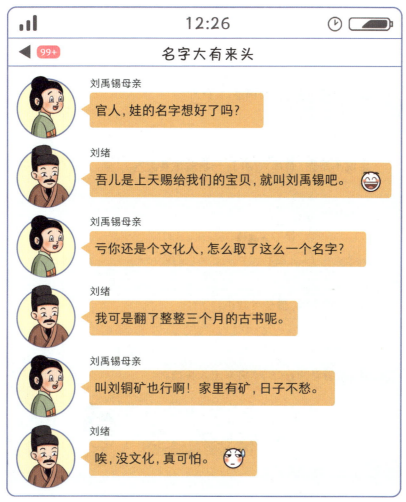

刘绪中年得子，自然喜上眉梢，起名也是万般慎重。那阵子，他没日没夜地翻阅古籍，读到"禹锡玄圭（guī），告厥成功"一句时，嘴角露出了满意的笑。话说，水利工程师大禹再创佳绩，尧帝特意赐给他一块玉圭。"这不说的正是吾儿吗？天赐之宝啊。"在古代，"锡"就是赐的意思。于是刘绪一激动，给娃取名为刘禹锡。就这样，刘禹锡带着一家人的希望日渐长大，他也的确很给力，不仅学习勤奋努力，而且天天乐呵呵的，完全就是一个乐天派。

生在这样一个家道中落的家族，想要出人头地，只能高举"知识改变命运"的大旗，凭才华自救。为此，刘禹锡从小就很刻苦，经常研习儒家经典和吟诗作赋，在作诗方面早早地就超越同龄人。还经常去吴兴拜访江南的两位著名诗僧皎（jiǎo）然①和灵澈②，接受高人的熏陶和指点。

孺子可教也

皎然
这个孩子可教化，有前途。

刘禹锡母亲
谁说不是呢，瞧那大脑门，一看就透着灵气。

刘禹锡母亲
嘻嘻嘻

灵澈
嗯，不错不错，孺子可教也。

刘禹锡母亲
儿，跟着老师好好学，将来出人头地。

刘禹锡
娘，我会努力的。

①皎然：唐代著名诗僧，著有诗歌理论著作《诗式》。
②灵澈：云门寺律僧。与刘禹锡、刘长卿交往甚密，互有诗相赠，享誉当时诗坛。

少年刘禹锡每天除了吃饭睡觉，大部分时间泡在寺庙，跟随大师或吟咏，或听讲座，或写摘要，体悟诗歌之美妙。皎然是唐代著名诗僧，在文学、佛学、茶学等方面都有很高的造诣。灵澈是皎然的一位重要诗友。这两位老师还与当时的名士颜真卿、陆羽等经常一起诗歌唱和。能得到这两个重量级大师的夸赞，对少年刘禹锡来说，简直就是荣幸之至。当然，这段求学经历对其日后的诗歌创作，还有哲学思想的形成，也产生了非常深刻的影响。

在写诗的日子里，刘禹锡不仅读遍锦绣大唐的优美诗作，还学会了岐（qí）黄之术①，就是常说的中医医术。相传，贞元十年，官员崔抗的爱女患上心痛症，一天到晚病病歪歪，家人四处寻医问药，遍访群医，试过民间偏方，甚至还到寺庙烧香祈祷，却依然没有效果。后来结识了刘禹锡，一番"望、闻、问、切"后，开出一味生地黄。命悬一线的女子服用后，竟然奇迹般地活了下来。此方后来被视为经典验方，录入刘禹锡所著的医术《传信方》②。

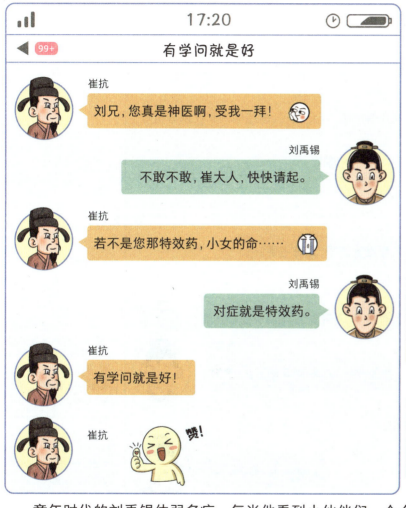

①岐黄之术：黄指轩辕黄帝，岐指臣子岐伯。战国时期，医学家将"岐黄"二人的医论谈话整理成《黄帝内经》，史称医书之祖、岐黄要术。

②《传信方》：唐朝刘禹锡撰于818年，收录的验方临床价值较高，备受历代医家推崇。

童年时代的刘禹锡体弱多病，每当他看到小伙伴们一个个健壮可爱的样子，就免不了为自己的羸弱之躯而羞愧。所以，他从小就有学医的愿望，为此阅读了大量的医药书籍。虽然长大后没能走专业路线，但是从他治愈的病例来看，医方还是极为灵验的。不难看出他对医术并非仅识其皮毛，而是达到了相当高的水平。这样一个多才多艺的少年郎，自然前途无量。

此后，18岁的刘禹锡像所有的有识之士一样，离家游学洛阳、长安，不久就在大唐知识分子圈博得了很高的诗名。贞元九年（793年），21岁的他参加了科考。与柳宗元 [1] 同榜进士及第，同年登博学鸿词科 [2]。都说当时进士很难考，每年全国才录取二三十个。有句话说"三十老明经，五十少进士"。明经考的是记忆力，三十岁考上，都算老的；进士考的是创造力，五十岁考上，也算年轻。刘禹锡却二十出头就榜上有名。

① 柳宗元：唐代文学家、哲学家、散文家和思想家，代表作有《溪居》《江雪》《渔翁》。

② 博学鸿词科：简称词科，唐开元年间始设，以考拔能文之士。

当京城的喜报传来，刘家上上下下高兴地在家门口挂起了大红灯笼，还一连放了好几天的鞭炮。刘禹锡第一次参加科举考试就进士及第，年纪轻轻，惊才绝艳。看着繁花似锦的长安城，他的心里不光想着眼前的"春风得意马蹄疾，一日看尽长安花"，他还有更大的梦想，那就是大唐梦，重现盛唐荣光的梦。

大唐年度诗坛名人 刘禹锡

偶像,您现在可是大唐各大文学排行榜的常客了。

诗坛名家 第一名 柳宗元

哪里,我的铁哥们儿柳宗元才是真正的名家。

刘禹锡 柳宗元

你俩是中唐诗坛的名家,人称"刘柳",自成一派。

我俩还都是有志青年呢。

有志青年

大唐诗坛最佳搭档

怪不得大家常说,你俩实在太像了,就像一个模子刻出来的。

逆袭之路! 我是认真的!

我俩也算是官二代,只可惜只能走科举逆袭这条路。

后来，我俩又一起喜提100分，金榜题名。

不久，又都通过了复试，收到录取通知。

录取通知

厉害啦，偶像！

自此，我们闲来无聊就一起写诗吟诵。

真是潇潇洒洒，共享人生繁华啊。

要不怎么说，我俩是大唐最有名的一对搭档呢。

大唐
最佳搭档奖

职场一路下坡，笑着也要走下去

两年后，刘禹锡被任命为太子校书，负责查校、整理太子官署的典籍。由于整日和书籍打交道，这些海量资源，也让他受益匪浅，不仅多了一个绝好的学习机会，还结识了太子身边的大红人——侍读王叔文①，此人天天陪着太子读书论学，有时还会给太子上课。正是这么一个贵人，影响了刘禹锡的一生。

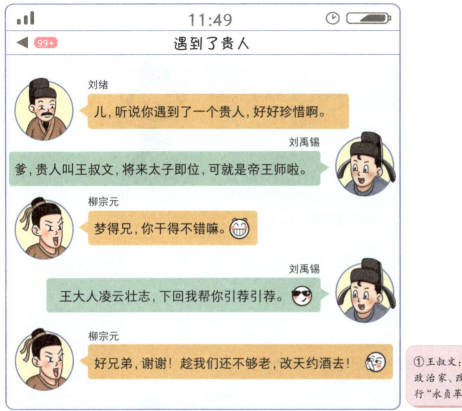

贞元十一年（795年），刘禹锡结识了太子李诵身边的红人王叔文。当时李唐皇帝太不靠谱，对外镇不住藩镇，对内镇不住宦官。志存高远的刘禹锡觉得自己不能辜负了"禹锡"这个名字，一心想做大事。天遂人愿，这一次他找到了施展的机会。王叔文主张改变宦官专权、藩镇割据的局面。意气风发的刘禹锡听了王叔文慷慨激昂的演讲，热血沸腾。此后他和王叔文来往频繁，还把沉静内敛的柳宗元推荐给了这位贵人。他们经常讨论时局，憧憬美好人生。贞元十八年（802年），刘禹锡又认识了韩愈，当时他和柳宗元、韩愈都在御史台任职，三人交往密切。

①王叔文：唐朝中期政治家、改革家，推行"永贞革新"。

几年后，有改革弊政之志的王叔文和王伾（pī）（史称"二王"）终于等来了机会，唐德宗驾崩，太子李诵继位，即唐顺宗。刘禹锡、柳宗元选择站队"二王"，还成了核心人物。当时"二王"一心想改变宦官专权、藩镇割据的局面，投身事业的刘禹锡，热情极高。但是迫于敌对势力的阻力，改革①很快就草草收场。眼看就要登上政治生涯巅峰的刘禹锡只能抱头痛哭。

① 永贞革新，又称"二王八司马事件"，是唐顺宗在位时，官僚士大夫以打击宦官势力、革除政治积弊为目的的改革。因同时贬为远州司马的共八人，史称"八司马"。

② 韩愈：唐代古文运动的倡导者，唐宋八大家之首。

这对好兄弟本以为可以共享人世繁华，结果说变天就变天。不久，唐顺宗被迫让位于太子李纯，唐宪宗继位。新皇对"二王"的成员恨得牙痒痒，上任伊始，御笔一挥，王叔文赐死，王伾被贬，刘禹锡与柳宗元等八人被发配到偏远地区当司马，这个官名听起来挺酷，其实就是个小小的治安官。后来，唐宪宗觉得不解气，又追加了一条"纵逢恩赦，不得量移"。意思是，就算朝廷大赦天下，也没你们的份儿。原本一条通天大路就此成为天堑（qiàn）。

在被贬朗州的起初，刘禹锡一脸愁容，觉得从此日月不再转动，花草不再繁盛。行动只持续了百天，就连朝廷大赦天下、无罪返乡的机会都没有了，想想都觉得亏。于是，在诗中狂吐心中郁闷，如《荆州道怀古》中写道："南国山川旧帝畿，宋台梁馆尚依稀。马嘶古道行人歇，麦秀空城野雉飞……徒使词臣庾开府，咸阳终日苦思归。"诗人对当朝权贵是何等不满，自己不甘沉沦的雄心又是何等憋屈。

不过，刘禹锡又是一个天生豪迈的诗人。虽然政治前途遭遇了毁灭性的打击，但是在苦难面前，这个硬骨头才不会那么轻易妥协。在《咏史二首》中，"骠骑非无势，少卿终不去。世道剧颓波，我心如砥柱"，让我们活脱脱地看到了一个心如中流砥柱，毫不动摇的豪迈大汉。而刘禹锡的乐观又映衬出柳宗元的悲观，理想破灭的他，一场大雪竟写出千古名诗《江雪》（千山鸟飞绝，万径人踪灭。孤舟蓑笠翁，独钓寒江雪。），足见诗人的孤独与悲怆（chuàng）。

刘禹锡被贬的这些年，身边的朋友也好不到哪儿去。韩愈大哥因一篇文章揭露旱灾而被贬；白居易因越级上书，遭皇上不待见。白居易与刘禹锡虽然同年出生，但命运截然不同。刘禹锡二十出头进士及第，白居易29岁考上进士。刘禹锡在朗州时，白居易任翰林学士。虽然白居易在天子身边工作，但也不敢在老板面前替朋友说情。为此只能在诗文唱和中，安抚兄弟受伤的心灵。

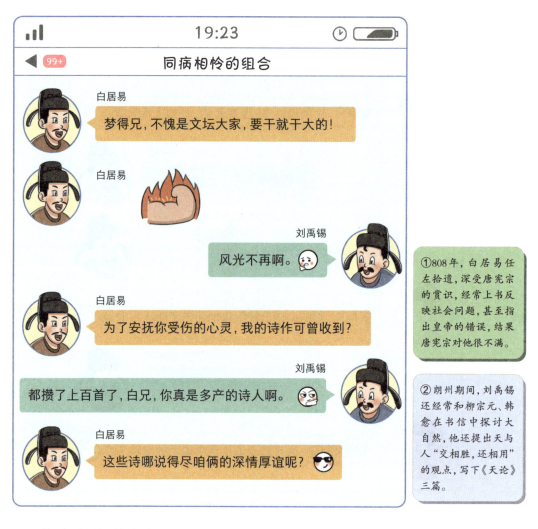

①808年，白居易任左拾遗，深受唐宪宗的赏识，经常上书反映社会问题，甚至指出皇帝的错误，结果唐宪宗对他很不满。

②朗州期间，刘禹锡还经常和柳宗元、韩愈在书信中探讨大自然，他还提出天与人"交相胜，还相用"的观点，写下《天论》三篇。

此时刘禹锡的人生可以说是跌到了谷底，白居易虽然受到唐宪宗的赏识，但一时糊涂，竟指出皇上的错，惹怒龙颜。① 人生从来就没有圆满，只是遗憾各不同。想到友人独在异乡，白居易唯有写诗寄情。为了答谢友人，刘禹锡也不甘示弱，寄**《翰林白二十二学士见寄诗一百篇，因以答贶》**（吟君遗我百篇诗，使我独坐形神驰。玉琴清夜人不语，琪树春朝风正吹。）给予答谢②。

刘禹锡虽为贬官，但是有朋友相伴的日子也没那么孤单，就这样，他在朗州一待就是十年。元和九年（815年），刘禹锡与柳宗元终于奉诏回京。次年三月，当他来到玄都观门口，看到桃花繁盛的情景时，不由得想起昔日叱（chì）咤（zhà）长安的自己，感慨万千，作诗**《元和十年自朗州至京戏赠看花诸君子》**（紫陌红尘拂面来，无人不道看花回。玄都观里桃千树，尽是刘郎去后栽。）。

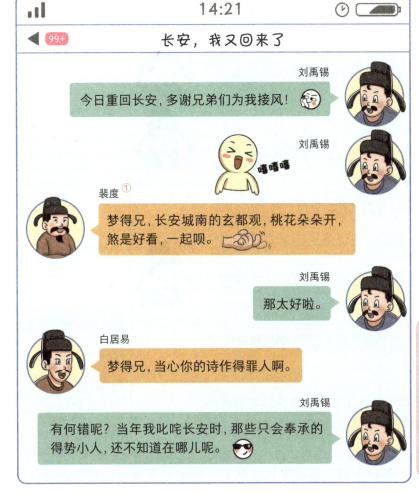

在诗中，他意味深长地把满朝新贵比作玄都观的桃花，讽刺他们是在排挤自己的情况下，才被提拔起来的。这讥讽不激起千层浪才怪。宰相武元衡②等新贵本来就竭力阻挠刘禹锡等罪臣回京，这下更是抓住了把柄，向皇帝打小报告，说他不思悔改，公开讽刺朝廷，是大不敬。结果，一道圣旨下来，几人就又要被发配了。

幸福来得太突然，打击也可能更致命。得罪了皇上，刘禹锡遭到第二轮发配。相比第一次，这次朝廷的火力更猛，直接将他贬到杂草不生的播州①当刺史，柳宗元任柳州②刺史。危难之际，好兄弟柳宗元念及刘禹锡的老母亲年事已高，怕他到时候奔丧都来不及，就提出用他的柳州换刘禹锡的播州。如此高风亮节，直接让唐宪宗心软了，于是命刘禹锡改任连州③刺史。

有多远就走多远

刘禹锡：唉，都快被朝廷踢出地球了，伤心啊！

刘禹锡：

柳宗元：这一走，恐怕一辈子也回不来了。

刘禹锡：大不了，从头再来！

柳宗元：梦得兄，你要是扛不住了，就找我倾诉。

裴度：梦得啊，只怪你写了那首含沙射影的诗，这下不嘚瑟了吧。

①播州：今贵州省遵义市。
②柳州：今广西省中北部。
③连州：今广东省北部。在当时这些地方都是未开发的荒蛮之地。

刘禹锡一时冲动惹祸上身，还连带坑了队友，柳宗元没有半句怨言，还甘愿为他分忧解难。不过，也多亏御史中丞裴度从中斡（wò）旋，才逃过了那个偏远的地方。经此一劫，刘柳二人关系更好了。两人离开长安时，一步一诗，情深意长。柳宗元作《重别梦得》(二十年来万事同，今朝岐路忽西东。皇恩若许归田去，晚岁当为邻舍翁。)，刘禹锡回《重答柳柳州》(弱冠同怀长者忧，临岐回想尽悠悠。耦耕若便遗身老，黄发相看万事休。)。

此后，刘禹锡在连州待了五年。元和十四年（819 年），其母去世，回京守丧。其间他和柳宗元约定在衡阳相聚，不料却传来友人离世的噩耗。想当年，两个老友情深意重地互赠临别诗，还开心地约定：如果皇帝恩准他俩归田隐居，就要成为邻居，白发相伴。如今却只剩下自己老泪纵横。想到这里，悲伤不已，作诗《**重至衡阳伤柳仪曹**》(*忆昨与故人，湘江岸头别。我马映林嘶，君帆转山灭。马嘶循古道，帆灭如流电。千里江蓠春，故人今不见。*)。

这一年，无疑是刘禹锡一生中最为悲痛的一年。接连发生的噩耗，让他这个素来豪迈的人几近崩溃。这辈子，唯一对不住的，就是宗元兄。同样，在柳宗元的一生中，更是视刘禹锡为挚友。在他的遗书中，将自己的子女和倾注一生的诗作都托付给了刘禹锡。刘禹锡将柳宗元的子女视如己出，其中一个儿子还考中进士。他将柳宗元的诗文编纂（zuǎn）成集，让光芒万丈的文字流传千古。

这段至暗时期后，长庆元年（821年），刘禹锡任夔（kuí）州刺史。时过境迁，沧海桑田，身上少了些许意气风发，但骨子里的乐观、豁达还是藏不住的，除了勤于政事外，时常会写一些清新明亮的小诗，如至今传唱甚广的《竹枝词》（杨柳青青江水平，闻郎江上踏歌声。东边日出西边雨，道是无情却有情。）。后来，他调任和州，路过洞庭湖又作《望洞庭》（湖光秋月两相和，潭面无风镜未磨。遥望洞庭山水翠，白银盘里一青螺。）。

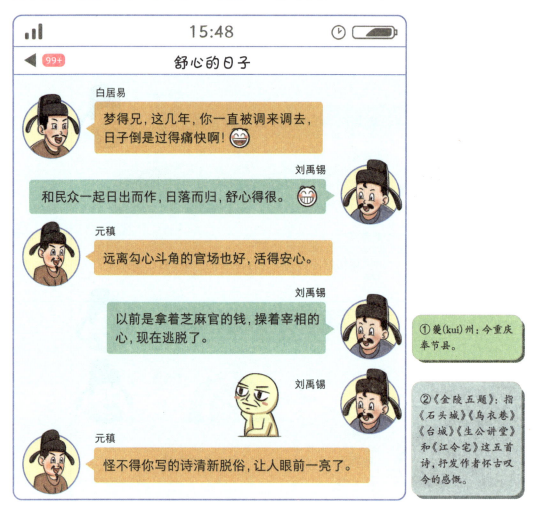

① 夔（kuí）州：今重庆奉节县。

② 《金陵五题》：指《石头城》《乌衣巷》《台城》《生公讲堂》和《江令宅》这五首诗，抒发作者怀古叹今的感慨。

宝历二年（826年），刘禹锡被调回洛阳。途经金陵，写下了《金陵五题》②，成就了中唐怀古诗巅峰。途经扬州，与白居易不期而遇，老泪纵横，作《酬乐天扬州初逢席上见赠》（巴山楚水凄凉地，二十三年弃置身。怀旧空吟闻笛赋，到乡翻似烂柯人。沉舟侧畔千帆过，病树前头万木春。今日听君歌一曲，暂凭杯酒长精神。）。至此，结束了二十三年的被贬生涯。

当地县令是政敌旧部,处处刁难刘禹锡,把他安置在了偏远的一个破旧民房。

偶像,听说您刚到和州,就摊上了一件事,可有此事?

嗯……还真遇到了一个怪人。

虽说是个破旧民房,但是推窗却能看到碧水蓝天,刘禹锡高兴地写了一副对联:面对大江观白帆,身在和州思争辩。

哇,还是观景房啊!

别嘚瑟得太早了,小心得罪人。

县令果然看我不爽,找了个理由,让我搬得更远,房子还小了一半。

房子虽然破旧,但是紧邻江边,刘禹锡一激动,又写了一副对联:杨柳青青江边水,人在历阳心在京。

哇,还是观景房啊!好开心哟!

看到我这副得意的样子，县令又不爽了，气得让我搬到了更远处。

这是逼您自生自灭啊！

尽管如此，刘禹锡该吃吃该喝喝，结果再次惹怒县令，直接让他搬到无人区。

什么？扔到了那种地方？这得有多大的冤仇啊？

哈哈，就在这种地方，我还写了一篇《陋室铭》，结果火得一塌糊涂！

山不在高

有仙则名

水不在深

有龙则灵

别说吐血，连撞墙的心都有了。哈哈！

干得漂亮！县令知道了，该不会吐血吧？

108

一生兜兜转转，归来仍是少年

结束二十多年的贬谪生涯后，大和元年（827 年），刘禹锡回京，担任主客郎中，负责少数民族及外国宾客接待，工作之余，倒也悠闲。某日，重游玄都观，看到眼前"桃花落尽菜花开"的情景，不由得想起同年的进士，如今也都起起落落，四散天涯，心中不免生出物是人非的感慨，作诗《再游玄都观》（百亩庭中半是苔，桃花净尽菜花开。种桃道士归何处，前度刘郎今又来。）。

虽然重返繁华的长安，但是刘禹锡似乎难逃命中注定的劫难。玄都观之行，让他那提笔赋诗的老毛病又犯了。当他看到昔日的桃花让位给盛开的菜花，种桃的道士也不知道去了哪里时，不由得感慨起来：当年那些得势小人整他时不可一世，把他一脚踢出好友群，如今朝代更迭，他们不也消失的无影无踪？历经苦难的刘禹锡是多么倔强，仍然坚挺地笑傲人生。可是，他却忘了当年自己就是因为"桃花"才被贬，如今又忍不住因桃花而赋诗一首。

然而，历史总是惊人地相似。刘禹锡当初写得有多爽，如今被踢得就有多惨。本来皇上还想赐他紫袍、金鱼袋①，当个翰林学士，给朝廷出谋划策、起草诏书政令。没承想，他又被"咬"了。政敌们在皇上面前借他的诗说他别有用心，皇上也觉得身边总有这么一个定时炸弹也不是回事儿。结果，年过花甲的刘禹锡又一次被外放，任苏州刺史。

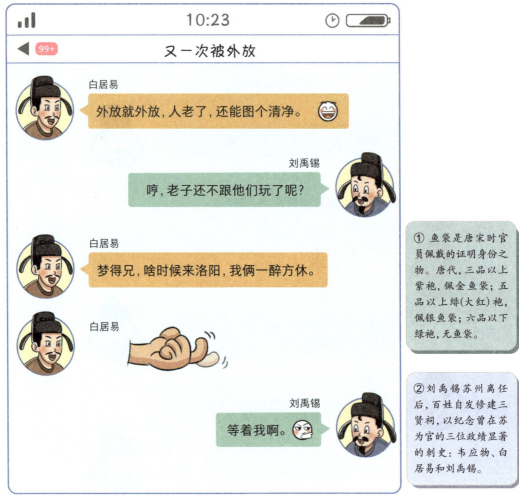

① 鱼袋是唐宋时官员佩戴的证明身份之物。唐代，三品以上紫袍，佩金鱼袋；五品以上绯(大红)袍，佩银鱼袋；六品以下绿袍，无鱼袋。

② 刘禹锡苏州离任后，百姓自发修建三贤祠，以纪念曾在苏为官的三位政绩显著的刺史：韦应物、白居易和刘禹锡。

刘禹锡这一生可谓是三十岁烈火烹油，而后却是二十多年的贬谪生涯。正如白居易在《醉赠刘二十八使君》(为我引杯添酒饮，与君把箸击盘歌。诗称国手徒为尔，命压人头不奈何。举眼风光长寂寞，满朝官职独蹉跎。亦知合被才名折，二十三年折太多。)中所写，命压人头，连武元衡这样的大司令都死了，他刘禹锡一介书生又能怎样？不过，被贬在苏州期间，刘禹锡免徭减役，兴教助学，颇有政绩②。

开成元年（836年），刘禹锡终于回到京城，改任太子宾客，分司东都，一辈子颠沛流离的他总算安定下来。然而，平生挚友中，只剩白居易在世。闲来无事，两位老友就相约黄昏柳荫下，聊诗忆旧情。白居易的晚景着实有些凄凉，情绪低落，刘禹锡却满满的正能量，时常为他煲一碗浓浓的排解积郁的心灵鸡汤。在《酬乐天咏老见示》中曾劝慰道："人谁不顾老，老去有谁怜。身瘦带频减，发稀冠自偏。废书缘惜眼，多灸为随年。经事还谙事，阅人如阅川。细思皆幸矣，下此便怡然。莫道桑榆晚，为霞尚满天。"[1]

11:22

霞光余辉照样映满天

99+

刘禹锡
乐天兄，现在只剩下我们两个老头子共饮同唱了。

白居易
你这个才华一流，堪称国手的大诗人，命运却如此不堪。

刘禹锡
"莫道桑榆晚，为霞尚满天"，谁说霞光余辉不可以映满天？

白居易
梦得兄说得对，心情畅快，才能无所牵挂。

刘禹锡
太白兄，我这一生，有酒，有你，足矣！

好兄弟，一辈子！ 刘禹锡

①晚年的刘禹锡时常与朋友白居易、裴度交游赋诗，和白居易留有《刘白唱和集》《刘白吴洛寄和卷》，与白居易、裴度留有《汝洛集》等对吟唱和的佳作。

晚年的刘禹锡在洛阳养老，回首一生，尽管被贬二十多年，但他终究没有向命运低头。兜兜转转一生，哪怕仕途再不顺，被贬环境再差，他的心态一直都很好。真是被贬二十年，归来仍是少年啊。

会昌元年（841 年），刘禹锡获得了检校礼部尚书的虚衔，主管朝廷礼仪、祭祀、科举等活动，世称刘宾客、刘尚书。想当初初露头角时，他和挚友柳宗元被认为是大唐最有前途的政治新星，而今大半生颠沛流离，再难寻昔日光芒。尽管如此，他并没有认输，而是继续笑傲江湖，还时常念叨过去的老友，在《**岁夜咏怀**》中就写道：**"弥年不得意，新岁又如何？念昔同游者，而今有几多？以闲为自在，将寿补蹉跎。春色无情故，幽居亦见过。"**

　　不久，会昌二年（842 年），刘禹锡病逝，卒于洛阳，享年 71 岁，朝廷追赠他为户部尚书。得知梦得兄驾鹤西去，白居易捶胸顿足，痛哭流涕，落笔写下：**"四海声名白与刘，百年交分两绸缪。同贫同病退闲日，一死一生临老头。"**（**《哭刘尚书梦得二首》**）足见刘、白二人友情的终生不渝（yú）。至此，刘禹锡的一生用诗歌和文章，发出了更亮的光。

偶像，据说您这辈子不是在被贬，就是在被贬的路上。

哈哈，我不仅有才，还谁都打不倒呢。

求推荐！我也想走南闯北，遍访名山大川。

求推荐

洛河、汴河、黄河，都是我大中华的瑰宝！

浪淘沙

九曲黄河万里沙，
浪淘风簸自天涯。
如今直上银河去，
同到牵牛织女家。

霸气

您的那首描写黄河的《浪淘沙》真是霸气！

我不仅口才厉害，写诗更厉害呢。

历史上的"双料"诗人！

"九曲黄河万里沙，浪淘风簸自天涯。"大中华的黄河，果然气势雄伟、源远流长。

更妙的还在后面呢，"如今直上银河去，同到牵牛织女家。"

从黄河到银河、牛郎织女的家，这想象力简直了。

黄河边的淘金者没日没夜地在风浪泥沙中讨生活，日子苦啊。

要是换作我，估计天天都得哭。

这不算什么，要向我学习。

114

随遇而安的全能型诗人
——诗佛 王维

他，出生就有一副好皮囊、才华横溢。在大唐浩如烟海的诗人中，作诗、绘画、音乐、篆刻，绝世一流。21岁考中状元。人到中年，事业起起伏伏。人生暮年，寄情山水，一心参禅悟道，把自己活成了"诗佛"，可谓行到水穷处，坐看云起时。他就是随遇而安的全能型诗人王维。

盛唐山水诗派代表，开创水墨山水画派

别名：诗佛、王右丞

生卒年代：701年－761年

出生地：河东蒲州(今山东运城县)

字号：字摩诘，号摩诘居士

王维的好友列表

特别关注
高祖父王儒贤
曾祖父王知节
祖父王胄
父亲王处廉
妻子崔氏
弟弟王缙

职场上司
唐玄宗李隆基
唐肃宗李亨

特殊关系
岐王李范
恩师张九龄
玉真公主
宁王李成器

星标朋友
孟浩然
裴迪
王昌龄
祖自虚
岑参
高适
储光羲
綦毋潜
祖咏

黑名单
李林甫
杨国忠

从红遍京城到跌落谷底

长安元年（701 年），河东蒲州（今山西永济），一个含着金汤匙的男娃出生了，他就是全能型天才王维。跟刘禹锡、柳宗元出身相似，王维的高祖、曾祖和父亲均为州府司马，也算是官宦（huàn）家庭。但对王维影响最大的人莫属祖父王胄（zhòu），他曾为协律郎，掌管音律。正是祖传的这份天赋，当周围的小朋友还在骑马斗草时，王维已成了诗书画乐界的行家。王维出身高贵、才华横溢、温润如玉，称得上是典型的"青年才俊"。

10:26

99+ ◀

喜得贵子聊天群

王处廉①
给娃取个啥名字好呢？

崔氏
希望娃将来能做个有大智慧的人。😎

崔氏
平日我潜心修佛，不如取字摩诘（jié）②，一生无忧。

王处廉
我觉得这是个好兆头。

大照禅师
我看这孩子有慧根，日后必定是一代豪杰。😄

大照禅师

①王处廉：王维父亲，曾任汾州司马。后得二子，名王缙，官至宰相。
②摩诘：取自维摩诘，早期佛教著名居士，在家菩萨，以洁净、无污染而著称。

只可惜好景不长，王维 9 岁那年，父亲病逝，家中没了顶梁柱，母亲崔氏只好带着他和几个兄妹回到娘家生活。迫于生计，王维很早就出来谋生，在街上给人写稿、绘画，赚点儿小钱补贴家用。然而王家或许根本无法预料到，他家的儿子将来会在诗坛上成为一颗耀眼的明星。

开元三年（715 年），15 岁的王维意气风发，背上行囊去京城应试。在去往京城的路上，随手一首"*新丰美酒斗十千，咸阳游侠多少年。相逢意气为君饮，系马高楼垂柳边*"（**《少年行》**）尽显少年侠气。和大多数恃（shì）才傲物的年轻人一样，王维初到京城就开始干谒（yè）求宦，希望得到贵人的举荐。不过凭借过人的才华，刚半只脚踏进长安城，就已成为王公们的贵宾，成了京城"炙手可热"的人物。

① 岐王：唐睿宗李旦第四子李隆范。
② 宁王：唐睿宗李旦长子李成器。李旦登基后为太子，后让太子位于李隆基，封宁王。

③ 大唐吏部考试时，卷子不糊名。想要一举天下知，考前就要四处走动，好在考官面前混个眼熟。

别看唐代还没有网络，但是信息流通速度堪比网速，很快这位游侠少年就因才华出众受到了诸王的器重和赏识，成了红遍京城的人物。不过关键还是人家王维天赋异禀（bǐng）、才华过人，名声远播是早晚的事。在众多追随者中，唐玄宗的兄弟宁王、岐（qí）王可以说是地位最高的。一来二去，王维经常出入各种高端宴会，在上流平台开始崭（zhǎn）露头角 ③。

两年后，踏入龙门的王维游刃有余地穿梭（suō）于各种高端宴会，过得逍遥自在。重阳节这天，背井离乡的他举头望月时，不免想起了家乡的亲人，特别是弟弟王缙（jìn）。兄弟俩自幼一起长大，一起仗剑走天涯，彼此关系最近、感情最深。此情此景，不由得写出千古绝唱**《九月九日忆山东兄弟》**赠予王缙："**独在异乡为异客，每逢佳节倍思亲。遥知兄弟登高处，遍插茱（zhū）萸（yú）少一人。**"此后王维红遍京城。

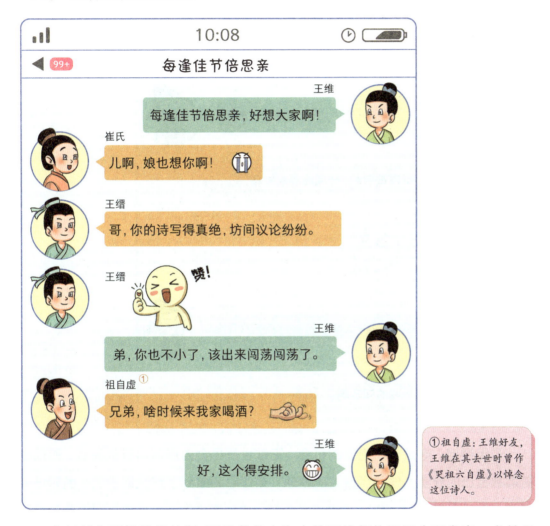

① 祖自虚：王维好友，王维在其去世时曾作《哭祖六自虚》以悼念这位诗人。

帝都长安固然繁华热闹，可是茫茫人海中的王维却依旧是个孤身客。尤其是在这个举家团圆的日子，人们自然会怀远思亲，更别说是才情迸（bèng）发的诗人。登高远眺（tiào）时，想到远方的兄弟们一定在饮酒作诗，唯独自己缺席，内心顿觉缺憾。其中的感情可谓曲折且又合乎常情。

在王维的众多追随者中,岐王可以说是他生命中的贵人。为了帮他一把,岐王还找人精心策划了一场偶遇。那日,王维一身盛装,手抱琵琶,一曲《郁（yù）轮袍》终了，满座皆惊，其中一人听后更是万般滋味，她就是帮助王维完成青云之志的玉真公主①。

① 玉真公主：唐睿宗李旦第九女,母为窦德妃。年轻的时候,自愿做了女道士。在王屋山入道修仙。

毫无疑问,这是一次绝佳的机会,王维也是尽全力展现自己的亮点,而他也着实靠自己的硬实力博得了贵人的眼球,最终顺利拿到了那张期盼已久的职场入场券。开元九年（721年）,王维不负众望,成功考中进士。据说当时内定的是张九皋（gāo），但王维胜在容貌,所以玉真公主推举了他。不得不说,王维是聪明绝顶的,也是运气极好的。少年独步诗坛,才华众人仰慕,想不红都难。那时的他,没有与世无争的佛香,有的只是一举成名天下知的高傲。而这样的幸运,又不知让多少天下读书人钦（qīn）羡不已。

王维入仕后，职务是太乐丞，负责宫廷音乐、舞蹈的培训，相当于皇家培训班的老师。工作看似清闲，但世间险恶才刚刚拉开序幕。一次，他因不熟悉流程，竟然在皇帝还没到场时，就让伶（líng）人[1]演出黄狮子舞，结果被扣了一个对皇帝不敬的罪名。无奈之下，他只能接受被贬的命运，到山东一个穷乡僻（pì）壤的地方，管理一个小仓库。

> 16:42
>
> ◀ 99+   意外被贬
>
> 王维
> 我好命苦啊!
>
> 王维
> （哭泣表情）
>
> 綦毋潜[2]
> 老弟，你都当官了，还说自己命苦?
>
> 王维
> 说来话长，我被贬到济州任司仓参军。
>
> 綦毋潜
> 啊? 仓库看管员? 太常寺也要裁员了?
>
> 王维
> 唉……都怪我没有学好流程，犯了大忌。

①伶人：伶工、乐人，歌舞或戏剧演员。
②太常寺，是我国封建社会掌管礼乐的最高行政机关，主要服务于邦国礼乐，宗庙社稷。

③綦毋（qí wú）潜：唐代诗人，与王维、张九龄、孟浩然、高适、储光羲等人皆为好友。诗作多记述士大夫寻幽访隐之乐。

王维原以为自己的前途会一片光明，结果因一次失误竟然被逐出京城，这打击如同晴天霹雳一样，让他迟迟没有缓过神来。在赴济州的途中，无奈作诗**《初出济州别城中故人》**，"微官易得罪，谪去济川阴"。此时的王维不再踌躇满志，生活看不到一点儿希望。"纵有归来日，各愁年鬓侵"。纵然有回京的一天，只怕自己早就老了，职业生涯从此画上句号。

差点儿上西天啊……

偶像，听说您还捅过马蜂窝?

唉，谁年轻时没冒过傻气啊?

话说唐玄宗兄弟岐王喜欢邀请各路人物宴饮。一日，岐王又设宴请客，王维也在受邀之列。

请柬

为了烘托气氛，岐王叫来"皇家乐团"表演黄狮子舞。

兄弟，给哥助个兴呗!

哥的事就是我的事!

机会来了，得大干一场啊!

加油干!

您不会是喝坏脑子了吧?

因为"黄"与"皇"同音，所以黄狮子舞只能为皇帝表演，或者皇帝特批才可以表演。

完了完了，你要捅娄子了!

黄狮子舞是为皇上演的，别人没这个权限。

出口

欢迎下次光临！

天啊！

手册上没写这一条啊？

反正就是不能踩红线，谁踩谁倒霉！

唉，你就等着吧！

别瞎说了，我还得琢磨舞蹈编排呢！

舞林秘籍

突然鼓乐响起，精彩的表演开始了……醉醺醺的岐王兴奋得手舞足蹈。

后来，此事传到唐玄宗那里，当即暴怒，下令处罚宴会的参与者，王维也未能幸免。

冤枉啊，大人！

不撞南墙不回头啊。

结果，王维还没站稳脚跟，就被淘汰出局。

唉，一场舞让我直接从山巅跌落谷底啊！

俗话说，吃一堑长一智。这倒是一个不错的作文题材嘛。

半官半隐的超脱生活

不久前，王维还是长安城的如玉少年，追随者无数。一场"舞"下来，立马被贬。对高考状元来说，这无疑是从山巅跌落谷底。然而刚去上任没多久，命运又跟他开了个大大的玩笑：妻子难产而亡，儿子也没保住。王维此后孤居三十年，终身未娶。就这样，他又浑浑噩噩过了几年，当年的轻狂被一点点磨没了，诗画少了性情，多了禅意。开元二十年（732年①），王维感觉再待下去非抑郁不可，毅然辞了这个芝麻官，来到嵩（sōng）山隐居起来。②

① 732年，王维的弟弟王缙正在登封做官。

② 唐代才子仕途不顺时，会隐居嵩山，以引起朝廷重视，破格提拔。朝廷任用隐居之人，以表示重视人才。

虽然此时的王维身在山林之间，但心里想的还是官场沉浮。一首《鸟鸣涧（jiàn）》（人闲桂花落，夜静春山空。月出惊山鸟，时鸣春涧中。）道出了他的心愿：要做就做惊山之鸟，一鸣惊人。只是远离朝堂，还想被重用，简直比登天还难。然而，若想东山再起，他还需要一位贵人。

生活接连遭到打击后，这一次，上天终于开恩。不久，王维听到了一个好消息：张九龄①要出任宰相，就是那个因"海上生明月，天涯共此时。情人怨遥夜，竟夕起相思"（《望月怀古》）而被世人铭（míng）记的盛世名相。王维按捺不住内心的激动，立刻给这位以直言敢谏（jiàn）、选贤任能闻名的大人物写了一封信，表达了自己愿意追随他、为国效力的小目标。老张看后觉得孺子可教，于是象征性地面试了一下，王维就被录用，做了右拾遗。这一年是开元二十三年，也就是 735 年。

①张九龄：盛唐名相，官至中书令，开元盛世的功臣；诗人，著有《曲江集》。

上天再次眷（juàn）顾了这个有抱负的年轻人，恩赐给他一位白发朋友——张九龄。自从王维与张九龄成了忘年之交，两人的交往一时传为佳话。离开嵩山之前，王维还写了《献始兴公》："宁栖野林间，宁饮涧水流。不用坐梁肉，崎岖见王侯……"，以此感谢张九龄的知遇之恩。

但是好景不长，王维才奋斗了两年。736 年，唐玄宗就将张九龄贬为荆州长史，任命口蜜腹剑的李林甫为相①。朝中大臣为求自保，皆与罪臣划清界限。王维却不忘知遇之恩，特意写诗《寄荆州张丞相》酬谢恩情："所思竟何在，怅望深荆门。举世无相识，终身思旧恩。"结果，一帮别有用心之人借机将王维排挤出朝廷。不久，他被调到地方，以监察御史的身份出使河西。

16:19

99+

被调到边塞

> **王维**
> 边塞地处偏远，恐怕是有去无回啊！

> **张九龄**
> 官场总是起起落落，看开点儿吧。

> **王维**
> 我永远都是您的追随者！

> **王维**

> **孟浩然②**
> 张大人是宰相肚里能撑船，你多学着点儿。

> **王缙**
> 哥，等我做了宰相，我护着你！

① 奸臣李林甫经常在唐玄宗耳边说张九龄的坏话，结果张九龄被贬为荆州长史，远离政治权力中心。

② 孟浩然：王维好友，山水田园诗的代表人物，和王维并称"王孟诗派"。作品充满真挚情感和深刻的道理。

虽然没有人知道王维这样一个无欲无求的诗人会有怎样的际遇，但是这次人事任免对他来说却意义重大。作为诗人，他把更多的时间，留给了边塞前线、戍（shù）边将士。当眼前一道孤烟直冲云霄，一股凉气从他的心底升起时，他大笔一挥，写下边塞名篇《使至塞上》："单车欲问边，属国过居延。征蓬出汉塞，归雁入胡天。大漠孤烟直，长河落日圆。萧关逢候骑，都护在燕然。"由此，王维的诗在清新脱俗之外又多了几分悲壮与豪迈。

738 年，王维从河西返回长安，继续担任监察御史。本想路过襄（xiāng）阳看望一下老友孟浩然，谁知好友已因病去世。望着寂寞的江水，他悲叹地写下《哭孟浩然》："故人不可见，汉水日东流。借问襄阳老，江山空蔡州。"不久，恩师兼好友张九龄也与世长辞。既然没有了志同道合之人，不如及时隐退。自此王维萌生了归隐的念头。

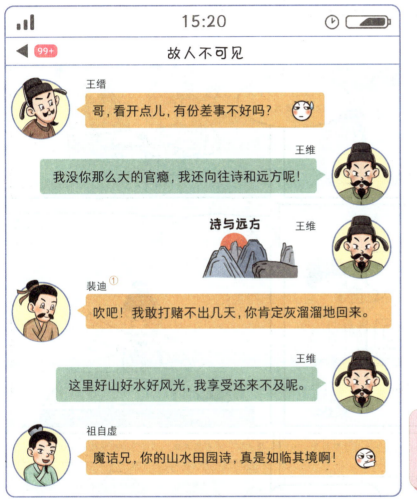

此时的玄宗不再任人唯贤，而是独断专横，加之李林甫、杨国忠把持朝政，民怨沸腾，面对这样的朝廷，还何谈干出一番大事业。心灰意冷下，王维决意换一种活法。于是买下了一处辋（wǎng）川别墅，挖山建湖，硬是将一处荒山修建成景区。还和后辈裴迪一道喝茶和（hè）诗。这时的王维安心与山水结缘，修佛禅之境。然而不久之后，又一噩耗传来，王维的母亲也不幸去世。从此，相伴王维的只剩下辋川的山水、案上的笔墨，还有那墙上的古琴。

728年，39岁的孟浩然在长安参加科考，本以为可以榜上有名，结果落榜了。

孟浩然

王维

理想很丰满，现实很骨感啊！

孟哥，咋了？一个人在这儿喝闷酒。

唉，真是难为情啊！

这好戏我咋没赶上呢？

话说王维做太乐丞时，孟浩然是他家的常客。一日，唐玄宗摆驾至王家，孟浩然也在，竟吓得躲到床底下去了。

孟大诗人，机会来了，快出来啊！

孟兄一肚子墨水呢。

听说你是个大笔杆子？让我见识见识。

孟浩然居然献了一首《岁暮归南山》，其中两句是"不才明主弃，多病故人疏。"

哼，你这是在责怪我？

弃，

多病故人疏.

唐玄宗一看当场发飙，不久孟浩然就被打发回襄阳了。

皇上，冤枉啊！何错之有？

长安

王维当时也很无奈，只能独自叹气。

孟兄啊，让我说你什么好呢？

大兄弟，别吓我啊！

说那样的话，皇上怎能不怪呢？

是你太自以为是了，还敢说是皇上"弃"你吗？

其实，我还是挺有本事的！

729年，心灰意冷的孟浩然准备回襄阳。

伴君如伴虎！差点儿要了我的小命。

这就是命啊！

孟浩然离开长安时，王维作了一首相送诗《送孟六归襄阳》："杜门不复出，久与世情疏。以此为良策，劝君归旧庐。醉歌田舍酒，笑读古人书。好是一生事，无劳献子虚。"

唉，到现在也没混个一官半职。

兄弟，后会有期！

乱世被俘，安然离世

经历过人生的生离死别，王维开始参禅礼佛，过起了半官半隐的生活。奈何，命运还是不肯放过他。天宝十五年（756年），一个大胖子出来搅局。安禄山叛军攻破潼（tóng）关，一路杀入长安。玄宗带着美人仓皇逃往四川，王维一介文人，手无缚鸡之力，又怎能抵挡？最终他和裴迪、储光羲、杜甫等人都被抓了起来。被困后，王维曾吃药取痢（lì），假称患病，以逃避抓捕，但终究无果。

① 雷海青：唐玄宗时的著名宫廷乐师，善弹琵琶。

王维虽是不起眼儿的"小人物"，但因其诗名太大，安禄山把他关进了洛阳菩提寺，还给了一个给事中的伪职。当他得知友人雷海青 ① 因拒绝为安禄山演奏琵琶曲而命丧黄泉时，随即作诗《凝碧池》表明自己的立场："万户伤心生野烟，百僚何日更朝天。秋槐叶落空宫里，凝碧池头奏管弦。"他为盛世的结束唱了挽歌，叹民生凋（diāo）敝（bì），怒斥乱贼的反叛行径。

757 年，安禄山被儿子安庆绪弑（shì）杀，唐军趁乱收复了长安、洛阳。王维和储光羲等人一下成了通敌卖国的罪人，按律重则杀头，轻则流放。王维却免遭此劫，很大程度上是因为他被俘时曾作《凝碧池》抒发亡国之痛，再加上其弟王缙平叛有功，极力在皇上面前为哥哥伸冤，才保住了性命。

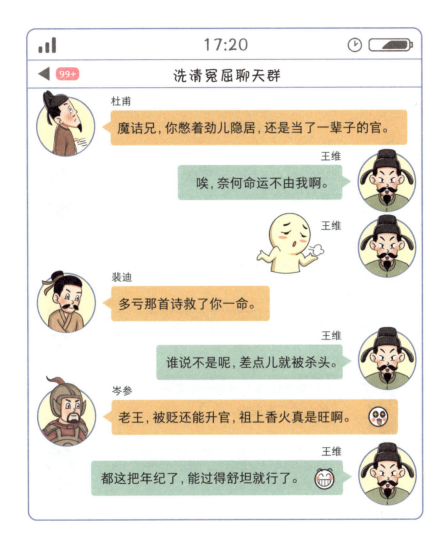

洗清冤屈的王维没有搞什么辞官隐居，而是安心地混起了日子，闲来无事喝茶作诗，呼朋引伴，寄情山水，生活过得平静又美好。此时的王维俨然把自己活成了一个云淡风轻的诗人，好在山水田园疗愈了他，为他的灵魂找到了一个清净的地方，也创作了许多优秀的山水田园诗，一首《竹里馆》（独坐幽篁里，弹琴复长啸。深林人不知，明月来相照。）深刻记录了他晚年的养老生活。

两年后，王维被提拔为尚书右丞，这是他一生所任官职中最高的官阶，也是其一生中最后所任之职。上元二年（761 年），61 岁的王维似乎感觉到自己时日无多，一想到只身在蜀的王缙无人照顾，于是上了一封《责躬荐弟表》，请求免去自己的官职，换取弟弟回京。这份手足之情，着实令人感动。

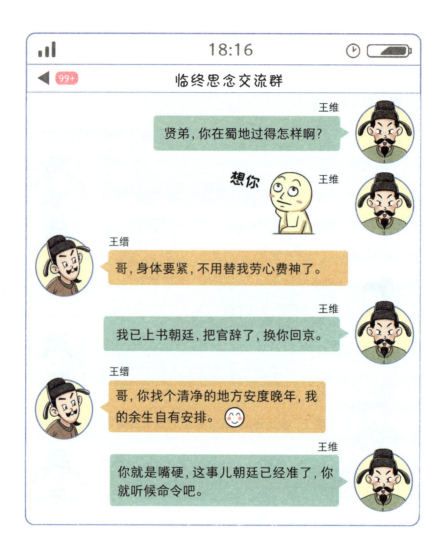

在生命的终点，王维倒是十分平静，先是致信王缙，然后作诗数幅，嘱咐下人送给平生亲故。纵然晚年生活因安史之乱夹杂了太多的苦闷，但经历过世间种种磨难之后，他反倒领悟出了人生的真谛：人生本就是一个不断失去的过程，然而所有的绝望和苦难都抵不过内心的敦（dūn）厚与豁达。王维正如他的名号"诗佛"所暗藏的深意，一边与不如意的人生暗暗周旋，一边静静地守护着内心的净土。

诗佛，听说除了您的祖父，还有一个人对您影响至深，此人是谁啊？

探秘

谁对王维的影响最大？

自然是我的弟弟王缙。

感谢有你，一路支持

好男儿志在四方

就是那个和您一起长大、一起仗剑走天涯的王缙？

没错，俺弟官至宰相。论职位，比我强多了。

安史之乱爆发后，王维作为要犯被看守，王缙冒死求见唐肃宗。

皇上，求帮忙啊！

爱卿，你说王维的遭遇另有隐情，不妨说来听听。

王缙掏出一张诗笺，上面写着王维的诗作《凝碧池》。

《凝碧池》
万户伤心生野烟，
百僚何日更朝天。
秋槐叶落空宫里，
凝碧池头奏管弦。

我怎么敢欺骗您呢，我有铁证！

王缙继续发力，替哥哥辩护。

无罪

冤啊

我愿意免去官职，换取哥哥无罪之身。

贤弟，你的这番话真是催人泪下啊。

感动中

人世间竟有这样的兄弟之情？来人，传令下去，王维无罪释放！

大牢

贤弟，你对哥的恩情永生难报啊！

哥，你也不容易，一辈子起起伏伏。愿咱俩永远平安，加油！

冲啊

永不屈服的孤独斗士
——诗骨 陈子昂

少年时代的他仗剑走天涯,青年时代的他幡然醒悟考中进士,中年时代的他却屡屡被害,辞官归隐还遭小人陷害致死。他是拉开盛唐诗坛序幕的开创者,其诗风骨峥嵘、充满哲理。他就是诗骨陈子昂。

唐代著名文学家、诗人,初唐诗文革新人物之一

别名:陈拾遗

生卒年代:661年－700年

出生地:梓州射洪(今四川射洪市)

字:伯玉

陈子昂的好友列表

特别关注
父亲陈元敬
长子陈光
长孙陈易辅

职场上司
唐高宗李治
唐睿宗李旦
武则天

特殊关系
宋之问
杜审言

星标朋友
王适
卢藏用
毕构
司马承祯

黑名单
武攸宜

浪子回头，弃武从文

陈子昂生于四川射洪，和李白算半个老乡，是蜀中大族。父亲陈元敬这一代虽然沦落成平民，不过家底还是挺厚。当时有段日子正闹饥荒，陈元敬听说后，慷慨地拿出自家粮食救助众人，却不求任何回报。陈子昂也继承了父亲豪爽的性格，正如他在《赠严仓曹乞推命录》中所述："少学纵横术，游楚复游燕。栖遑长委命，富贵未知天。"少年陈子昂乐善好施、尚武好剑，满脑子憧憬的都是有朝一日可以金戈铁马、驰骋疆场[1]，以建功立业。

> 13:29
>
> ◀ 99+　　自小一身侠义之气
>
> **陈子昂母亲**
> 相公，儿子先天身子骨弱，这可怎么好？
>
> **陈元敬**
> 听说学武可以强身健体，咱要不给儿子报个武术班。
>
> **陈元敬**
>
> **陈子昂母亲**
> 舞枪弄棒的，会不会惹出麻烦啊？
>
> **陈元敬**
> 谁年轻时还没点儿热血沸腾呢？没事的。

①疆场：指两军交火作战的地方。

虽说陈子昂这个富家公子看似一身侠气，但是习武期间，非但没学到武德，还经常带领一班小弟四处惹事生非，打架斗殴。直到十七八岁，终于捅了娄子。

有一天，陈子昂带着一帮小弟追击一个赌徒时，不小心误入了一家书院，结果惹怒了教书先生。先生知道他是乐善好施之人，仍然指着书上的字一个一个地问他，"这些字你可认识？"年轻气盛的陈子昂瞪大眼睛，支吾了半天。先生趁此嘲讽他终日只知道混日子，不过一纨绔（wán kù）^①而已。如若再这样下去，就算十条命都不够他死的。想必当时心高气傲的陈子昂一定很生气，但又确实大字不识几个，只能落荒而逃。

① 纨绔：指富贵人家子弟穿的细绢做成的裤子，泛指有钱人家子弟的华美衣着，借指富贵人家的子弟。

其实，自从陈子昂走上了习武这条路，几乎不通文墨，完全就是一位乐善好施的武夫。之前每次捅娄子，要不是家人出钱疏通官府，补偿受害者医疗费，真不知道他要吃多少牢饭。但是经此一事，虽然自尊心受到严重打击，但是他决定弃武从文，远离之前爱惹麻烦的那些人，专心在书斋读书，搏个功名以重振祖上荣光。

此后，幡然醒悟的陈子昂开始发奋读书，虽然早年一身侠气，但是浪子回头终不晚。不过几年，他便涉猎群书，学问远超其父。就连当时赫赫有名的文坛大家王适[1]读了他的诗作，都大赞其有汉赋大家司马相如的风骨，预言其日后必为"*海内文宗*"。调露元年（679年），陈子昂自觉学有所成，便满怀信心地背起行囊，踏上了去往长安的路。然而，第一次科举，他落第而归。

话说陈子昂来到长安后，直接进入国子监读书学习，毕竟家里有底子，要不然也躲不过啃冷馒头的命运。一年后，他信心十足地交了科考的报名费。但是那些年的帝都人才济济，再加上科考又岂是小儿科，所以，初出茅庐的陈子昂被淹没在人才济济的海洋中也是很有可能的。但是如何才能冲出重围，让世人知道自己的才华，却成了此时的陈子昂苦苦思索的一个问题。

原以为无人能敌，结果到了大城市，人才聚集，还得要重新洗牌。郁闷返乡路上，一首《落第西还别魏四憬》（转蓬方不定，落羽自惊弦。山水一为别，欢娱复几年。）诉尽心中的落寞。但是他并没有选择放弃，有建功立业大抱负的人，怎么会轻易隐遁不出呢？此后几年，陈子昂翻阅经史百家。人在失落时，难免会说一些伤心话，陈子昂也不例外，但是他终究还是没有忘记自己的小目标。其实，在所谓隐居的岁月里，他心心念念的仍然是大干一场。"臣每在山谷，有愿朝廷，常恐没代而不得见也。"①

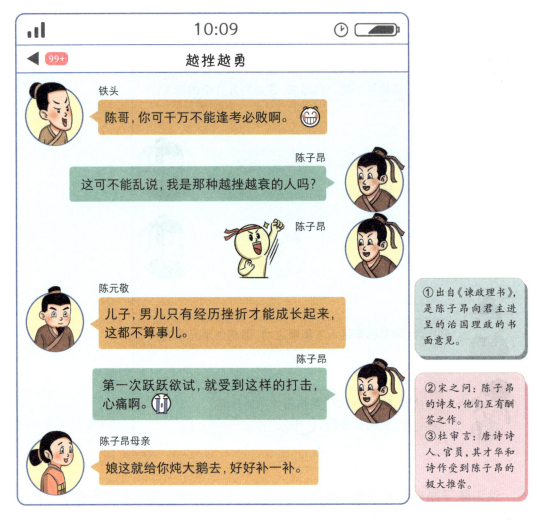

① 出自《谏政理书》，是陈子昂向君主进呈的治国理政的书面意见。

② 宋之问：陈子昂的诗友，他们互有酬答之作。

③ 杜审言：唐诗诗人、官员，其才华和诗作受到陈子昂的极大推崇。

备考期间，陈子昂除了苦读文化知识，还利用自身资源广交人脉，不仅结识了当时著名官员宋之问②、杜审言③，还在闹市公然摔坏了一把价值千金的胡琴，很好地把自己宣传了一番。而且这次回炉再造更是为其日后的文学地位奠定了扎实的基础。文明元年（684 年），陈子昂再次入京赶考，进士及第。

话说，陈子昂满是豪情壮志地拿着自己的诗去拜访达官贵人，结果却屡屡碰壁。

一日，他在街上闲逛时，看见一位老者在卖胡琴，一把不起眼儿的胡琴居然要价 1000 两。

就在众人纷纷摇头离开时，陈子昂却花巨资买下了那把胡琴。

这琴我要了!

围观者都惊掉了下巴，他却说："我是陈子昂，明天我在五星酒店设宴，到时为大家演奏胡琴，诸位一定要来啊。"

一定要来!

这一举动顿时在人群里炸开了锅，陈子昂也瞬间登上长安城的热议榜首。

世纪之演
——陈子昂

第二天，酒楼聚集了一大堆人，其中不乏达官显贵。大家都想看看这把价值千金的胡琴究竟有多厉害。

陈子昂却在众目睽睽之下，将胡琴往地上狠狠一摔。

还没等大家回过神儿，陈子昂又来了一番激情演讲。

我虽擅长写诗，但是才华却无处施展，就像这把被埋没的胡琴……

说罢，陈子昂将自己的诗文散发给观众。

大家被这一举动唬住了，其诗文也随之好评如潮。

「陈子昂诗词签售会」

经此一事，陈子昂的名声传遍了长安城的大街小巷。

重磅！
当场砸琴，一举成名！

一读书人花1000两巨款买了一把胡琴，后来却把琴给砸了……

不久后，陈子昂在科考中崭露头角，中了进士，成为大唐文坛的顶流人物。

金榜题名

我终于如愿了！

步入仕途，两度入狱

这一次，陈子昂终于在科考中崭露头角，然而，要想爬上官位还得靠自己去争取。当时，唐高宗李治驾崩于洛阳，消息一出如地震一般，武则天先是立李显为帝，又改立李旦为帝。新帝为了与武则天争权，在要不要送皇帝的灵柩回长安这件事上争论不休。陈子昂瞅准了政治风向，玩了一把政治投机，在《谏灵驾入京书》中，指出洛阳到长安路途遥远，劳民伤财，不如就近葬于洛阳。武则天看后，大加赞赏，封了他一个小芝麻官。

11:12

初入官场

卢藏用①
陈兄，听说你上书武则天，化解了朝堂争议，真厉害！

陈子昂
有了敲门砖，也不能保证有稳定工作，还得靠自己争取。

陈子昂

王适
初入官场，就被大老板多次召见，前途无量啊。

陈元敬
儿啊，这些年的学费总算没白交，爹看好你！

① 卢藏用：陈子昂的好友，两人经常一起诗歌唱和。

② 武则天一生中仅称赞过两个文人"有才"，一个是起草檄文骂她的骆宾王，另一个就是陈子昂。

当时的科举成绩不仅考察考生的临场发挥，还要看考生平时的诗文水平以及人望。陈子昂这一大胆的"壮举"，除了让他得到了一个小官职，而且还被这位"非常之主"多次召见。② 每当聊到王霸大业、君臣关系热门话题时，他总能机智应答。然而，尽管陈子昂现在风光无限，但他万万想不到，在官场摸爬滚打十余年，终其一生，却是这位"非常之主"扼（è）住了他的仕途。

虽然陈子昂得到了一个小官职，可是以他耿直的为人，难免会得罪朝中权贵，导致仕途一直在原地踏步。交了一段时间的学费后，摸爬滚打数年的陈子昂才学会了一些为官之道。天授元年（690 年），武则天登基，改唐为"周"，不温不火的陈子昂决定赌一把，一不做二不休地写下了《上大周受命颂》等文章。他先是把武则天比喻成舜和禹（*舜禹之有天下，丘不预也*），又说武则天是圣人贤君，造福天下（*凤鸟不至，河不出图，丘已矣夫*）。

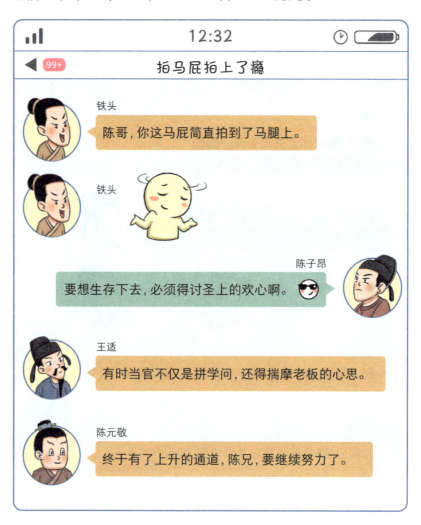

陈子昂为求重用，拍起马屁来也是完全无惧世俗眼光。然而，就算他如何大赞武皇，要想进入核心层仍然比登天还难。可能是因为武则天非常看重相貌，陈子昂输在了自己的面相上；也可能是武则天有自己的执政手腕，对于那些有悖她政治理念的人才，她可以留用，但决不重用。陈子昂的仕途悲剧，或许就在这里。

陈子昂虽然是靠赞美皇上上位的，但也是一个敢于说实话的人。当年，大唐边疆燃起烽火，武则天准备在四川开凿蜀山，打击羌（qiāng）人。陈子昂替百姓说情，提议取消这个计划。结果，自认为是千里马的陈子昂，不仅主张不被采纳，还屡遭武则天的训斥。在边疆没少喝西北风不说，回朝后还没有任何封赏。不得志的陈子昂无奈作诗《题居延古城赠乔十二知之》（还汉功既薄，逐胡策未行。徒嗟白日暮，坐对黄云生。），失望溢于言表。

14:18

99+   事业不得志

王适
陈兄，你真是时代难得的直臣啊。

陈子昂
唉，我这匹千里马，什么时候才能遇到真正的伯乐呢？

陈子昂

王适
陈兄，你还是一身豪侠之气，让我佩服。

陈子昂
我都自绝后路了，你还佩服个啥啊！

①关于这段牢狱之灾，史书没有确切的记载，但从当时酷吏横行的政治环境来看，连狄仁杰、魏元忠等名臣都惨遭诬陷，更何况陈子昂。

陈子昂任职期间，多次劝谏武则天停止滥用酷吏、告密等做法。虽然他是希望大唐事业能更好一些，但是随着他说的话越来越犀利，武则天的脸色也越来越难看。眼看着身边的小伙伴们一个个升官发达，而他却始终位卑职低。然而，在那个鼓励告密、大兴冤狱的时代，要想站出来说真话，无异于自断后路。此后不久，陈子昂就蒙受了牢狱之灾①。

出狱后，陈子昂直接给皇上写了一篇《谢免罪表》，看得出他还是心存感恩的。通天元年（696年），唐军第二次出征东北讨伐契丹，陈子昂主动请缨，被任命为参谋，主帅则是武则天的侄子武攸（yōu）宜。然而，此人刚愎（bì）自用，又嫉妒陈子昂的才能。对于陈子昂提出的作战建议，认为是在纸上谈兵。后来，眼看唐军有优势的兵力却一败再败，为了扭转局势，陈子昂慷慨激昂地请战，愿意亲率士兵担当敢死队。谁知，他的挺身而出却激怒了武攸宜这个公子哥，不仅没有采纳他的建议，还将他贬为军曹①。

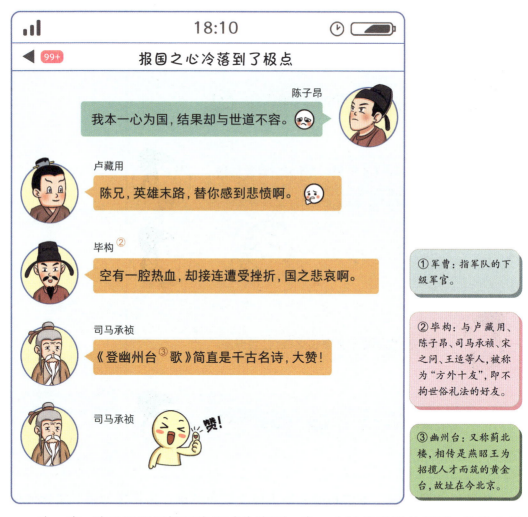

① 军曹：指军队的下级军官。

② 毕构：与卢藏用、陈子昂、司马承祯、宋之问、王适等人，被称为"方外十友"，即不拘世俗礼法的好友。

③ 幽州台：又称蓟北楼，相传是燕昭王为招揽人才而筑的黄金台，故址在今北京。

这一次，陈子昂眼看报国宏愿成为泡影。在一个沙尘漫漫的黄昏，他登上幽州台，沉吟许久，挥笔写下《登幽州台歌》（前不见古人，后不见来者。念天地之悠悠，独怆然而涕下。）。在这苍茫天地间，他的生命是如此孤独、如此无奈。大唐诗人陈子昂，正处在他一生中最孤独的时刻。

陈子昂在幽州台写下那首千古名诗之后，终于作出了最后的抉择。圣历元年（698年），他以父亲年迈需要照顾为由，向老板递交了辞职信。武则天还算厚道，批准其带职返乡。此后，陈子昂栖（qī）居山林，种树采药，过上了与世无争的生活。只是平静的日子并没有持续太久，父亲便去世了。丧父之痛还未抚平，权臣武三思就指使射洪县令段简罗织罪名，将陈子昂打入了大牢。

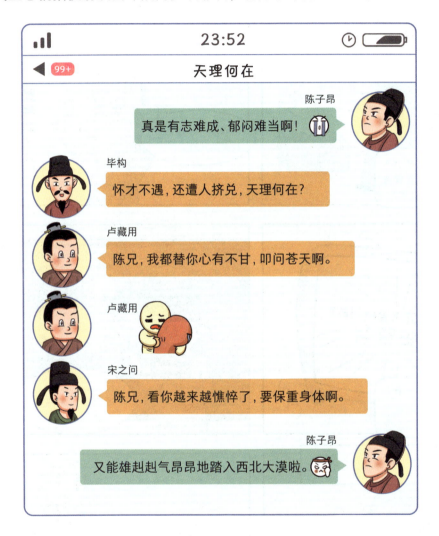

此时的陈子昂可以说是身心憔悴，不惑之年的他就已经历了丧父之痛、报国无门之愁、发肤之伤。原本是想赴边疆杀敌，谁知，他的挺身而出却招来武攸宜的忌恨，眼下又含冤白白挨了一顿板子。家人凑钱托人求县令放了陈子昂，非但无效还不退款。陈子昂本来身子骨就弱，如今又悲愤交加，于是给自己算了一卦，然后仰天长叹道："天命不佑，吾其死矣！"久视元年（700年），陈子昂冤死狱中。

偶像，听说您从小不爱读书，偏偏喜欢舞枪弄棒，可有此事？

惭愧啊，好在后来，我突然开窍了。

我要弃武从文！

陈子昂凭《登幽州台》青史留名

要不然，也不会留下《登幽州台》这首千古名作。

人生处处是起点

什么时候开始都不晚

反正我用实际行动给群众狠狠地上了一课。

此后，契丹入侵，武则天下令出兵，当时陈子昂在幕府担任参谋一职。

一展宏图的时候终于到了。

谁知主帅武攸宜鼠肚鸡肠，把我的军事方案直接扔进了垃圾桶，导致前线连吃败仗，还把我给降职了。

正是在这种情况下，陈子昂有感而发，写下了《登幽州台歌》。

前不见古人
后不见来者
念天地之悠悠
独怆然而涕下

心里苦啊！

我知道幽州就是现在的北京，可是幽州台在哪儿呢？

战国时，燕昭王非常爱惜人才，于是花巨资修筑高台来接见这些人才，而且还送上黄金呢。

原来幽州台就是赫赫有名的黄金台啊。

可是如今，燕昭王已经变成尘土。当我独自一人登上高台，又怎么会不感叹呢？

真是生不逢时啊，说得我一把鼻涕一把泪了。

人生就是一场逆袭
——边塞诗人 高适

他，人穷志不穷，渴望文武兼修，建功立业；他不仅是写诗高手，更是为政能臣；他虽身已老，但热血滚烫；他前半生隐而修炼，后半生厚积薄发。他就是从籍籍无名的乡野诗人蜕变成唐朝著名诗人的高适。

唐朝边塞诗人、政治家、军事家

别名：高常侍
生卒年代：704年－765年
出生地：沧州渤海(今河北景县)
字号：字达夫

高适的好友列表

星标朋友

曾祖父高祐（yòu）
祖父高侃（kǎn）
父亲高崇文
母亲渤海吴氏
姐姐高嫂（kuì）

职场上司

唐玄宗李隆基
唐肃宗李亨
唐代宗李豫

特殊关系

张九皋
哥舒翰

星标朋友

王昌龄
王之涣
岑参
董庭兰
李颀
李白
杜甫

一次次名落孙山

高适出身将门之家。祖父高侃①曾是唐朝初期一位有名的将领，立下赫赫战功；父亲高崇文②则是祖父的少子。只可惜，家族到了他这一辈，父亲早亡，自己又年少，家道渐渐衰落，连吃饭都成了迫在眉睫的问题，需要靠亲朋好友接济才能聊以度日。为此《新唐书》中说："少落魄，不治生事。"《旧唐书》的记述就更露骨了："少家贫，以求丐自给。"就是说穷到去乞讨。

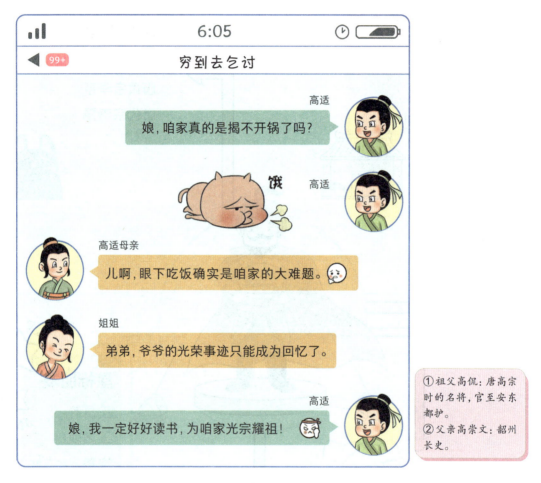

①祖父高侃：唐高宗时的名将，官至安东都护。
②父亲高崇文：韶州长史。

出身将门的高适，连做梦都想像祖父一样建功立业，但是他却看不上科举这条晋级通道，一心想剑走偏锋，希望有朝一日能"举头望君门，屈指取公卿"（《别韦（wéi）参军》）。这或许与父亲常年旅居外地，对他少了很多约束有关。然而，"人穷志不穷"，虽然家境贫寒，但是并没有压垮高适的意志，他渴望文武兼修、继承祖风，坚持报效家国、建功立业的初心。在乞讨求活的日子里，他刻苦读书，每一个饥寒交迫的夜晚，都在为他积蓄巨大的能量。

开元七年（719 年），这个豪气冲天的阳光少年决意西游长安，开启了人生第一次求仕之旅。然而，高适还是太天真了，自以为所向无敌，通过荐举，就能迅速步入仕途，踏上人生的快车道。可是，繁华的帝都向来都不缺才华横溢之人。像他这种家族衰落又没什么名气的毛头小子，想走捷径，难度系数堪比登上珠峰。几番折腾后，高适一无所获，心情之郁闷，可想而知。

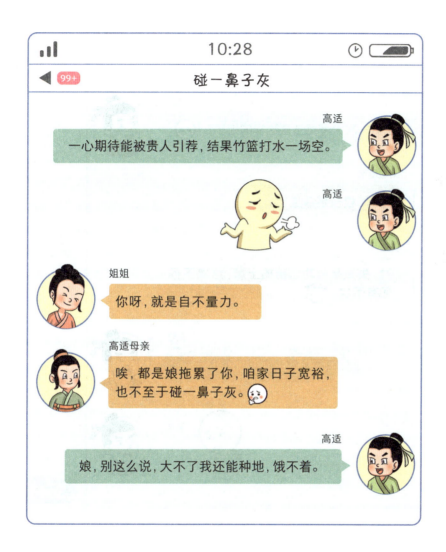

真是屋漏偏逢连夜雨。入仕无门，又赶上天公不作美，连年灾荒导致庄稼歉收，收成自然也是不如人意。再加上家中穷苦，买不到什么好田地，那时的高适，可以说是受尽了白眼。无奈之下，他再次一头扎进了黄土地，当起了庄稼汉，然而耕作之余仍不忘苦读，期待着新的机遇。

当悲惨的命运继续挥动着手中的利剑时，20 岁的高适迎来了人生的第一个机会——科举考试。开元十一年（723 年），为人侠义、饱读诗书的他带着满腔的抱负来到了长安城，这一次他准备好了挑战自我。一心以为凭借自己的才华必定能通过这次复试，正如他后来在《别韦参军》一诗中所说，"二十解书剑，西游长安城"。然而，满载希望的小船却被无情地击碎了。

站在长安城门口，当高适在榜单上没有找到自己的名字时，除了眼冒金星，一时竟语塞。理想是美好的，但现实也是残酷的，自己又一次失败了。他在长安城又没有什么人脉，无奈之下，只能一路游荡到宋城①，最后走投无路，只好整了几块荒地，过起了耕读生活，好歹也算是安了家。没想到，这种回归自然、自给自足的田耕生活一过就是十余年。

当时大唐读书人要想获得入仕的资格，除了科考，还有赴边关、立军功这条路。开元十九年（731 年），高适从宋城出发，北游燕赵①之地。他决定遵从内心的驱使，顶着萧瑟的北风，毅然投笔从戎。然而，他又一次一无所获。自己一腔豪情侠义，却被当权者无视了。昔日游长安，走文路，被拒之门外；如今千里赴边，走武路，还是被拒。当文武之路都被堵死时，诗人内心的寥落之感又有谁能体会到呢。

①燕赵：今河北省及附近地区，古代这里是个充满豪情侠义的英雄地域。

原以为奔赴前线，效力边疆，就能重振家业，然而等来的却是当权者的漠然视之。要是放在一般人面前，早就放弃了。但是高适并没有就此沉沦，因为感受过苍茫辽阔的大漠，见识过热血激昂的戍边将士，反倒写了不少边塞诗。终于，他在诗坛拼出了一点儿名声。一首《塞上》（东出卢龙塞，浩然客思孤。亭堠列万里，汉兵犹备胡。）让我们看到了诗人激昂、豪迈的英雄气概。

虽然渴望在军营改变命运的想法成了泡影，但是开元二十三年（735 年），又巧逢国考的大日子。此时高适凭借"文武通才"的响亮标签，已经在大唐诗坛小有名气，再加上一腔报国热情，并得通事舍人① 杨公的举荐，自然顺理成章地加入了科考大军。然而，眼看万事俱备，奈何命运又跟他开了一个大大的玩笑，乘兴而来却败兴而归，无缘仕途。

① 通事舍人：官名，主要掌诏命及呈奏案章等事。

遭遇失败的高适再次失魂落魄，想要为国为民做点儿事情，怎么就这么难呢？不久，他开始了漫无目的的游荡。返回途中，大笔一挥，写下"边塞第一诗"《燕歌行》（汉家烟尘在东北，汉将辞家破残贼。男儿本自重横行，天子非常赐颜色……）。至此，高适的大名频频出现在大唐诗坛上。但是因为太穷，只能再次回家一边种地，一边继续奋发图强。

汉家烟尘在东北，
汉将辞家破残贼。
男儿本自重横行，
天子非常赐颜色。

偶像，您的那首《燕歌行》看得真解气！

在此之前，高适科举失败，开始了漫无目的地游荡。738 年，他回到了宋城。

金榜

比这更气的是……我又落榜了。

马棚

俗话说，塞翁失马焉知非福！

嘿嘿

假如我没落榜，就不会有《燕歌行》，更不会成为名家。

举世名篇
《燕歌行》

您这一时气不过，大笔一挥，就是举世名篇啊。

这就叫厚积薄发。你只管努力，其他的自有安排！

这是努力在军营混饭吃吗？

光想着吃啊？你得一边打杂，一边搜集创作素材。

长大

难怪班上别的同学越挫越勇，丑小鸭变成白天鹅，我却不进反退。

如何写出走心的文章？

要想创作出文章，还得有源源不断的灵感和创意。

这个我在行，最不缺的就是点子。

是金子，就一定会有发光的时候。我看好你哟！

命运出现了转折点

自从《燕歌行》在大唐诗坛一炮打响后，那股阻挡他前行的力量也在渐渐消退。天宝八年（749年），唐玄宗下令进行科考，高适再次加入国考大军。天赐良机，他有幸得到张九皋①的举荐，还有好友颜真卿（qīng）的美言，结果获得了平生第一场功名，被分配到河南封丘做县尉，终于吃上了皇粮。

原以为遇到了伯乐，人生自此就会顺利，然而为了事业求索了大半辈子的高适却又一次被黑暗的现实伤透了心。一来，衙门工作枯燥无味，自己又不会溜须拍马这套，让他对未来充满迷茫；二来，大唐盛世已渐渐远去，统治者不明是非，安禄山称霸一方，百姓饱受困苦，自己又势单力薄。千篇一律的枯燥工作，格格不入的官场规则，让高适憋屈得再也无法忍受，正如他在《封丘作》中所言，"只言小邑无所为，公门百事皆有期"。于是，他索性辞掉了这个芝麻官。

虽然高适听到了梦碎的声音，然而是金子总会发光。天宝十二年（753年），高适迎来命运大转机，在哥舒翰（hàn）[1]的判官田梁丘的引荐下，加入哥舒翰阵营。自此，官职不断升迁，从左骁（xiāo）卫兵曹到幕府掌书记[2]。而哥舒翰之所以不断提拔高适，自然是看中了他的才华与热忱，在人生的抉择上，高适的出发点始终是能否救世济民。果然上苍有眼，终不埋没英才。天宝十四年（755），哥舒翰进京向玄宗汇报，还特地带上了高适，这次他想不出名都难。[3]

①哥舒翰：西突厥突骑施人，唐朝名将。时任陇（lǒng）右和河西两节度使。

②掌书记：掌朝觐（jìn）、聘问、慰荐、祭祀、祈祝之文与号令升绌（chù）之事。

③为了感谢哥舒翰的知遇之恩，高适还作《九曲词》一诗以赞颂其功业。

果然这是一个才高八斗、又有硬骨的汉子，芝麻官虽稳定，却意味着妥协与退让。然而，尽管人到中年，但是高适的锐气依然不减，竟让自己活成了有影响力的人物。正如杜甫在《送高三十五书记》中所描述，"高生跨鞍马，有似幽并儿"，敏捷矫健，勇武如同边地少年。也许正因为这样的性格，高适才会写出那么多流传于后世、使人沉醉的诗词。

自此，高适的事业开始闪闪发光，而他人生的高光时刻马上就要登场。同年，安禄山谋反[①]。唐玄宗连夜召开紧急会议，任命高适为左拾遗、监察御史，辅佐哥舒翰镇守潼关。当时，哥舒翰想固守潼关，但在杨国忠的谗言下，唐玄宗竟然逼他出战。君命难违，谁料哥舒翰战败，潼关陷落，唐玄宗则火急火燎地逃往蜀中。高适从大局出发，给皇上写了一份军情报告，在《陈潼关败亡形势疏》中，他分析了潼关失守的原因。结果，得到玄宗赏识，再次升迁。

> 16:29
>
> 99+ 干事业就得兢兢业业
>
> 王昌龄
> 高将军，果然是天生的将才，前途无量啊！
>
> 杜甫
> 高兄，你这差事可够惊险的。
>
> 杜甫
>
> 高适
> 就得兢兢业业，睁一只眼闭一只眼怎么能行？
>
> 岑参
> 高兄，尽到了谏官的职责，实属难得啊。

①此时安禄山身兼范阳、平卢、河东三节度使，以讨伐杨国忠为借口在范阳起兵。

命运不仅没让高适就此止步，还给他的人生送来了一段高光时刻。虽然这场战争导致大唐帝国由盛转衰，但是高适这位将领无疑在历史舞台上留下了他光彩夺目的一页。自此高适这个名字再也不是无人问津的小人物，而是在盛唐的政坛里激起了一大片浪花。

尽管高适不愿受制于为官的拘束，但是对国家的忠心却始终如一。国难之际，皇上都逃到蜀中避难了，他还带着队伍在战场上和叛军展开对峙（zhì）。此后，他就进入了平步青云的官场。乾元二年（759年），出任彭州刺史。次年，改任蜀州刺史。广德元年（763年），迁任剑南节度使。几年后，又担任刑部侍郎，散骑常侍，进封渤海县侯。晋升之路简直就像坐上了火箭，直冲云霄。

除了事业上一路高歌，高适的边塞诗也独放异彩。由于高适对边关战事有清晰的认识，对百姓疾苦有更多的感慨，因此创作了很多激荡人心、催人奋进的诗作，比如在《塞下曲》中，写出"万里不惜死，一朝得成功"的豪情壮志；在《送董判官》中，"长策须当用，男儿莫顾身"讴歌了将士的奋不顾身；《营州歌》里的"虏酒千钟不醉人，胡儿十岁能骑马"让我们看到边疆少年的豪迈勇武。

虽然金戈铁马的军营生活让高适的事业到达了一个高光时刻，然而边塞那难以言明的孤独与寂寥（liáo），不免还是会勾起诗人对家乡、对亲友的思念，这是任何边塞诗人都逃脱不了的与生俱来的愁绪。一首《除夕夜》（旅馆寒灯独不眠，客心何事转凄然？故乡今夜思千里，霜鬓明朝又一年。）诉尽了诗人漂泊半生的凄苦，以及对家人的思念、时光飞逝的感叹。此后，高适过了一段平静的生活，永泰元年（765年），与世长辞，当朝追封他为礼部尚书。

①董庭兰：盛唐开元、天宝时期的著名琴师。

纵观和高适齐名的几位诗人，他是最具政治视野的一位。出将入相、封侯拜将是当时所有读书人心中的灯塔。在历史抉择面前，高适审时度势，从一个不为人知的"乡野诗人"一步步逆袭成了封疆大吏。虽然他为此付出了近50年的等待，但却用亲身经历告诉我们一个事实：人生没有太晚的开始，所有的安排都是为了等一场厚积薄发。

偶像，听说您有一首诗问世后，直接进入盛唐诗坛的第一阵列，可有此事？

盛唐诗坛擂台争霸赛

还别说，《别董大》一出，我在盛唐瞬间激起一大片浪花。

董大本名董庭兰，本在官员府上弹琴，后来被辞，只好离开长安，去边塞谋求出路。

高哥，我被开除了，得去边关碰碰运气。

小董啊，我也是四海为家，只能祝你一路顺风了！

一路顺风！

呼~~

失落

哥，这就结束了？

那还咋办？要不喝一杯？只是这酒钱……

空空如也！

空空如也！

两人来到酒馆，小董不懂事地点了一桌子菜。

这么多？小董，我也口袋空空啊……

伙计，笔墨拿来，我要送我兄弟一首诗！

哥，我早就给你准备好了！

高适诗意大发，瞬间就是一首大作《别董大》。

千里黄云白日曛，
北风吹雁雪纷纷。
莫愁前路无知己，
天下谁人不识君？
……

哥，还是你懂我啊……

高适看看叫不醒的小董，只能咬咬牙，把酒钱付了。

现在为了蹭吃，都拼了吗？

笑看诗人在线聊天——品唐诗

天作岸我为峰

不负少年郎

下

赵集广 编著

黑龙江少年儿童出版社

图书在版编目 (C I P) 数据

天作岸我为峰 不负少年郎 笑看诗人在线聊天：品
唐诗：全 2 册 / 赵集广编著 . -- 哈尔滨：黑龙江少年儿
童出版社，2024.6

ISBN 978 - 7 - 5319 - 8608 - 9

Ⅰ.①天… Ⅱ.①赵… Ⅲ.①唐诗－鉴赏－青少
年读物 Ⅳ.① I207.227.42－49

中国国家版本馆 CIP 数据核字 (2024) 第 112167 号

天作岸我为峰 不负少年郎 下

TIAN ZUO AN WO WEI FENG BU FU SHAONIANLANG XIA

赵集广 编著

出 版 人：薛方闻

责任编辑：李昶 高彦

设计制作：华宇传承

出版发行：黑龙江少年儿童出版社

（黑龙江省哈尔滨市南岗区宣庆小区 8 号楼 150090）

网 址：http://www.lsbook.com.cn

经 销：全国新华书店

印 刷：文永印刷河北有限公司

开 本：710 mm × 1000 mm 1/16

印 张：10.75

字 数：157 千字

书 号：ISBN 978 - 7 - 5319 - 8608 - 9

版 次：2024 年 6 月第 1 版

印 次：2024 年 6 月第 1 次印刷

定 价：98.00 元（全二册）

这些年，大家似乎非常热衷捧读唐诗、趣谈诗人，可是，名气再大的诗人，在漫长的历史长河中也不过是一个个小人物。至多就是发了一条朋友圈，然后便消失在历史的汪洋大海中。至于诗坛名家的佳作，很多孩子虽然背熟了，但却似懂非懂。

那么，有没有一套书，可以让孩子一看就来劲、一读就爆笑、一诵就过目不忘呢？这套《天作岸我为峰 不负少年郎》，以独特新颖的视角，用诙谐、幽默的语言，搞笑、风趣的漫画，带孩子循着 15 位诗人的足迹，走入真实的唐诗世界，还原出一个个血肉丰满的人物。

这套书以诗人为经，诗作为纬，就像穿越到唐朝一样，编织出一幅让孩子看得懂，也愿意看的鲜活画作。翻开这套书，孩子会在哈哈大笑中理解唐诗背后的诗意与深意，体会到诗人有悲壮、有传奇、有无奈，以及跟你我一样，有柴米油盐的生活。

提起唐朝诗人，人们首先就会想到诗仙李白，他的诗奔放豪迈、情感热烈，代表了我国古代浪漫主义诗作的最高水平，与他流传千古的诗作相比，李白本人的人生却并不如意，也有人认为，正是因为他对仕途灰心丧气，才会寄情山水，专心创作。在本书中其他登场的诗人，如孟浩然、王勃、李商隐、王昌龄、李贺、刘长卿、岑参等，他们也或多或少与李白相似，经历了坎坷的仕途与人生，写下了众多旷世杰作。

小小少年，怎能不学诗？小小少年，怎能不学史？这套书就像一粒种子，会在孩子的心里生出无数的枝桠：透过诗人的关键事件，感悟人生百态；在沉浸式小剧场中，养成宽广的胸襟；在精选的文学常识中，培养大语文的思维习惯。

被古诗滋养的孩子，得到的不仅仅是诗情和文采，更是一个心灵和另一个心灵的对话，一个生命对另一个生命的感悟。那些遥远的面孔，从未如此鲜活；那些经典的诗篇，始终动人心弦、闪耀星空！

李白

目 录

绝世奇文《滕王阁序》

王勃

流传千古的风流人物
——诗仙 **李白**

他，是继屈原之后最伟大的浪漫主义诗人，一心想做仗剑天涯的侠客、指点江山的帝王师，可观其一生、仕途坎坷、人生不顺，只能将所有不幸化作荡气回肠的诗篇。他就是诗仙李白。

唐代伟大的浪漫主义诗人

别名：诗仙、李十二、李翰林、李供奉、李拾遗

生卒年代：701 年－762 年

出生地：蜀郡锦州昌隆县(一说西域碎叶)

字号：字太白，号青莲居士、谪仙人

李白的好友列表

职场上司
唐玄宗李隆基
永王李璘

特别关注
父亲李客
第一人妻子许氏
第二任妻子刘氏
第三任妻子宗氏
前宰相许圉师(许氏祖父)
前宰相宗楚客(宗氏祖父)
族叔李阳冰

星标朋友
杜甫
岑勋
元丹丘
孟浩然
王昌龄
高适

特殊关系
李邕
苏颋
崔涣
马正会
韩朝宗
裴长史
宋若思
张垍
玉真公主

兴趣标签——酒友、诗友
汪伦
陆调
元演
崔成甫
孔巢父
王十二

他的关注
忘年交贺知章
恩师赵蕤(ruí)

谁曾年少不轻狂

神龙初年（705年），也就是武则天去世那年，5岁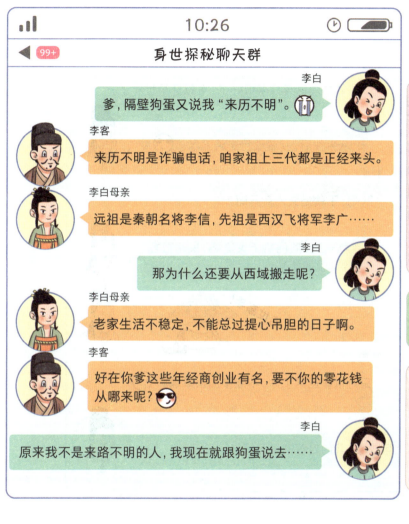①的李白跟随父母跋山涉水，从西域碎叶②城搬到绵州（今四川江油）。跟所有爱问"我是从哪里来的"的孩子一样，小李白对自己的身世充满了疑惑与好奇。

10:26

身世探秘聊天群

李白
爹，隔壁狗蛋又说我"来历不明"。

李客
来历不明是诈骗电话，咱家祖上三代都是正经来头。

李白母亲
远祖是秦朝名将李信，先祖是西汉飞将军李广……

李白
那为什么还要从西域搬走呢？

李白母亲
老家生活不稳定，不能总过提心吊胆的日子啊。

李客
好在你爹这些年经商创业有名，要不你的零花钱从哪来呢？😎

李白
原来我不是来路不明的人，我现在就跟狗蛋说去……

①我国古代人并不像现代人按照周岁来计算年龄，而是在出生时就计为1岁，例如杜甫出生于712年，卒于770年，应该享年58岁，但《新唐书》史书记载则是"年五十九"。因此本书中出现的所有人物年龄都要比实际周岁大1岁左右。

②碎叶：唐朝属安西都护府辖区，今吉尔吉斯斯坦境内。

③云谲波诡：形容房屋结构像云气和水波那样千态万状，变化无穷。比喻事物千变万化、难以捉摸，或文章变化曲折、错落有致。

对于李白到底是何来头，历来有很多云谲（jué）波诡（guǐ）③的说法，要么含混不清，要么讳莫如深。但这扑朔迷离的身世反倒给诗人增添了远非一般的神秘色彩。一如李白母亲当年做的那场梦，也许李白真的是降落在人间的一颗最亮的星星吧。

"五岁诵六甲，十岁观百家。"李白5岁能读唐代的小学识字课本，10岁开始翻阅诸子百家。15岁那年，他来到匡（kuāng）山（江油县内）隐居读书，写了很多诗赋，并到处写自荐信。那时干谒之风盛行，诗赋写得好，分分钟可以登上人生巅峰。同年，李白还拜师赵蕤（ruí），学习剑术、道术和纵横术。受其影响，李白一生渴望像诸葛亮一样，摇一摇羽扇就可以平定天下。

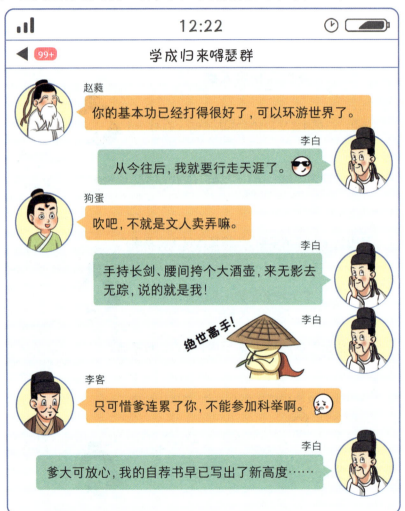

李白的技艺虽算不上登封造极，但也差不到哪儿去。恩师深知他非池中物，鼓励其走出去将来定有大作为。只可惜，对于李白这样的出身要想加入核心部门，还得满足一个基本条件——家中不得有从商者。在当时社会平民阶层中，有着士农工商的排序，商人是最末流的。哪怕家族是富商，也得不到主流社会的认可。而李白的父亲是一个彻头彻尾的商人，就算他把家谱讲得多么了不起，无情的科举考试仍然会将李白拒之门外。

此时的李白不但没有报名资格，还不屑考试，他坚信自己会成为帝王师。20岁，他出游益州、渝州，边游山玩水边拜访各地上层官员。这叫干谒（yè），就是在权贵面前先混个脸熟，是文人进身仕途的捷径。当时李邕①作为渝州刺史，还擅长书法。李白拜访时，竟被打发走了。李白受了委屈，写下："世人见我恒殊调，闻余大言皆冷笑。宣父犹能畏后生，丈夫未可轻年少。"（**《上李邕》**）作为回礼，似乎在说：孔子之所以能够成为万世师表，除了学识渊博外，还有对后辈的赏识鼓励；而李邕呢，虽然当世有名，却轻视年轻人，也不过如此。

① 李邕：唐朝大臣、书法家，文选学士李善之子。
② 苏颋（tǐng）：唐朝诗人、书法家。世袭许国公，时任益州长史。

理想很丰满，现实很骨感。谁求职还不碰一鼻子灰？而李白天性轻狂，既然你不看好我，我就用诗写死你，让你见识下我的厉害！几句话足见年少李白的狂放不羁与不畏流俗。而他身后的所有标签——文武双全，才华满腹，气质俊朗，家境丰裕，俨然是他狂傲一生的资本。

人才市场碰了一鼻子灰后，李白决定回到他的母校——匡山大学继续深造。四年寒窗苦读，他在寒风中背书背到冻僵，好在家人鼎力支持，差旅费管够。然而，对于一个自比"大鹏"的年轻人来说，他有着努力的小目标——那就是进入朝廷，担任要职。开元十二年（724 年），李白匆匆写完自己的毕业感悟《**别匡山**》（晓峰如画参差碧，藤影风摇拂槛垂。野径来多将犬伴，人间归晚带樵随。看云客倚啼猿树，洗钵僧临失鹤池。莫怪无心恋清境，已将书剑许明时。）。乘着一条小船，一路向东，奔向心中的远方与诗……

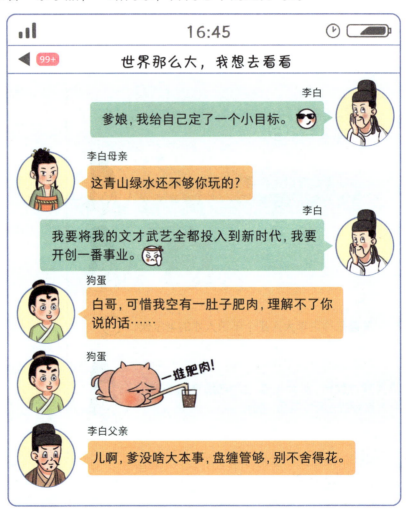

此时，李白眼里的世界，还几乎像黄金一般美好，他带着父母给的三十万盘缠，从四川出发，开始了离家千里的仗剑远行。虽然三十万可能是个虚数，但从李白"五岁诵六甲，十岁观百家""好剑术，喜任侠"的成长经历来看，人家确实不差钱。

开元十三年（725 年），李白出蜀，经过宜都时，写下荡气回肠的"**渡远荆门外，来从楚国游。山随平野尽，江入大荒流**"（**《渡荆门送别》**）。毕竟第一次离开家乡，面对滚滚长江东逝水的高能画面，搁谁小心脏都受不了。就这样，李白身背宝剑，先后在荆（jīng）楚、吴越之地一路游玩。他还特别有侠士之风，除了忙着开启旅游模式，还忙着行侠仗义，广交朋友。看到顺眼的，一醉方休；看到可怜的，撒钱接济。终于，几年间他就散金三十余万。

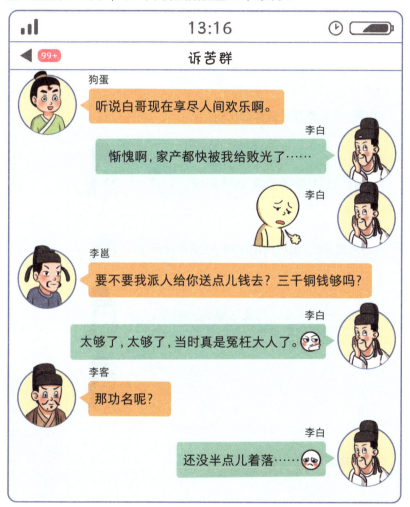

有时，打败成年人的往往不是心中无梦，而是兜里没钱！想想自己第一次离开家乡时，满心欢喜。可是当阔气的李白过了一段纸醉金迷的生活后却发现自己什么都没得到。就连眼下，好友孟少府推荐他到安州投奔安州都督马正会，他连这点儿盘缠都凑不齐。虽然李白在享乐时不忘结交权贵，用金钱开路，可是即便他如何邀当地权贵把酒言欢，还是被酒精作用下的豪言壮语给捉弄了。

散尽千金的这段日子，李白简直就是祸不单行。开元十四年（726 年），他在扬州大病一场。想到口袋光光，又孤身在外，夜里辗转反侧，翻来覆去地"烙大饼"，反而诞生了千古名篇《静夜思》(*床前明月光，疑是地上霜。举头望明月，低头思故乡*)。虽然知心人无一二，但好人也是有的。好在朋友孟少府为他请来了扬州名医，李白才算走出了鬼门关。那段日子，尽管李白进入仕途的小目标陷入冰冻期，但也创作了不少诗作。

① 天门山，即安徽当涂县的东梁山（古代又称博望山）与和县的西梁山的合称。两山夹江对峙，形势险要，"天门"即由此得名。

话说，李白初出巴蜀时，乘船奔赴江东，经过旅游圣地——天门山[①]时，眼前景致让他为之疯狂，大笔一挥，创作了《望天门山》："*天门中断楚江开，碧水东流至此回。两岸青山相对出，孤帆一片日边来。*"背包客李白又来到金陵，游览了响当当的庐山，创作了那首流传千古的诗篇《望庐山瀑布》："*日照香炉生紫烟，遥看瀑布挂前川。飞流直下三千尺，疑是银河落九天。*"

偶像，听说您在大唐剑术比赛中，还获得过二等奖。真的假的？

孤陋寡闻了吧！我不仅是一位大诗人，还是一名武艺高强的侠客。

我就是全能高手

骗人！剑术可是慷慨激昂的边疆诗人的专属技能。

谁叫我文学天赋太高，以至于遮住了剑术的光芒呢！

吹牛

剑术　诗词

不会又是自吹自擂吧？

我这么爱玩，万一路上遇到猛虎野兽，横尸荒野怎么办？

听说古代还经常有山贼出没，不会点儿剑术，分分钟就会送命。

为此，李白特意游历到山东，向裴旻（mín）拜师学艺。

老师，请喝茶！

担心万一哪一天，被野猪给活活吃了？

你个乌鸦嘴，人家可是唐朝剑圣，传说有一次一天之内射杀老虎三十一头。

嗖嗖嗖！

这水平简直天下无敌，我也要学剑术，扬名天下！

大师是因为我的诗写得好，才给我面子。

那您快收我为徒，教我写诗，我保证不会给您丢脸的。

那你先把我的诗作抄一遍，仪式感总是要有的！

这作业怎么比我妈留的作业还多呢？哇……

成为入赘女婿，只为有一席之地

这次病倒，让李白满脑子想的都是出路。只要有一根救命稻草，他都会毫不犹豫。这次，他听了好友孟少府的建议，决定前往安陆，投奔当地武官马正会。727年，途经襄州时，他拜访了孟浩然，友谊的小船从此扬帆起航。此后，他俩多次相聚，赠诗相送，如著名的**《黄鹤楼送孟浩然之广陵》**（*故人西辞黄鹤楼，烟花三月下扬州。孤帆远影碧空尽，唯见长江天际流。*）。

①元丹丘：唐朝人，李白一生中最重要的交游人物之一。

李白来到安陆后，马正会把他推荐给了安州长史李京之。巧的是，他还遇到了当年云游峨眉时结交的道士元丹丘①，也愿意帮他投身仕途。此后李白的诗名逐渐被人知晓，连安陆名流都想一睹他的风采。有个许员外非常欣赏他，就托李白好友元丹丘作媒，想招他为上门女婿，李白毫不犹豫地答应了。此时的李白很清楚，入赘名门虽是一项风险投资，但是要想晋升，这无疑是眼下回报率最高的一项投资。

话说这个许家千金，名叫许紫烟，容貌姣好，还是唐高宗时期宰相许圉（yǔ）师的孙女。对文艺青年李白来说，连宰相孙女都下嫁给他，可见他的文采有多厉害。就这样，李白在安陆一住就是三年。日子虽比不上富家子弟，但至少是无忧的。虽然幸福来得有点儿突然，但是在李白心中，始终有一个高耸的灯塔——那就是干一番惊天动地的事业，然后功成身退。他要学姜子牙、诸葛亮、谢安，建立不朽功业。在安陆期间，他接连写了几首干谒诗《上安州李长史书》《上安州裴长史书》。理想很美好，但现实也很骨感。

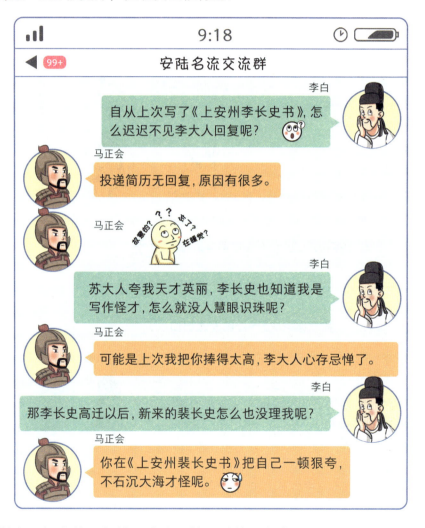

裴长史压根儿就不想搭理李白，甚至对他还有点儿厌恶。说实话，一个无门无派，没有门路的清高书生，谁愿意跟他交好呢？李白在求官之路上可谓是碰了个鼻青脸肿。

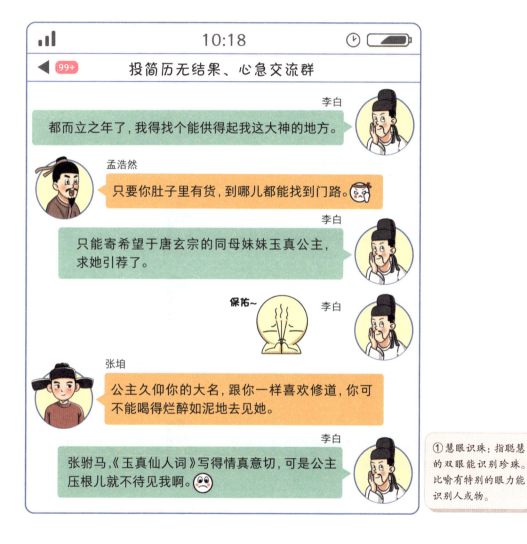

李白连个正经差事都没有，再不干出点儿事业来，真要颜面扫地。这一次，他决定离开安州，到长安城去闯一闯，或许有人慧眼识珠①。然而，他虽有才，却屡屡碰壁。那日，李白发挥了他的阿Q精神，敲开了执掌文坛三十年的三任宰相张说的大门，可是对方不知是见多了像李白这样自以为是的人，还是病重懒得理他，只是将李白推给了自己的二儿子、当朝驸马张垍（jì）。

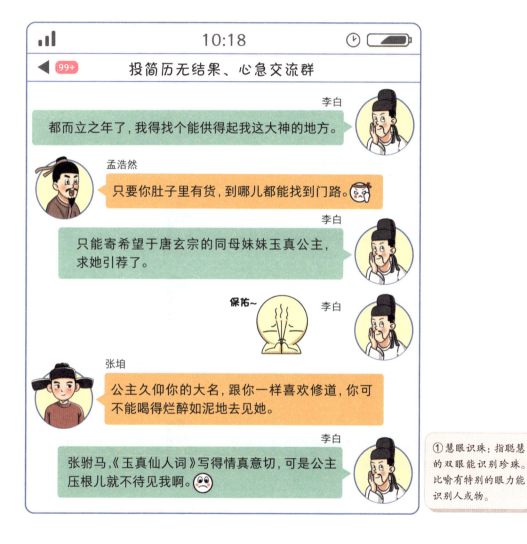

投简历无结果、心急交流群

李白
都而立之年了，我得找个能供得起我这大神的地方。

孟浩然
只要你肚子里有货，到哪儿都能找到门路。

李白
只能寄希望于唐玄宗的同母妹妹玉真公主，求她引荐了。

保佑~

李白

张垍
公主久仰你的大名，跟你一样喜欢修道，你可不能喝得烂醉如泥地去见她。

李白
张驸马，《玉真仙人词》写得情真意切，可是公主压根儿就不待见我啊。

① 慧眼识珠：指聪慧的双眼能识别珍珠。比喻有特别的眼力能识别人或物。

这位张家二公子对李白也似乎并不待见，随便将他安置在了郊外终南山上的玉真公主别馆，任其自生自灭。站在满是紫袍玉带的朱雀大街，李白仰天自问：何处才有自己的一席之地？

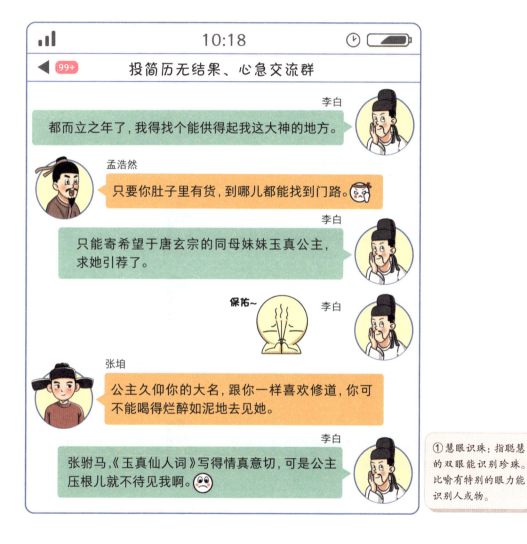
成
为
入
赘
女
婿

只
为
有
一
席
之
地

然而，玉真公主始终没有现身，连做梦都自带光芒的李白只好借酒消愁。身在长安，无高官厚禄，只好怀抱长剑，下山拜见其他贵人，可是希望的火花一次次被熄灭。郁闷的李白干脆破罐子破摔，日日斗鸡走狗、喝酒赌钱，结果因聚众闹事惹上了官司，幸好老友陆调帮忙，才免了牢狱之灾。明明期待的是星辰大海，结果却掉进泥淖水坑，伤痕累累的李白大笔一挥，写下痛彻心扉的《行路难》(……行路难，行路难，多歧路，今安在？……)。

① 天堑(qiàn)：指天然形成的隔断交通的大壕沟。多指长江。

被现实啪啪打脸的李白又听闻好友要入蜀，可是入蜀之道何其艰难。想到自己仗剑走天下、要作帝王师的小目标，难道不正像这蜀道一般，仿佛成了自己仕途不可跨越的天堑①，比登天还难？现实的挫败让他又悲又叹，于是在《蜀道难》中写道："噫吁嚱，危乎高哉！蜀道之难，难于上青天！"这五味杂陈的人生，对李白，是个悲剧；但这妙不可言的诗作，对于唐诗，却是绝世奇文。

夏去秋来，内心苦楚的李白一边喝酒一边哀叹自己满腹经纶①却无人珍惜的遭遇，一边又纵情于山山水水之中。他在长安待了一年后，先后游历了开封、宋城、嵩山、洛阳、南阳后才回到安陆。

① 满腹经纶：形容人很有才学和智谋。

开元十二年（732年），32岁的李白回到安陆，才知岳父许员外已经去世。想当初，自己刚入许家，老丈人认定他是个前途远大的年轻人，将来飞黄腾达了是可以撑起许家门面的人。可现实却当头一棒，让李白感觉一切都是如此虚幻。好在许氏依旧像以前那样为李白接风洗尘，并未责备他一无所获，两人继续关起门来过着小户人家的隐幽生活。

然而好景不长，生活的闲适还是败给了现实的无情，随着女儿的降生，生活负担日益加重。可是，当李白想起自己这些年的诗文除了少数应景之作，基本都是为了谋取功名时，不禁仰天长叹，明明一身诗才，明明出道即巅峰，人生理想该何处安放？伤痕尚未抚平，胸中的抱负又重新燃起。李白恍然醒悟，眼下的苟且不是他想要的，他的理想恢弘浩大，他是要建功立业的。

开元二十二年（734年），李白动身前往离安陆不远的襄阳，拜见荆州长史韩朝宗，并写下了《与韩荆州书》这篇自荐书。可是，心高气傲的李白明显对韩朝宗进行了道德绑架，"你那么惜才，为什么不重用我，让我平步青云呢？"此时，李白还没有意识到他因出身而产生的自卑感正在野蛮滋生，而这种感受也让他走向另一个极端——极度自负，为此，他必须要用更多的傲气才能弥补自卑这种缺陷。

狂傲的李白吃了闭门羹，岳父又去世，于是带着家人，在山东任城落脚。毕竟还有很多亲戚在此做官，满满的求生欲啊。别看今日投奔亲友，也许明日就能飞黄腾达。本以为会是个匆匆过客，谁想，他居然在这里一待就是 23 年。其间多次和孟浩然、元丹丘等旧友煮酒论诗，还结识了崔宗之、王昌龄等新友，并创作了很多诗词名篇。直到 740 年爱妻许氏病逝，可以说是过了几年快活日子。

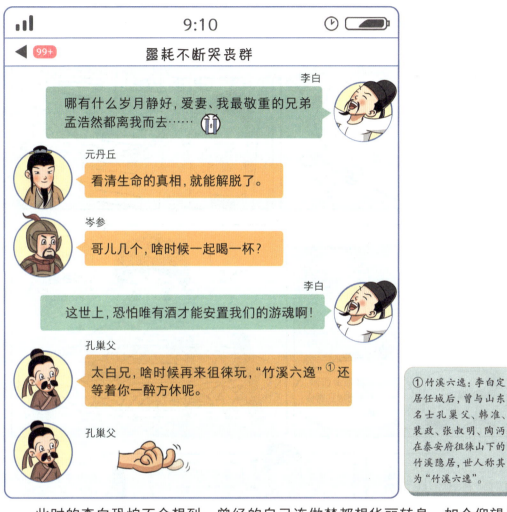

① 竹溪六逸：李白定居任城后，曾与山东名士孔巢父、韩准、裴政、张叔明、陶沔在泰安府徂徕山下的竹溪隐居，世人称其为"竹溪六逸"。

此时的李白恐怕不会想到，曾经的自己连做梦都想华丽转身。如今仰望星空，唯有虚空。写给爱妻的《寄远》（远忆巫山阳，花明渌江暖。踌躇未得往，泪向南云满。春风复无情，吹我梦魂断。不见眼中人，天长音信短。），写给孟兄的《赠孟浩然》（吾爱孟夫子，风流天下闻。红颜弃轩冕，白首卧松云。醉月频中圣，迷花不事君。高山安可仰，徒此揖清芬。），不仅道尽了他的苦闷，更道尽了自己被现实折磨的心酸与无奈。

又是一年毕业季，这届毕业生找工作，咋就这么难呢？

这有什么难的，上网找几份自荐信模板不就行了，商务简约型、沉稳严谨型、个性时尚型，要啥有啥。

现代人就是会偷懒，我找工作那时还得会写干谒诗。

哇！

人是铁，饭是钢。吃饭啦！

干谒诗，是古代文人为推销自己而写的一种诗歌，类似于现代的自荐信。

听我娓娓道来……

那你的自荐信是怎么写的呢？

以我的风格，不写得浮夸嘚瑟，岂不可惜了我的慧根。

瞧把你能耐的,难怪人家躲你像躲瘟疫一样,原来是怕惹祸上身啊。

天下第一

自荐信

我是李白,5岁读完小学课本,10岁自学诸子百家……

作为干谒诗,用词要不卑不亢,这才是好文。

但您好像是个例外,动不动就是属我最厉害。

为了得到他人的欣赏,没点儿特立独行的本事能行吗?

要走就走不一样的路……

我也要像诗人一样,大力推销自己,获得更大的平台。

健康成长   快乐学习

今日作业:写一篇3分钟的自我介绍

先把今天的小作文写好了再说。

仕途路上，短暂的高光时刻

李白定居任城后，续娶了一位刘氏夫人，可是当她得知诗人的兜比脸还干净时，愤然离去。一年后李白又娶了一位鲁地妇人，爱自由的李白，没多久又跑出去玩了。然而，人生最重要的时刻来临时往往毫无征兆。天宝元年（742年），李白收到唐玄宗招他入宫的诏书。此前，元丹丘被玉真公主举荐，进入长安成为道门威仪，就是专门负责皇家宫观的道教事务。元丹丘入朝后，第一个想到的就是他这个铁哥们儿，毕竟李白此时已名满天下，玉真公主便向唐玄宗推荐了他。

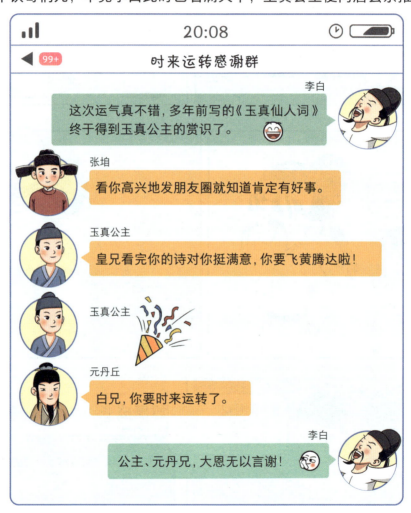

此时的李白以为自己很快就能走向人生巅峰。激动之余，立刻回到南陵的家中，与儿女告别，大笔一挥，写了那首激情洋溢的《南陵别儿童入京》，尤其是那句"仰天大笑出门去，我辈岂是蓬蒿人"，留下了诗人巨人式的狂笑，抵消了以前所有的窝囊气。这一去，定然是要安邦定国、大展雄才，那个与落日争辉的李白又回来了。

面对翻身的转机，李白心想：虽然眼前大路直通云霄，但是若能得到一个人的推荐，就更有把握了。于是他主动结识了人生中的另一个贵人——贺知章。当时德高望重的贺知章已是太子的座上宾。当李白给他送上《蜀道难》后，贺知章大为惊喜，成了李白的推崇者，称他为"谪（zhé）仙人"。为了请李白喝酒，贺知章竟将自己随身佩戴、彰显官职品级的金龟袋解下来作为酒钱。结果，在玉真公主和贺知章的共同推荐下，唐玄宗终于看到了李白的才华。

仕途路上 短暂的高光时刻

① 贺知章：唐代诗人、书法家，晚年自号"四明狂客""秘书外监"。

志同道合聊天群

崔宗之
老李，没想到你这么德高望重的人还有这种尴尬事？

贺知章
跟有着三观一致的小伙伴纵情豪饮、潇洒吟诗，这算得了什么。

李白
崔老不用担心，贺老从不拘泥什么官位，他那"四明狂客"的名头可不是虚的。

李白
嘻嘻嘻

贺知章
还是小李了解我，再说我都84岁高龄，黄土埋脖子的人了，还担心什么。

李白
啥时候咱们再一起饮酒畅谈呢？

贺知章
万分期待啊。

论地位，贺知章①是武则天时期的状元，是实打实的高官，在当时的文坛也是神级的存在。但是像李白这样没有什么名气的落魄文人，要想进入皇帝的视野，自然离不开比玉真公主更有分量之人的举荐。结果，还未在长安站稳的李白就得到了文坛老前辈的赞赏，李白想不出名都难。当然，李白与贺知章的这段友情，也让他有更多机会，活成自己最向往的样子。

天宝元年（742年），李白在玉真公主和贺知章两大重量级人物的举荐下，正式进入朝廷高层。进宫那天，玄宗亲手为他调汤羹。没多久，他便成了唐玄宗身边的红人。但让他没想到的是，朝廷给他安排的工作是做御用文人，就是每有宴饮、郊游等活动时写诗记录。虽说这份工作有钱有闲还有脸面，但胸怀大志的李白却高兴不起来，作为长安第一偶像，他的嘚瑟劲儿又来了。

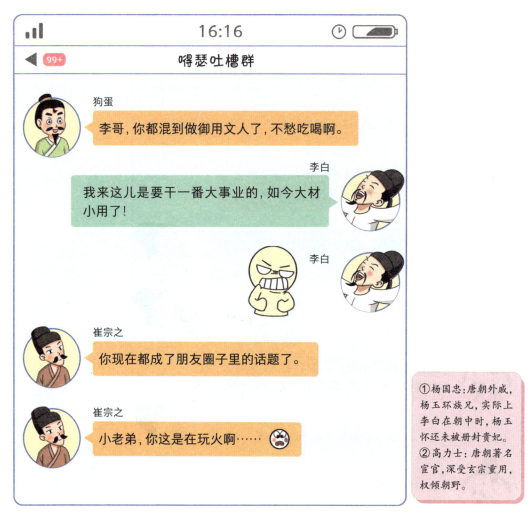

仗着皇帝的宠幸，李白着实火了一把。据传说，皇上带着杨贵妃游牡丹园，想让李白作诗助兴。谁料李白正醉倒在酒家，玄宗只好用水把他泼醒，半醉半醒中，李白写下了三首《清平调》。句句夸赞听得贵妃大喜。又一日，李白喝得大醉被叫去作诗，狂妄的他竟然当着皇帝的面命令杨国忠①给他捧墨，高力士②给他脱靴子。敢得罪这两位红人，李白岂不是狂妄到连脑袋也不想要了！

这段日子虽然是李白仕途上的高光时刻，但纵酒狂放、目中无人的嚣张操作也着实引起了权贵的嫉恨，皇上更是动不动就朝他翻白眼。面对随时有被辞去职务的可能，加上自己可有可无的边缘角色，李白感叹起来，"仰天大笑出门去，我辈岂是蓬蒿人。"当初是何等的意气风发，如今就有何等的五内如焚。李白终于大力吼出一句：老子不伺候了！唐玄宗对他倒还算客气，毕竟是妹妹介绍来的人才，所以给了他一大笔补偿金，让他麻溜地走人。至此，李白名也有了，钱也有了，又开启了他的江湖漂泊生涯。

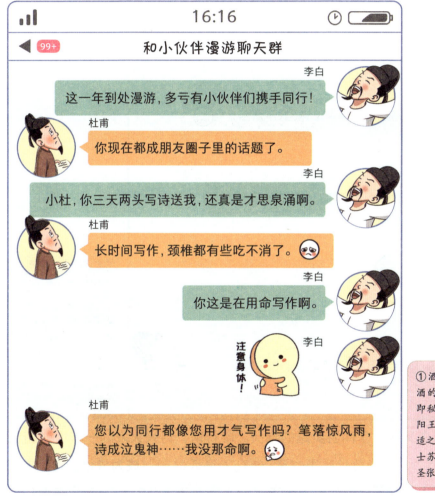

①酒八仙：指唐朝嗜酒的八位学者名人，即秘书监贺知章、汝阳王李琎、左丞相李适之、名士崔宗之、名士苏晋、诗仙李白、草圣张旭、布衣焦遂。

其实，此时的李白并没有表面上的潇洒，一路跌跌撞撞，他的内心是苦闷的。纵然自己才华盖世，但世间竟没人懂。人生已过 42 年，毕生梦想恐怕要成镜花水月了。长安之大，竟真的只有一席之地，多一张都放不下。

拿着丰厚补偿金的李白开始四处游玩，与贺知章、张旭等人终日饮酒作诗。744年，又在洛阳遇见了杜甫，中国文学史上最伟大的两位诗人见面了。此时的杜甫俨然是李白的超级崇拜者，两人相见恨晚，相约同游梁宋。此后，还遇见了尚未吃皇粮的高适，三人一起畅游论诗。当然，自从李白离开长安，他一生的远大抱负就再也没有机会实现了。

① 宋城：今河南商丘。

② 宗氏此时26岁，李白已年过半百。安史之乱爆发后，李白携宗氏南下。后来，李白因李璘案入狱，宗氏曾奔走营救。

此后，李白又萌生了南游吴越的念头。临行前，诗兴大发，一首《**梦游天姥吟留别**》让"安能摧眉折腰事权贵，使我不得开心颜"成为传世名句。看来被迫卷铺盖走人的憋屈让他是一万个不爽。天宝九年（750年），李白在西门山拜会了决意静心修持的元丹丘，两人大聊修仙感悟，此后竟再未重逢。途经宋城①梁园时，他遇到了前宰相宗楚客的孙女、才貌双全的宗氏②。两人虽然年龄差比较大，但是感情深厚，可谓真正的灵魂伴侣。

偶像，听说您又结婚了，夫人的家族富贵通天呢。

富贵有余

这才配得上我的名气和才华啊!

听说你俩的相遇还留下了一个千金买壁的浪漫故事。

那是一个叫梁园的地方……我的酒瘾上来了，就随便找了一面墙，大笔一挥，写下了大作《游园吟》。

游园吟

梁园？我怎么听说是一个破寺庙呢?

这诗句真是美极了!

游园吟

才貌双全的宗氏瞧见了这首诗，非常喜欢，很想见见写诗的人。

听到姑娘的赞美，于是您跌跌撞撞地"来"见人家吗?

还没轮到我上场呢。

这时来了一个打扫卫生的和尚，说什么也要把墙壁擦干净。

任何人不许碰这面墙！

小姐姐，不干活儿，没饭吃啊……

宗氏实在不忍心这面墙上的诗被擦掉，于是用一千两银子把这面墙给买了下来。

这面墙是我的了！

人家姑娘看重的是我的才华，这才是重点！

小姐姐买墙壁？真是豪气呢！

借人家姑娘的家世，助您一臂之力，这晋级速度堪比坐火箭啊。

价值观相同，情比金坚。

为爱鼓掌！

作为一代诗仙，就是这么高调……

从今往后，大诗人的日子真的要飞黄腾达了吗？

26

受了伤，要学会自我疗愈

天宝九年（750年），暂时告别职场的李白回到任城。想当初，自己心念高官，如今心愿没实现不说，还灰溜溜地被人瞧不起。职场受了伤，还是要学会自我疗愈。第二年，李白跑到河南去找元丹丘、岑勋①喝酒，三杯两盏（zhǎn）过后，留下了千古名唱**《将进酒》**："君不见，黄河之水天上来，奔流到海不复回。君不见，高堂明镜悲白发，朝如青丝暮成雪。人生得意须尽欢，莫使金樽空对月。天生我材必有用，千金散尽还复来……"

① 岑勋：唐朝诗人，李白的好友，与元丹丘也素有往来，后来隐居鸣皋山。

我们可以想象一下李白的种种艰难：仕途上没有给他施展的机会；身处高压，郁闷越积越多；想借助酒精发发牢骚，愈发觉得世道艰难。只可惜，错过的机会，就像错过的青春，永远无法追回。谁叫你当初不珍惜来之不易的机会，还主动辞官？诗人虽然无奈，但心中仍有一股隐隐的火苗在呐喊，他还想着一飞冲天。谁说江湖险恶，有才华的人注定就要命运坎坷？

与元丹丘、岑勋分别后不久，李白就收到了安禄山的入幕邀请。无非是想招揽天下名士，给自己的仕途锦上添花。虽然李白是一个被皇上抛弃的人，但他还是嗅到了一个不祥的信号：安禄山必反！在唐玄宗面前，这个大胡子很会装假，但是在自己的地盘就完全现出了狐狸尾巴。李白预感到此行八成是拉自己下水，很可能壮士一去兮不复还。果不其然，天宝十四年（755年），安禄山犹如冲入森林的野兽，攻破潼关，杀入长安。

①逃难途中，李白又将他的愁绪记录在《远别离》中，"君失臣兮龙为鱼，权归臣兮鼠变虎？或言尧幽囚，舜野死……"真可谓一语成谶。

想必李白的内心一定很复杂，安禄山又岂是他这个落魄之人能对付得了的？无奈只好将这个秘密藏在诗里。在《幽州胡马客歌》中，"幽州胡马客，绿眼虎皮冠"一语点出安禄山的死穴，"何时天狼灭，父子得闲安"又对朝廷掏心掏肺。此后，他被迫踏上了逃难避祸的未知路①，带着宗姑娘落脚于庐山。可笑的是，离开幽州时，身后竟然没有一个追兵，人家压根儿就没想着追他。

想当初李白与友人岑勋、元丹丘相会时，王昌龄、高适还曾邀请他加入边塞诗派，虽然此话有些戏谑（xuè）的成分，但安禄山老儿的一封邀请信，还是多多少少勾起了李白报效朝廷的雄心。大唐时代，文人墨客不仅经常和文学圈的高人切磋（cuō）交流，还是侠客名将的追随者，有时甚至还会把为国征战沙场的愿望寄托在名将身上，李白也是如此。

这一次，李白为了混口饭吃，极尽阿谀奉承之能事，在《述德兼陈情上哥舒大夫》一诗中极力吹捧心中的偶像："天为国家孕英才，森森矛戟拥灵台。浩荡深谋喷江海，纵横逸气走风雷。"在大唐西部战场上，哥舒翰虽然是一个战神级别的存在，但李白未免有些夸过头了，情商不够的大诗人没掌握好火候，让偶像情何以堪？面试没通过，李白与哥舒翰的联系也只剩下了这首诗。

李白想去边疆立功的希望还是破灭了，无奈回到宋城与妻子相聚，然而此次相聚却很短暂。李白受从弟宣州长史李昭之邀，准备南下宣州散心。而且宣州道教盛行，对毕生求仙学道的李白来说也有着相当的吸引力。天宝十三年（754年），李白受泾县县令汪伦之邀第一次游桃花潭，这个汪伦还是李白的崇拜者。一次，当他得知名诗坛大师要来隔壁县游玩时，心情激动无比，于是写信把李白"忽悠"到家中做客。几次接触后，李白被汪伦的深情打动，作诗《赠汪伦》："李白乘舟将欲行，忽闻岸上踏歌声。桃花潭水深千尺，不及汪伦送我情。"

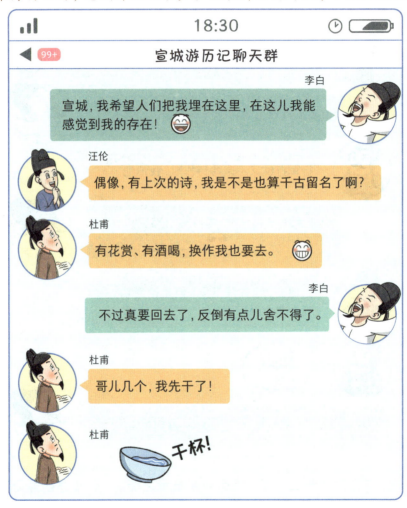

在宣城期间，李白除了一支笔和一腔热血，可以说什么都没有，甚至连个雇主都没有，可是逗留宣城的三年却写下了很多大作，《独坐敬亭山》就是唐诗群星中最闪耀的一颗。"众鸟高飞尽，孤云独去闲。相看两不厌，只有敬亭山。"也许做个"岁月静好"的美男子，随着云彩飘来飘去，方能得到些许安慰。

听说,您与汪伦的友情还与一场诈骗有关?

谁叫俺的魅力大呢!

当时李白正在秋浦采风,汪伦在离他二里地的泾县当芝麻官。

偶像,我来了~

为了一睹偶像的风采,汪伦精心策划了一场赌局。

李太白先生,您好,我这里有十里桃花、万间酒楼,要不要来玩啊?

万家酒楼

有美景、有好酒,当然去啊。

太好了!

汪伦,说好的十里桃花、万间酒楼呢?

既来之则安之！没有十里桃花，有桃花潭水啊；没有万间酒楼，有姓万的人开的万家酒楼啊！

因为这酒就是用桃花潭水酿的，所以李白甚是喜爱，喝着喝着竟忘了汪伦"骗"他的事。

今朝有酒今朝醉！兄弟，满上！

转眼间，李白在泾县吃喝玩乐了好几天。可是美好的旅程终将过去，李白还是要离开。

被骗的感觉也挺爽的！好哥们儿，后会有期！

一日早上，李白坐小船要远行，忽然听到一阵动听的歌声。原来是汪伦唱着古老的歌曲为他送行。

这场面好感动，汪伦小弟，你就是我的知音啊。

小弟，你咋这么可爱呢，送你一首诗吧，往后就坐等升值吧。

赠汪伦

李白乘舟将欲行，
忽闻岸上踏歌声。
桃花潭水深千尺，
不及汪伦送我情。

偶像给我写诗啦！太开心了！

世界之大，何处才是自己的主场

天宝十四年（755 年），一封信意外飞向李白。当时正值安史之乱，唐玄宗西逃入蜀，永王李璘坐镇江陵。唐玄宗给永王军权，平战乱，但永王却招兵买马，邀请李白加入他的阵营。对李白来说，这可能是人生最后一次机会，而且待遇诱人，于是登上了永王这艘破船。以李白的才华，必然是宣传部第一大笔杆子，出征前他写了不少加油打气的诗作，最有名的就是**《永王东巡歌》**：*"永王正月东出师，天子遥分龙虎旗。楼船一举风波静，江汉翻为雁鹜池。"* 一如既往的拍马屁，还自比谢安，何其狂傲！然而，由于永王谋反，李白被定为罪臣。

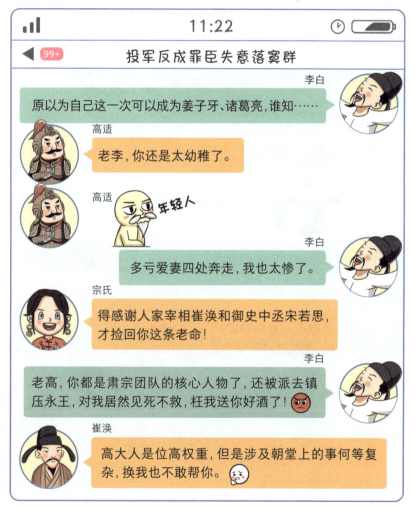

原本心想 *"终与安社稷，功成去五湖"*，结果却稀里糊涂地成为政治斗争的牺牲品。万幸的是，皇上没给李白扣上一顶谋逆篡（cuàn）权的帽子，要不然诗坛界就真少了太白星的万丈光芒。

结果李白被流放到夜郎，此前，他还以宋若思的名义向唐肃宗推荐自己，在《为宋中诚自荐表》中写道："君臣离合，亦各有数，岂使此人名扬宇宙而枯槁当年？"大意是"我才华横溢着呢，应当破格录取！"文案是写得不错，但骨子里的傲慢与天真反倒给自己换来一个流放的下场。幸运的是，乾元二年（759年），李白流放途中，刚好遇到百年不遇的大旱，朝廷大赦天下，既往不咎①，李白才重获自由。重获新生的李白，用一首《早发白帝城》记录下了这历史性的时刻："朝辞白帝彩云间，千里江陵一日还。两岸猿声啼不住，轻舟已过万重山。"

① 既往不咎(jiù)：不再追究过去的问题，给予新机会重新开始的意思。

可以想象，年轻气盛时，李杜二人是何等雄心，何等抱负，他们坚信自己就是后浪，一如既往奔涌向前。可是如今，执着的梦虽在，在心中的热血却已不再滚烫。世界之大，何处才是自己的主场？

杜甫的一番话说得李白心暖了，路通了。上元元年（760年），李白再登庐山，决心游仙学道，以终余年。人世间的事情终究太复杂，还是老老实实地修仙吧。然而，李白注定是一个有故事的男人。刚下了修道的决心，一听说郭子仪、李光弼打了胜仗，又想北上投军，结果旧病复发，走到半道只好回来养病。职场这些年，李白不是在被呼来喝去的路上，就是在被贬的路上，始终没有找到适合自己的机会。要做帝王师的人，竟活得这么憋屈。

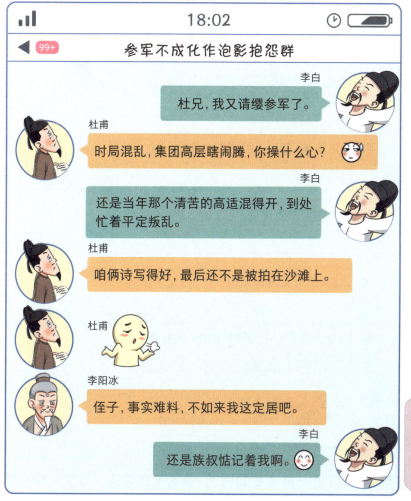

18:02

参军不成化作泡影抱怨群

李白
杜兄，我又请缨参军了。

杜甫
时局混乱，集团高层瞎闹腾，你操什么心？

李白
还是当年那个清苦的高适混得开，到处忙着平定叛乱。

杜甫
咱俩诗写得好，最后还不是被拍在沙滩上。

杜甫

李阳冰
侄子，事实难料，不如来我这定居吧。

李白
还是族叔惦记着我啊。😊

①李阳冰：李白族叔，唐代书法家，时任当涂（今安徽当涂）县令，为官清廉，颇有政绩。

可以想到，此时的李白就像一个输掉全部身家的赌徒，茫然四顾，只好投奔在当涂做县令的族叔李阳冰①。李白这个人，完全就是一个矛盾体，一生充满了出世与入世的矛盾。前脚差点儿因入错伙而掉脑袋，后脚又要闹着去参军。不知是缺乏政治觉悟，无法审时度势，还是满脑子想的都是生命不息，奋斗不止？可是看似大起大落的精彩人生背后，又有谁能懂他的苦呢？

宝应元年（762年），玄宗和肃宗相继死去，代宗即位。曾经每个毛孔都能冒出才华的大诗人一病不起，躺在病榻上，想到自己大起大落的一生，方觉万古英雄也不过一捧土。随着病情越来越重，李白自知时日无多，便将手稿交给了族叔李阳冰。曾经狂笑着"仰天大笑出门去，我辈岂是蓬蒿人"，希望有一天能飘然入山、羽化成仙的李白从此撒手人寰（huán），终年62岁。

李白与世长辞前，留给后世一首《临路歌》，他的可悲可叹，可爱可怜，都在这首诗里："*大鹏飞兮振八裔，中天摧兮力不济。馀风激兮万世，游扶桑兮挂石袂。后人得之传此，仲尼亡兮谁为出涕？*"以大鹏飞到半空遭遇折翅自喻，写尽了自己对人生的眷念和壮志未酬的惋惜。这就是李白，一辈子无法与自己和解的人。然而他却全然不在意，他要的就是轰轰烈烈，一如那从三千尺的高度飞流直下的瀑布，一如那奋飞于九天的大鹏。

李白的一生从生到死都被人们津津乐道，尤其是他的死因更是成为千古之谜。

对于李白这种名声大噪的人来说，死也要死得声势浩大！

难道是酒喝多了，酒精中毒？

《旧唐书》记载，李白因饮酒过度，醉死宣城。这种观点可信度还是比较高的，毕竟李白一生饮酒如仙。

像我这么嗜酒如命的人，死在酒坛子里也死得其所。

铁哥们儿，你咋死得这么寒碜呢？！

诗仙醉酒捞月，不幸溺水！

在各种死因中，还有一个浪漫的版本。当时您喝醉了，一激动跑到湖中捞月，结果淹死了。

话说那日，湖中的月亮美得就像一枚圆圆的白玉盘。

小时不识月，呼作白玉盘。美哉！壮哉！

李白一激动，就要捞湖中的月亮，惹得天上的月亮都惊呆了。

呵呵，捞吧，傻小子……

不愧是诗仙，浪漫！

千古风流人物，若论浪漫，非我莫属啊！

这才配得上我的神秘啊。

诗人神秘指数第一名
史上十大未解谜团之一

综合战力

为我们的相聚，干杯！

以酒遥敬浪漫的诗仙！洒脱、大气！

为了隐居而隐居的山水诗人
——诗星孟浩然

他，自小就有一颗入仕的心；他是天生的诗人，为山水之作倾尽一生；他，屡试不第，也遮不住耀眼的光芒；他，一身傲骨撑一生，哪怕向人求官也风骨犹存；他，坦荡率真，有着令人艳羡的朋友圈子。然而，他终究没能搞懂官场的尔虞我诈。他就是唐代著名山水田园派诗人、一辈子未曾入仕的孟浩然。

唐代著名的山水田园派诗人

别名：孟襄阳，孟山人

生卒年代：689年－740年

出生地：襄州襄阳(今湖北襄阳)

字号：字浩然，号孟山人

孟浩然的好友列表

特别关注

堂弟孟邕
儿子孟仪甫

职场上司

唐睿宗李旦
唐玄宗李隆基

特殊关系

张柬之
张九龄
张说
韩朝宗

星标朋友

王维
李白
王昌龄
贺知章
袁拾遗
张子容

冲动弃考，漫游求仕

永昌元年（689年），襄阳的一个书香之家诞生了一个男娃，他就是大唐诗坛的一颗巨星——孟浩然。从小聪颖好学的孟浩然不仅擅长击剑习文、吟诗作赋，还志存高远。18岁那年，孟浩然顺利通过县试，成为襄阳状元，并参加了宰相张柬（jiǎn）之[1]组织的金榜题名宴。可是几个月后，张柬之收到流放岭南的诏书。然而更大的"地震"还在后面：705年，武则天去世，中宗李显复位。新皇帝性格懦弱，皇权不稳。这让孟浩然开始重新审视朝廷、思考人生。

①张柬之：唐朝名相、诗人。李显复位后，遭韦后和武则天侄子武三思排挤，最终气愤而死。
②张子容：与孟浩然为生死之交，彼此之间常有唱和。

按照当时惯例，考科举、做大官，走向人生巅峰，无疑是最稳妥的人生规划。可是年少轻狂的孟浩然不愿为这样的朝廷卖命。当他说出自己弃考的想法时，孟家上下顿时议论纷纷，众人都投反对票，心高气傲的孟浩然干脆离家出走。景云二年（711年），他与好友张子容[2]隐居鹿门山。那首家喻户晓的《春晓》（春眠不觉晓，处处闻啼鸟。夜来风雨声，花落知多少。）即作于这一时期。

虽说自从孟浩然傲娇地跑到鹿门山后，闲来无事，就写写山水田园诗作，但是在当时的社会风气下，消极遁（dùn）世、为隐居而隐居的纯粹隐者，是不存在的，归隐者更热衷于以归隐为入仕的阶梯。万一好运从天而降，自己被访山赏林的皇上发现了，那可是分分钟就能入朝为官啊。景云二年（711年），张子容率先走出这个迷梦，决定入京赶考。在他看来，这条"终南捷径"① 的成功概率俨然比隐居要靠谱得多。可是孟浩然的内心却五味杂陈。

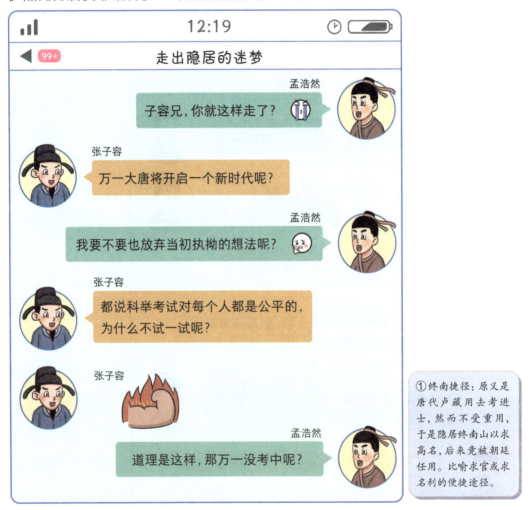

① 终南捷径：原义是唐代卢藏用去考进士，然而不受重用，于是隐居终南山以求高名，后来竟被朝廷任用。比喻求官或求名利的便捷途径。

当初，孟浩然和张子容同隐鹿门山，堪比生死之交。可是再好的交情在"天下熙熙攘攘、皆为利往"的现实面前也得绕道。临行送别时，孟浩然在**《送张子容进士举》**中写道："夕曛山照灭，送客出柴门。惆怅野中别，殷勤岐路言。茂林予偃息，乔木尔飞翻。无使谷风诮，须令友道存。"前四句千般叮嘱，后四句画风突变：将来你地位高了，不能对我不理不睬。好一个真性情的孟浩然！

张子容进京第二年，顺利考中进士。孟浩然 26 岁时，孟老爷子病逝，他回到襄阳，守孝三年。对于家父弥（mí）留之际的心愿，孟浩然是心知肚明的，而且一想到堂堂男儿，每天无所事事，又不免心生愧意。加之守孝期间，身边朋友先后考取进士，走上仕途，让他的功名之心又开始蠢蠢欲动。可是现在回去考科举，会不会有点儿丢脸？考虑到面子问题，于是他选择了走举荐之路。开元五年（717 年），孟浩然游洞庭，向大唐名相张说 ① 极力推荐自己。

① 张说：唐朝宰相，政治家、军事家、文学家。前后三次为相，执掌文坛三十年。

唐玄宗继位后，国运日渐强盛，孟浩然谋求官职的愿望也十分强烈。而且在他来到长安之前，张大人的诗名和诗作早已享誉大唐文坛。于是孟浩然抛出了求官路上的一块敲门砖——向张说献上《望洞庭湖赠张丞相》（八月湖水平，涵虚混太清。气蒸云梦泽，波撼岳阳城。欲济无舟楫，端居耻圣明。坐观垂钓者，徒有羡鱼情。）。此诗一出，孟浩然在长安顿时声名远扬。

孟浩然和张说很快成了忘年交，可惜张说和唐玄宗有了嫌隙，孟浩然撞墙的心都有了。不过，孟浩然有幸结识了贺知章、张九龄等有识之士。看到身边的朋友一个个意气风发，他的小目标再次被激活。四年后，他偶闻唐玄宗巡视洛阳，便前往求仕，结果滞留三年，无功而返。其间寻访故人袁拾遗[①]，感慨之余，作《洛中访袁拾遗不遇》（洛阳访才子，江岭作流人。闻说梅花早，何如北地春。），看似飘逸洒脱，实则慨叹自己的清贫和失意。

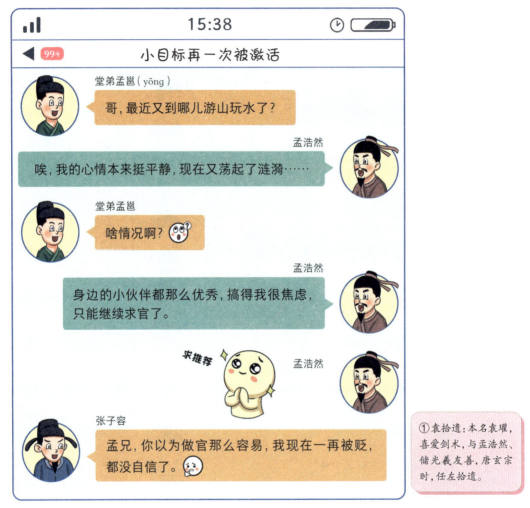

15:38

99+ 小目标再一次被激活

堂弟孟邕（yōng）
哥，最近又到哪儿游山玩水了？

孟浩然
唉，我的心情本来挺平静，现在又荡起了涟漪……

堂弟孟邕
啥情况啊？

孟浩然
身边的小伙伴都那么优秀，搞得我很焦虑，只能继续求官了。

求推荐

孟浩然

张子容
孟兄，你以为做官那么容易，我现在一再被贬，都没自信了。

①袁拾遗：本名袁瓘，喜爱剑术，与孟浩然、储光羲友善，唐玄宗时，任左拾遗。

虽说文人相聚少不了吟诗作对、赏山戏水，但是求仕再也不是孟浩然眼中微不足道的小事。而立之年却一事无成，再不抓住机会，必将抱憾终身。这一次，站在迷茫的十字路口，他准备继续自荐，求得朝廷的认可。不料，刚想大展宏图，张说却因罪入狱。没了贵人的引荐，想要跳龙门，难于上青天。思来想去，摆在他面前只有最后一条道，那就是来年的科考。

开元十四年（726年），孟浩然无功而返，回到襄阳。当时李白暂居湖北安陆，经常来往于襄阳。虽然俩人有12岁的年龄差，但是由于都有建功立业之心，都曾借隐居求功名，又都是性情豪放的文人，所以一见如故，抱坛痛饮。李白与王昌龄、高适、杜甫等人交往甚密，对他们的诗才却少有称赞。唯独在孟浩然面前，成了追随者。曾写诗《赠孟浩然》(吾爱孟夫子，风流天下闻。红颜弃轩冕，白首卧松云。)，抒发这段深厚的情谊。

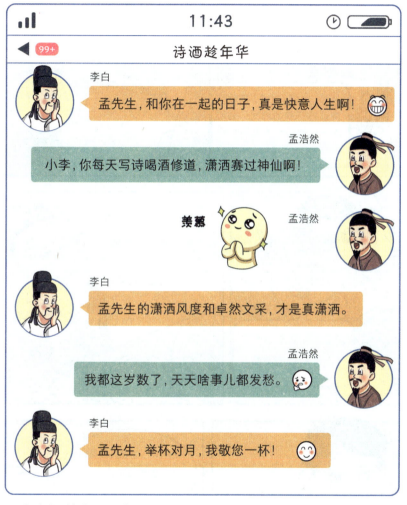

李白一生自视甚高，眼空四海。我们很难想象，这样不可一世的"诗仙"竟然也会对别人写出这种赞美的诗词。想当初，即便是德高望重的老诗人贺知章，称赞李白为"谪仙人"，他也没有给对方相当的称誉。而他却毫不隐讳地向孟浩然"表白"：尊称其为夫子，敬重其潇洒才华、风流倜傥、德才兼备，字字句句都是美誉。对孟浩然的品格，更是如同高山一样，只剩下仰望。

什么？睡大觉？这简直就是人生的顶级配置啊！

人生必胜

话说有一天，屋外的太阳已经高高升起，我还在梦中逍遥。

金榜
1.……
2.……
3.……

大唐诗词榜
1《春晓》
2 ……

一觉醒来，可不得了了，创作出我们从小就会背诵的《春晓》：春眠不觉晓，处处闻啼鸟。夜来风雨声，花落知多少。

这个剧情你都知道？窗外的风声、雨声与鸟鸣声融合在一起，简直就是天籁之音啊。

小伙伴都已经小有所成，而我还在这里荒废时光……

你以为我在感叹落花？我是在感叹时光飞逝。我得奋斗啊！

于是一觉醒来，一边感叹春光无限好，一边为落花黯然神伤。

成功

做人没有梦想，和毫无追求的人有什么区别！明天我也要努力！

心有不甘，漂泊帝都

此后，孟浩然开始摩拳擦掌，跃跃欲试。开元十五年（727年），他第一次奔赴长安，加入科考的大军。科目一是诗赋，这是他的优势，顺利通过。科目二是试策，要求写一篇政治论文。由于前半生深居乡野，远离时事，结果当场懵了，放榜之日，名落孙山。但是一想到自己奔波数十载，却始终未得一官半职，仍是一介布衣时，年届不惑的孟浩然就心有不甘。

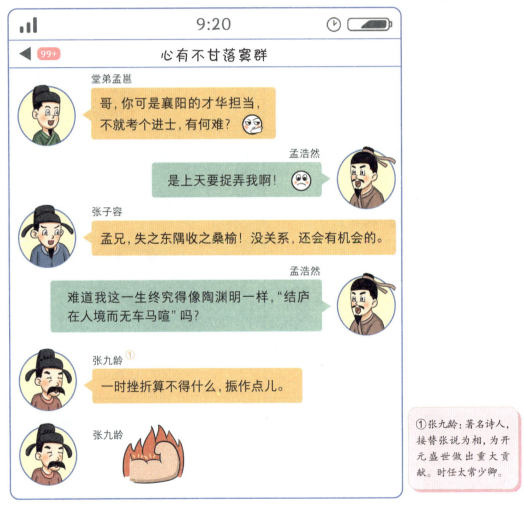

9:20

99+　　心有不甘落寞群

堂弟孟邕
哥，你可是襄阳的才华担当，不就考个进士，有何难？

孟浩然
是上天要捉弄我啊！

张子容
孟兄，失之东隅收之桑榆！没关系，还会有机会的。

孟浩然
难道我这一生终究得像陶渊明一样，"结庐在人境而无车马喧"吗？

张九龄①
一时挫折算不得什么，振作点儿。

张九龄

①张九龄：著名诗人，接替张说为相，为开元盛世做出重大贡献。时任太常少卿。

年轻时对参加科考有多鄙夷，现在对重回考场就有多期待。一度在落寞与伤感中无法自拔的孟浩然，写下了很多诗词表达他难以诉说的落寞。"犹怜不才子，白首未登科。"（《陪卢明府泛舟回作》）"今日龙门下，谁知文举才。"（《姚开府山池》）在经历了考试失利的重创后，不甘心失败的孟浩然决定次年再参加科举考试。

科举落榜后，孟浩然在帝都飘泊了一年。前路漫漫，到处充满未知。幸好在长安，还有王维[1]、贺知章[2]等好友陪在身边。在写给王维的诗作中，一首《留别王维》(*寂寂竟何待，朝朝空自归。欲寻芳草去，惜与故人违。当路谁相假，知音世所稀。只应守寂寞，还掩故园扉。*)最能表达他求仕失败后的失意，字字句句充满怨愤和牢骚，不是说当权者不肯提携(xié)他，就是说世上知音难觅。

11:49

痛彻心扉的领悟

王维
> 孟兄，经历了这么多，你是有多么痛的领悟啊。

王维

孟浩然
> 想当初，我刚到长安，有多风光！可是如今……

贺知章
> 一时的挫折只是命运在提醒你，要沉下心去改变。

张子容
> 命运真是令人捉摸不透。

孟浩然
> 可能冥冥之中自有定数吧。

①王维：唐朝诗人、画家。盛唐山水诗派代表。与孟浩然交情颇深，合称"王孟"。因笃(dǔ)奉佛教，有"诗佛"之称。
②贺知章：唐朝诗人、书法家，代表作有《咏柳》《回乡偶书》等。

　　话说孟浩然科举落榜后的有段日子，仍留在长安献赋以求赏识。在一次名家云集的诗歌沙龙上，他当众咏出两句出神入化的诗作："*微云淡河汉，疏雨滴梧桐。*"(《句》)此句一出，满座皆惊，众人纷纷搁笔，连当时大唐文坛最顶级的人物——王维、张九龄、王昌龄都拍案叫绝。可以说，隐居数十年的孟浩然仅凭这两句诗词，就已征服了半个盛唐。而那时的他却还是一介布衣。

漂泊帝都 心有不甘

如果说孟浩然第一次在长安亮相堪称惊艳的话，那么第二次亮相无疑是亲手把前程推向了深渊。话说孟浩然受在太乐署工作的王维的邀请，入宫聊诗喝茶。不巧，唐玄宗驾到。慌乱之中，孟浩然直接躲到了床底下。王维心想：这可是孟兄求取功名的机会，于是跟皇上说了实情。皇上久闻他的大名，便没有怪罪，还询问他最近可有新作。孟浩然一时紧张，情商短路，竟吟出了落榜后的一首苦情诗《岁暮归南山》："北阙休上书，南山归敝庐。不才明主弃，多病故人疏。白发催年老，青阳逼岁除。永怀愁不寐，松月夜窗虚。"

按正常套路，孟浩然应该是先拿出一首正能量的诗，说说自己能干什么，最后再表个态。可是他一上来就是一顿倒苦水，"我落榜了，我很不舒心……是皇上抛弃了我……我都奔五十岁的人了，还能有啥作为。"结果，十拿九稳的一次机会就这样被他给错失了，惹得皇上龙颜大怒。

自从孟浩然错失了这次机会，没有人敢再为他举荐。之后，他便离开了长安——令他后悔万分的伤心之地。临别时，王维送他一首《**送孟六归襄阳**》(*杜门不复出，久与世情疏。以此为良策，劝君归旧庐。醉歌田舍酒，笑读古人书。好是一生事，无劳献子虚。*)。王维一辈子都想过闲云野鹤的生活，看到友人远离仕途，自然真心相送，还掏心掏肺地劝他回乡隐居。

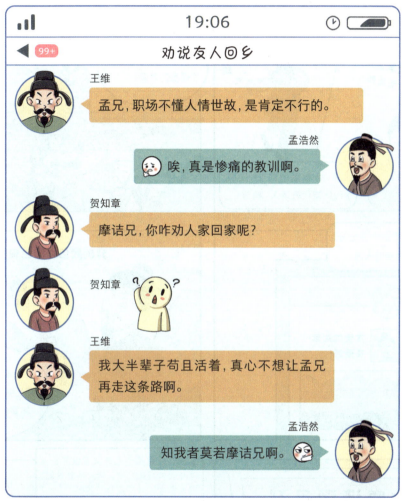

之后，孟浩然就开始了说走就走的吴越自由行。在《**宿建德江**》(*移舟泊烟渚，日暮客愁新。野旷天低树，江清月近人。*) 这首诗中，表达了不一样的乡愁。第二年春，他计划到扬州。在黄鹤楼，好友李白为之送别，望着他远去的背影，李白心生惆 (chóu) 怅 (chàng)，写下流传千古的《**黄鹤楼送孟浩然之广陵**》(*故人西辞黄鹤楼，烟花三月下扬州。孤帆远影碧空尽，唯见长江天际流。*)。之后整整一年，长安再也没有孟浩然的讯息，只有山川河海才是他的向往之地。

偶像，恭喜您荣登"大唐山水田园诗代表诗人"榜首！

大唐山水田园诗
代表诗人
孟浩然
1.
2. ……

有点儿小激动，又是第一名……

山水画卷、田园生活，才是我的挚爱！

难怪您的旅游小日记分分钟红遍大唐诗人圈。

这里的油菜花最美！

我的颜值其实也很出众哟

景点不错啊，不过，最关键的是风景美，还花钱少，嘿嘿！

大唐诗词月刊

孟浩然的《过故人庄》堪称山水田园诗巅峰

故人具鸡黍，邀我至田家。
绿树村边合，青山郭外斜。
开轩面场圃，把酒话桑麻。
待到重阳日，还来就菊花。

那首《过故人庄》可是您当年隐居鹿门山时，山水田园诗的创作巅峰啊。

孟浩然应邀到朋友老田家做客，在淳朴的田园风光中，两人举杯饮酒，闲谈家常，好不痛快。

再来一碗

你是不知道老田煮的饭菜有多香……

啥？鸡鼠饭？这也太奇怪了吧！

孤陋寡闻了吧，那是由黄米和鸡肉做成的美食，农家待客的招牌菜。

说得我都流口水了，一边吃着美食，一边欣赏着菜园子、打谷场，人生乐事啊。

谁说不是呢？有生活，有诗和远方，人生这才圆满啊。

偶像，下次出去，可别忘了喊上我呀。

带我去吃好吃的……

没问题，就是先把饭钱交了哈！

什么？还不包吃！

一顿酒失了官，一顿酒要了命

开元二十三年（735年），孟浩然又一次迎来人生中绝佳的机会。这次帮他引荐的人是韩朝宗，就是当年连诗仙李白都曾写下著名的《与韩荆州书》，希望得到举荐的高人。如果这次成功的话，孟浩然做官的可能性极大。可是他冥冥之中却没有当官的命，虽然和韩大人约好了时间，最终却因自己与好友贪杯，结果得罪了韩朝宗，仕途之路彻底被堵死了。

无疑这是一次无需初试就能直接进入复试的大好机会，可是孟浩然的恃才傲物导致他反而误了人生大事。但据学者考证，当时与孟浩然一同喝酒的朋友，正是仗剑天涯的李白。任性的孟浩然，看似不按套路出牌，但是他的内心却仍然无悔。虽然入朝做官是他毕生的梦想，但比起与故人重逢，这又算得了什么？这不能不归功于他的人格魅力，一辈子布衣却拥有难得的朋友们。

孟浩然的一生不是没有机遇，也不是没有才气，只是他那不受控制的情绪，总是把机遇变成穷途末路，求仕失败也就在情理之中了。开元二十五年（737年），一代名相张九龄被贬为荆州长史，聘孟浩然为幕僚。一想到自己还没个一官半职，又得罪了抬举自己的老前辈，不久他便前往荆州。离开长安那天，朱雀大街上车水马龙，大明宫殿绚烂夺目。帝都繁华依旧，只可惜再也没有他做官的机会。

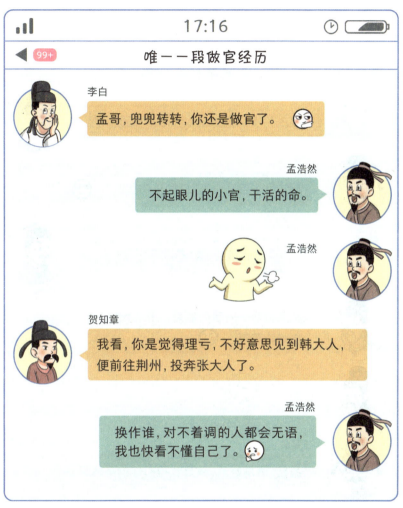

虽然才高八斗的孟浩然有些意难平，但终归也得接受现实。然而在张九龄的幕府做官还不到半年，人生中这唯一一段当官经历就戛（jiá）然而止，随后孟浩然就辞官归隐襄阳，终生再没出仕。此后，生活重心转向游历河山。其间他写下《宿桐庐江寄广陵旧游》（*山暝听猿愁，沧江急夜流。风鸣两岸叶，月照一孤舟。建德非吾土，维扬忆旧游。还将两行泪，遥寄海西头。*），在山水中寻求自在人生。也许人只有在经历后，才明白自己真正想要的是什么。

开元二十八年（740 年），有朋自远方来，此人就是七绝圣手王昌龄。当时他正遭遇贬官，途经襄阳，便来拜访孟浩然。孟浩然得知友人来访，喜出望外，更何况还是那个写出名句"秦时明月汉时关，万里长征人未还"的文坛名家。尽地主之谊，孟浩然自然要盛情款待，精心备一桌好酒好菜。心中没有了世俗的挣扎，与友人杯酒畅聊中，也尽是"绿树村边合，青山郭外斜"的诗意画面。

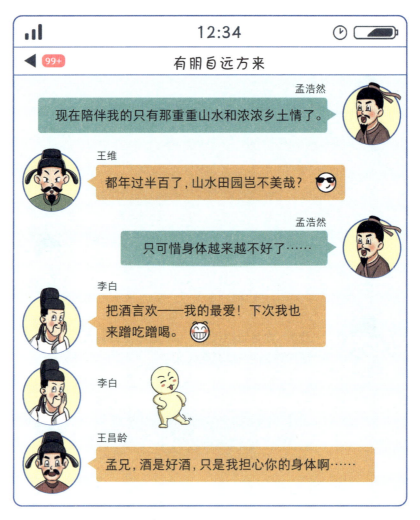

本以为仕途到了尽头，人生就要从此画上句号，然而一山一河终究可以治愈一切难愈的伤口。在襄阳过隐居生活的孟浩然俨然看明白了这一点，与友人叙旧聊诗间，心中尽是岁月静好。把酒言欢间，大笔一挥，作诗《送王昌龄之岭南》（洞庭去远近，枫叶早惊秋。岘首羊公爱，长沙贾谊愁。）赠与友人。字里行间感慨今日相见满是浓浓的友情，他日分别后又将是漫长的怀念。

这本是一次再平常不过的聚会，但王昌龄做梦也不会想到，他的这次拜访竟将老友送上了黄泉路！当时孟浩然的背上长了毒疮（chuāng），虽已近痊愈，但医生还是再三嘱咐不能饮酒、不能吃生鲜。饭桌上，推杯换盏（zhǎn）间，他心里一激动，就把医生的话抛之脑后，结果旧疾复发。还没等王昌龄离开襄阳，一代山水田园派掌门人孟浩然就不幸离世。如此舍命陪君子，竟成了人世间最悲伤的绝唱。

17:02

99+ 此聚竟成了永别

王昌龄
孟兄，没想到此聚竟然成了永别！

王维
吾兄浩然，纵然我有万般悲伤，也换不来流转的岁月啊。

李白
孟哥，你真狠心，竟然先我一步而去……还有你欠我的那壶酒，唉！

李白

孟浩然离世的噩耗犹如晴天霹雳，让关心他、在意他的人伤心欲绝。这样一个重情重义的诗友、挚友，曾为了赴李白的邀约，放弃高官举荐的机会；曾为了招待远道而来的王昌龄，一不小心断送了自己的性命。当盛唐诗坛的这面旗帜就此倒下时，又有多少人扼（è）腕痛惜？王维痛苦地写下哀悼诗《哭孟浩然》（故人不可见，汉水日东流。借问襄阳老，江山空蔡州。），告慰友人与世长辞。但对孟浩然而言，如此安然地离开这个世界，或许是最好的结局。

偶像，我一直有个疑惑：您和王昌龄是怎么成为好友的？毕竟当年您和他一顿饭后，就一命呜呼，这哪儿是友情，分明是一桩悬疑案件！

悬疑案件！
危机四伏！

我俩可是大唐诗坛数一数二的好兄弟，不仅都有好人缘，而且还有共同的朋友们。

孟浩然　王昌龄

交朋友是不需要理由的

就像一向洒脱的李白，偏偏跟忧虑的杜甫成了好友，这就是缘分。

我的朋友里有李白、杜甫、王维，王昌龄的好友也不少，李白、王维、高适、王之涣、岑参……

通讯录
仗剑天涯的李太白
人生高开低走的杜甫
佛系诗人王维

懂了，您是山水派鼻祖，王昌龄是边塞诗高手，走到哪儿都是熟人，想不认识都难。

大家全是熟人

我俩不仅性格相投，还都是不按套路出牌的人。

据说王昌龄不好好学习，觉得沙场适合他，还当了边塞诗人。那豪情壮志，看得我都想奔赴战场了。

冲啊

我也不肯好好考功名，偏偏喜欢游山玩水。只可惜满身才华也没入仕。

我好可怜啊！

100

不过，王昌龄的运气就好多了，边塞生活一结束，就奋笔疾书，结果一考就中。

好什么好，还不是芝麻大的小官，一路磕磕绊绊。

原来你俩都是天涯落魄人啊，怪不得一起吃喝，连性命都不顾了。

交友四大原则

真诚、信任、平等、尊重

不任性，能交得到知心朋友吗？

短暂而光芒四射的一生
——"初唐四杰"之首王勃

他是横空出世的少年神童，连皇帝都赞其为大唐奇才；他凭借一篇古文，独步后世，无人不赞其绝世英才；而他却英年早逝，有着短暂而光芒四射的一生。他就是唐诗中的传奇人物、"初唐四杰"之首王勃。

唐朝文学家，"初唐四杰"之首

生卒年代：650年-676年

出生地：绛州龙门(今山西河津)人

字：子安

王勃的好友列表

职场上司
唐高宗李治

特别关注
祖父王通
父亲王福畤
长兄王勔
弟弟王助

星标朋友
杜少府
薛华
凌季友

特殊关系
刘祥道
曹元

兴趣标签
杨炯
骆宾王

黑名单
阎伯屿
吴子章

横空出世的少年天才

王勃出生在绛（jiàng）州龙门①一个书香世家。祖父王通是隋朝大学者、大教育家；叔父王绩是大名鼎鼎的初唐田园诗人，一首《野望》家喻户晓。父亲王福畤（zhì）是朝中大臣。而王勃本人更称得上是学术型神童。6岁，他便能作诗，且构思巧妙、词情英迈；9岁，拜读隋朝大儒颜师古②的巨著《汉书注》，并写了一篇读后感《指瑕》十卷，有模有样地指出了这位学术教授在专著中的纰（pī）漏。10岁，熟读六经③，相当于完成了高中课程，可以直接参加高考。

①绛州龙门：今山西河津。

②颜师古：经学家、训诂学家、历史学家。《汉书注》是其晚年力作，在审定音读、诠释字义方面用功最多。

③六经：《诗》《书》《礼》《易》《乐》《春秋》。

王勃的家族之中，个顶个的非同寻常，有如此优良的家族基因想不优秀都难。当同龄孩子还在学拼音的时候，他都已经能写长篇的论文了。父亲王福畤的好友杜易简称其为"王氏三株树"之一，大有继承他祖父王通的趋势，表明了王勃早年就显示出杰出的文学才能，怪不得称他为学术型神童。

13 岁时，王勃已经在大唐文学圈里风生水起，开始到处投简历、找工作。龙朔三年（663 年），他写了《上绛州上官司马书》[1]，叙述自己的理想抱负。正是这篇文章将他推到了权贵面前，从此踏上了求仕的道路。14 岁，他给宰相刘祥道 [2] 写了一封书信，论说自己的政治见解，并提出了很多建设性的意见。宰相读后，大为惊叹，称王勃是神童转世，当即就给朝廷人事部门写了一封推荐信。

9:58

投简历、找工作

刘祥道
王勃小弟，你真乃神童也！

刘祥道

王勃
多谢刘大人对我的称赞。

刘祥道
像你这样的人才，朝廷肯定要破格录取。

父亲王福峙
儿啊，文章确实写得很棒啊！

王勃
嘻嘻，没有啦，得低调，离入仕还早呢。

①《上绛州上官司马书》是王勃的著名骈(pián)文作品，引经据典，文辞华美，情感丰富。

②刘祥道：唐朝宰相，户部侍郎刘林甫第二个儿子。

在写给宰相的信中，王勃建议国家用文教代替武力征服，减少对外战争，重视农业，改革人才选拔制度。连刘祥道都不敢相信如此文笔老练的文章和直击现实的观点，竟然出自一位少年手中，不禁连呼"神童"。王勃的爷爷辈们自是才华出众，到了王勃这里，更是青出于蓝而胜于蓝，几乎把神童基因发挥到了极致。如此一个早慧少年，早已赢了很多同龄孩子。

乾封元年（666年），唐高宗在泰山举行封禅①大典。这位天才少年通过吏部副部长李安期为皇上献上一篇《宸（chén）游东岳颂》。此文一出，王勃一战成名。之后，他便顺利参加了考试，轻轻松松过关，被任命为朝散郎②，成为总部最年轻有为的储备干部。不久，才华横溢的王勃再接再厉，一篇写给唐高宗的《乾元殿颂》，让皇上龙颜大悦，直接攀登顶层。

①泰山封禅：即皇上到泰山进行一系列对天地的祭祀活动，以祈求风调雨顺、国运昌盛。

②朝散郎：在唐朝，为文官第二十阶，从七品上。

当时大唐重点工程乾元殿竣工，王勃瞅准机会，写了这篇好文。之后，满朝文武竞相传阅。当然，字里行间也不忘展示一下投身祖国建设的小目标，皇上看了自是心花怒放。当同龄人还在准备各种考试的时候，王勃已经顺利进入仕途这条赛道，从此迎来了他人生的第一个高光时刻。当时全国文联评出大唐四大杰出文学青年，王勃妥妥地排名第一，其他三位杨炯、卢照邻、骆宾王则位居其后。

大唐最奇葩诗人榜单

1. 王勃
2. ......
3. ......

偶像，您怎么成了最奇葩的诗人了？

14岁
10岁
6岁

我当然是个奇葩啦！6岁作诗，10岁完成高中课程，14岁成为大唐最年轻的职员。

像您这种学术型神童，一定有很多崇拜者吧？

崇拜者乙

崇拜者甲

王勃诗词签售会

那当然，我不仅文采出众，签名水平也堪称一流呢。

海内存知己，
天涯若比邻。

杜少府家

"海内存知己，天涯若比邻"
就是您写给杜少府的吧？

西安

四川

杜兄真倒霉，刚进帝都官场，就被派到四川，当了个九品芝麻官。

杜少府要去四川上班，两人从此分隔两地。送别时，王勃大笔一挥，一首千古名篇横空出世，这便是流传至今的《送杜少府之任蜀州》。

城阙辅三秦，
风烟望五津。
与君离别意，
同是宦游人。
海内存知己，
天涯若比邻。
无为在歧路，
儿女共沾巾。

朋友要远行，都不说一句关心话，让我独自难受？

王勃

杜少府

长安

当时杜兄去四川，王勃离家去长安，儿女情长让他不免有些难过，但是转而又豪迈地仰天一声大吼。

海内存知己，天涯若比邻。

王勃

杜少府

去吧，像我们这样的知己，即使相隔千里，也像在身边一样。

海角　　　天涯

别人的离别都是悲戚戚的，您的离别却豪迈豁达。"海内存知己，天涯若比邻"果然是传世名句。

史上最霸气的送别诗

1.《送杜少府之任蜀州》
2.……
3.……

如果评选史上最霸气的送别诗，《送杜少府之任蜀州》肯定能进前十。

王兄，当年那场离别竟造就了你那不朽名句，该怎么感谢我啊？

签名

王勃

杜兄，千恩万谢不如送你一个签名，略表谢意，请君珍藏。

仕途遭遇打击

金榜题名让神童少年轰动京城，其实像王勃这样的神童即便不破格，照样可以通过科考轻松走上仕途。当然，还是人家有硬实力。而他这样有才的人，自然不缺机会。乾封二年（667年），王勃就被安排进了唐高宗之子李贤的沛（pèi）王①府中，担任文学侍从，陪王爷读书写诗，说白了就是帮助皇帝好好教育后代。日子过得倒也清闲悠哉。对王勃来说，这次事业上的调整可谓迎来了人生的高光时刻，但是站得越高也就意味着，如果哪天一脚踏空就会摔得越惨。

①沛王：是唐高宗李治和武则天所生的第二个儿子，名李贤。
②杜少府：名不详，少府是唐代对县尉的称呼，出任蜀川少府，王勃的知己好友。
③杨炯(jiǒng)：唐朝大臣、文学家。聪敏博学，文采出众。

俗话说，高处不胜寒，反转只在一瞬间。当时贵族流行一种斗鸡的游戏，沛王和他的弟弟英王李哲都很热衷于此。于是，二人约定来一场声势浩大的斗鸡比赛。为了让比赛隆重一些，就需要写一篇斗鸡的战书，这件事自然就交给王勃来处理。为了赢得沛王的欢心，王勃写了一篇《檄（xí）英王鸡文》，反衬沛王斗鸡的勇猛。本来很普通的邀请函，他非要卖弄一下文采，结果招来祸患。

此文一出，立刻在斗鸡爱好者中疯狂转发，好事者还直接转给了唐高宗。皇上一看，神情骤变。王勃身为侍从，不进行劝诫，反倒作檄（xí）文①，而且言辞虚构，夸大事态。站在唐高宗的立场来看，唐太宗当年就是靠杀兄弑（shì）弟、逼父退位，才最终上位的。这样的檄文无异于是调拨兄弟之间的感情。一篇文章竟然触碰到了帝王最敏感的那根神经。于是，唐高宗下令撤回王勃一切职务，将其赶出了王府。

①檄文：古代用于晓谕、征召、声讨等的文书，特指声讨敌人或叛逆的文书。也指战斗性强的批判、声讨文章。

②骆宾王：唐朝大臣、诗人。与王勃、杨炯、卢照邻合称"初唐四杰"。

王勃万万也没有想到，本是写文助兴，结果一句"雌伏而败类者必杀，定当割以牛刀。"竟让皇上龙颜大怒，"你是在挑唆（suō）我的儿子们拔刀相见吗？"因为在唐高宗的脑海里，玄武门之变的血腥情景依然让他有几分忌惮。震怒之下，王勃被贬出了沛王府，再不录用。从此，王勃仕途的齿轮戛然而止，凭着满腹才华和苦心经营才刚刚打通的仕途，就这样毁于一旦。

王勃一夜之间成了停职停薪的无业游民。望着繁华的长安街，他的心中无限失落。被官方封杀，想在朝廷混出个名堂，显然如白日做梦，于是他卷起铺盖，开始四处漂泊。逃离长安的王勃倒是结识了不少朋友，写了不少作品。在《**别薛华①**》（送送多穷路，遑遑独问津。悲凉千里道，凄断百年身。心事同漂泊，生涯共苦辛。无论去与住，俱是梦中人。）中，与友人送了一程又一程，同样的漂泊不定，同样的辛苦凄凉。

①薛华：王勃结交的无数名流才俊之一。薛华与王勃两家属于世交，两人也志趣相投。

被皇帝"拉黑"后，王勃背上行囊，做了一名背包客，虽然沿途风景独特，可以好好放空一下心情，但是兜兜转转，他发现仍然没有自己的容身之处。而且漫无目的的游历也让他厌倦了那种呼朋唤友的生活。在这秋风劲吹的时节，他发觉自己的内心深处仍然想着仕途。于是，他决定重头再来，参加第二次科考。可是，被皇上列入黑名单的人，还能考得上吗？

此时的王勃一想到自己当世第一的才识，就心有不甘。还好这些年广交人脉，朋友凌季友任虢（guó）州① 司法时，得知当地药材丰富，而王勃又精通医理，就为他谋了一个参军的职位。咸亨二年（671 年），王勃决定忘掉那段黑历史，给自己争取更多的机会。其实，早在 12 岁他就跟随长安名医曹元学医，不光对"三才六甲之事，明堂玉匮之数"有所知晓，不到一年就完成了难度系数极高的医学专业，顺利拿到毕业证。这次也算走了个"偏门"。

10:25

漂到四线小城

薛华
王兄，听说你到虢州任参军了。

王勃
京城投简历打了水漂，还是找个三四线城市先干着吧。

父亲王福畤
凡事要沉稳一些，收敛锋芒，不要出风头。

王勃
爹，我知道，上次吃了哑巴亏，这次可不能再交学费了。

王勃

① 虢州：今洛阳灵宝县。

对王勃来说，在虢州这个四线小城，谋个风险系数较低的小官，既不用冲锋陷阵，也不必担心哪一天因为给皇上提了什么意见而掉脑袋，按理说只要踏踏实实地上班，干到退休都没问题。然而，王勃怎么也没有想到，他在虢州却并不受待见，而且还总遭人诬陷。不仅如此，在这个岗位上，他居然还差点儿送了小命。

在虢州期间，一个叫曹达的人找到王勃，自称是他的恩师曹元的亲戚，可是此人却是一名逃犯。一想到一日为师终身为父，王勃心一软便把他私藏起来。然而，按照唐朝法律的规定，窝藏通缉犯与之同罪，这让王勃日日坐卧不宁。于是他做了一件糊涂事，竟将曹达给杀了。正所谓杀人偿命，王勃就算一肚子苦水，这次跳进黄河也洗不清了。就这样，王勃锒（láng）铛（dāng）入狱。好在后来李治和武则天"二圣"同掌天下，天下大赦（shè），他才捡回一条小命。

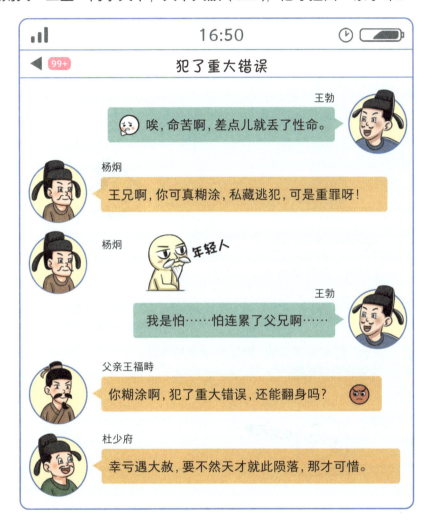

不得不说，此事与王勃的低情商、过于张扬的个性不无关系，据说也可能是他和同事的关系很差，遭到对方的陷害。但不管怎样，冲动是魔鬼，把自己变成了死囚肯定是板上钉钉的。然而，王勃也是命不该绝，恰逢天下大赦，不过他的小官却再也当不成了。

王勃虽然死里逃生，但是父亲受到牵连，由京官被贬为交趾①县令。交趾这个不毛之地，活生生的原生态环境不说，巨蟒野兽等还频繁出没，王勃可是凭实力坑爹啊。当然，这件事对他的打击，远远超过对自己的惩罚。王勃虽然有放浪不羁的一面，但他立身处世却以儒家为标尺。当年王勃之所以苦苦央求父亲给他报医学班，就是想学有所成后，可以照顾年迈的父亲，尽自己的孝道。彼时这一幕让老父亲感动得老泪纵横，而此时只剩下捶胸顿足了。

① 交趾：今越南河内。

当年自己因一篇张狂的檄文而被官方封杀，如今又因背了命案而连累家父，本想华丽转身，不料却一次次地戳伤父亲的心。愧疚之下，王勃决定跨越千里去探望父亲，并写了一篇检讨信，在《上百里昌言疏》中表达了他对父亲的内疚："如勃尚何言哉！辱亲可谓深矣。诚宜灰身粉骨，以谢君……此勃之罪也，无所逃于天地之间矣。"有才就跟有钱一样，炫耀得多了，难免会惹麻烦。

上元二年（675年），王勃一路南下，前往交趾看望被自己坑惨的父亲。路过洪州时，正赶上滕王阁的一场盛典①。当时洪州的阎都督②重修了滕王阁，邀请众多文坛大家前来捧场，恰巧王勃从此路过，于是他也收到了一份邀请函。在众多嘉宾面前，阎都督想邀请一位有名的才子为滕王阁作序。其实人选早已内定，就是他的乘龙快婿、才子吴子章。然而，王勃这个愣头青却认真了。

① 675年，南昌故郡洪州都督阎伯屿重修滕王阁，并于九月九日重阳节宴请文人雅士相聚于此。

② 阎伯屿：唐代人，曾任洪州都督，也曾出任袁州、惠化等地方官吏。

虽然在宴会上，王勃坐在不起眼儿的角落。但是几番推杯换盏，他渐入佳境，看到东道主拿着话筒提问，他反倒先声夺人，让人笔墨纸砚伺候。其实，众人心里都明白阎都督如此煞（shà）费苦心，就是为了让他的女婿高调亮相。王勃却因一首《滕王阁序》出尽风头，单单一句"落霞与孤鹜齐飞，秋水共长天一色"就已满座皆惊，无人与之争锋。阎都督虽然心中不爽，但只能强颜欢笑。而这篇字字动天地、句句惊鬼神的奇文更是成就了他人生的又一次高光时刻。

这次，我行我素的王勃，抢尽了主人的风头不说，还大谈他的愁闷之情：什么嗟乎、时运不济、命运多舛。而他那如宝石一般闪耀着光芒的文字，俨然将他推上了大唐诗坛的星光舞台。只是，这个时刻就像烟花绽放，转瞬即逝。不久，王勃便打点行李，前往父亲的任所。此后，上元三年（676年），王勃在交趾见到了生活窘困的父亲，之后便是一段悲戚的朝夕相处。回程路上，他却不幸遭遇大浪，溺水惊悸而死，年仅27岁。

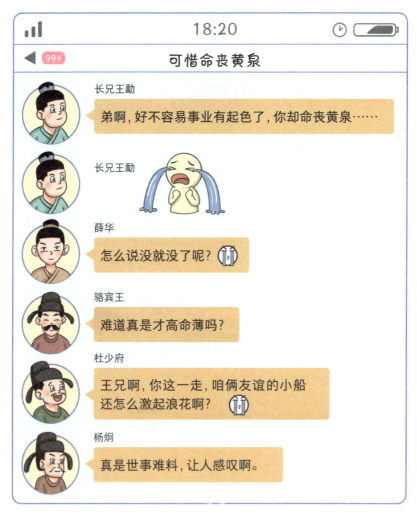

到交趾探望父亲之后，王勃便渡海北归，或许是正值夏季，南海风高浪急的缘故，不识水性的他被卷入河水后竟溺水而死。如此闪耀夺目的英才，结局却是这般凄惨。眼看《滕王阁序》已经成了初唐时期的好文，而王勃却因突然离世而惊动了大唐诗坛。就连唐高宗阅过他的千古奇文后，都赞不绝口地称道："此乃千古绝唱，真乃天才也！"只可惜，昔日英才现已泯（mǐn）然于世。

绝世奇文《滕王阁序》

偶像,当年您是怎么凭《滕王阁序》火出天际的啊?

阎都督借滕王阁重修之机,举办了一次文学派对,其实是想给他的女婿在官场铺路。

当男一号拿着提前写好的发言稿准备闪亮登场时,王勃大喝一声,叫人送上笔墨纸砚。

第一届滕王阁文学派对

抢男一号的风头,这事我在行!

我来试试!

半路杀出个程咬金,阎都督愤然离席,但又按捺不住好奇,于是藏于帐后。

只见王勃笔走龙蛇,飞沙走石,来宾喝彩之声此起彼伏。

我倒是要看看你有什么本事?

当王勃写出"落霞与孤鹜齐飞，秋水共长天一色"一句，阎都督竟激动得大叫起来。

妙 妙 妙

这个王勃真是个奇才！

当王勃写下"萍水相逢，尽是他乡之客"时，阎都督又是一番夸赞。

小老弟，我领教了，请给签个名吧。

是不是妥妥地靠实力取胜？就连大都督都佩服得五体投地。

限时命题作文都能写得这么无可挑剔，为什么我一写作文就犯怵呢？

嘿嘿，这就叫"前无古人，后无来者"。

您这半路砸场的功夫果然厉害，单凭这一篇文章便可名垂青史。

时运不济的一生
——诗魂李商隐

他，少年成名、博学刻苦，却始终不能实现自己的政治抱负；他的诗，婉约朦胧、隐晦迷离、耐人寻味，却圈粉无数；他这一生，在"牛李党争"的夹缝中，痛苦地前行；深情佳作无数，却始终情路坎坷。他就是晚唐诗坛的一颗耀眼的明星——李商隐，他的一生就像他的诗名，无题亦无解，但他却将唐诗推向了又一个高峰。

晚唐著名诗人，和杜牧合称 小李杜

别名：李义山

生卒年代：约813年－858年

出生地：河南荥阳(今河南荥阳)

字号：字义山，号玉谿生、樊南生

李商隐的好友列表

特别关注
祖父李俌
父亲李嗣
妻子王氏
儿子李衮师
堂叔李处士
弟弟李羲叟
岳父王茂元

职场上司
唐穆宗李恒
唐敬宗李湛
唐文宗李昂
唐武宗李炎
唐宣宗李忱

特殊关系
韩瞻
令狐楚
卢弘正
郑亚
柳仲郢

星标朋友
杜牧
温庭筠
崔珏
令狐绹
白居易

一代才子，幸得贵人相助

李商隐勉强算个官二代，父亲和祖辈大都当过县令类的小官。10 岁时，父亲李嗣（sì）去世，跟随母亲回到荥（yíng）阳，日子过得很是辛苦。好在李商隐从小就聪慧过人，5 岁诵经书，7 岁弄笔砚，小小年纪就在街口支起一张桌子，为别人抄书挣钱，用一技之长，换些许口粮。虽说日子过得很艰苦，但是李商隐依然很努力，勤学诗文，坚持日更，16 岁时，因擅长古文、写得一手好字而出名，并凭借《才论》《圣论》崭露其惊人的才华。

① 李商隐的堂叔曾上过太学，在经学、书法等方面都很有造诣，对李商隐极为欣赏器重。

② 李羲（xī）叟（sǒu）：李商隐堂弟，善古文。

此时的李家家道衰微、饱受困苦，大唐同样带有悲剧色彩，如同一座即将坍塌的古老大厦。唐穆宗因服方士的金石药暴崩，唐敬宗贪图享乐，被宦官所杀。纵然国势日衰、时局动荡，家徒四壁、生计艰难，但并没有浇灭李商隐学习求仕、重振门庭的执着。心怀愿景的他始终相信：生活虽然关闭了一扇门，却为他又打开了一扇窗。

然而要想实现人生理想，唯有通过科考，进入编制，即所谓"学而优则仕"。尽管李商隐身份卑微，但才华是他最有力的武器。不久，他结识了一生中最重要的恩人——令狐楚①。829 年，令狐楚任山东天平军节度使，因爱惜人才，给毫无功名的李商隐发来邀请，还教他写骈文②，让其子令狐绹（táo）和他一起读书。恩师对李商隐的关爱有如父亲一般，这让李商隐的资源一下子得到了巨大的提升。在这里，他还同白居易结为忘年交。

① 令狐楚：唐代文学家、政治家、诗人。擅写诗文，常与刘禹锡、白居易等人唱和。

② 骈（pián）文：起源于汉，盛行于南北朝。篇章以字句两两相对而成。李商隐的诗以辞藻华丽、意境绚烂著称，与骈文练习有关。

然而天不遂（suì）人愿，李商隐考呀考，就是考不上。一次落第后，他看着盘里的嫩笋，不由吟出《初食笋呈座中》："*嫩箨香苞初出林，於陵论价重如金。皇都陆海应无数，忍剪凌云一寸心。*"感叹自己如同嫩笋，在乡下价值千金，在长安却不值一文。最终在自身努力和令狐绹的极力宣传下，24 岁那年，才中了进士。可是天有不测风云，还没来得及发朋友圈昭（zhāo）告天下，令狐楚就病逝了。

天作岸我为峰　不负少年郎（下）

虽然令狐楚没能分享李商隐的欣喜，但是对恩师的提携之恩，他却始终铭记在心。无疑，李商隐是幸运的。当年令狐楚是何等爱才，见自己上门干谒（yè），简直如获至宝。在写给恩师的《谢书》(微意何曾有一毫，空携笔砚奉龙韬。自蒙半夜传衣后，不羡王祥得佩刀。)中，字里行间，满是感恩戴德。漫漫人生路，若能觅得一位恩师、知己，共奏一曲高山流水，实乃人生一大幸事。

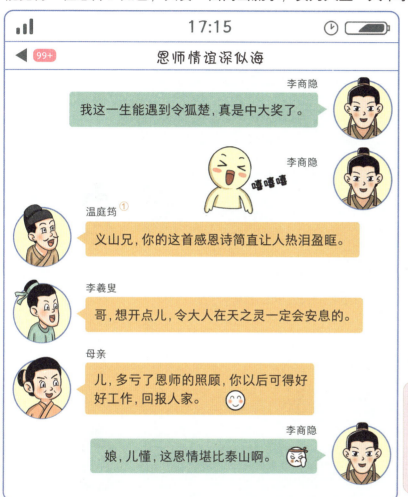

①温庭筠(yún)：晚唐诗人、词人，花间词派代表词人，代表作有《商山早行》《望江南》《送人东游》《菩萨蛮》《苏武庙》等。

生于晚唐的李商隐，虽然身处前辈们的耀眼光芒之下，但因自身才华，终于等来了欣赏自己的人。在他的心里，令狐楚就是如师如父般温暖的存在。令狐楚临终前还留下两个遗愿：一是呈给皇帝的遗言奏章指明由李商隐来写，二是他的墓志铭让李商隐来写。令狐楚在用自己最后一丝力气去成就这个年轻人。令狐楚死后，李商隐悲叹道："送公而归，一世蒿蓬。"此时他似乎有一种不好的预感，失去令狐楚的荫庇（bì），他的命运就如蓬草一样，飘荡不定。

话说，李商隐科考失利后，心中郁闷无比，曾隐居到王屋山，学道修仙，还与女道士宋华阳上演了一场旷世绝恋。只可惜宋华阳宫女出身，即便二人浓情蜜意，也无法决定自己的出路，结局仍是一场悲剧，只是过程让人刻骨铭心。为此李商隐作诗《无题》（相见时难别亦难，东风无力百花残。春蚕到死丝方尽，蜡炬成灰泪始干……）来表达内心的伤感。

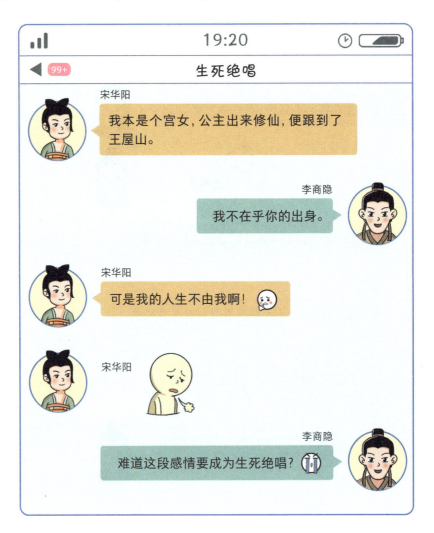

一个是血气方刚的青年，一个是貌美如花的天仙。然而这段恋情很快就被公主识破，宋华阳被遣返回宫，李商隐被赶下山。多年后，李商隐在长安的一次宴会上，匆匆偶遇宋华阳，彼此竟不敢相认。诗人一时无限哀伤，唯有内心自叹，于是给后人留下"昨夜星辰昨夜风，画楼西畔桂堂东。身无彩凤双飞翼，心有灵犀一点通……"（《无题·昨夜星辰昨夜风》），也成为千百年来感人至深的经典词句。

谁还没几个知音啊。

偶像,你有没有一见面就聊不完、不见面也心有灵犀的朋友?

噢,不好意思,我说的是三观相投的朋友。

真正的朋友合于三观
世界观
人生观
价值观

那我算吗?

我说的这个朋友就是温庭筠,我俩可是拜把子的交情。

我俩都出身寒门,都想靠才华吃饭,都喜欢写朦胧的诗句。

我内敛低调,他洒脱自在。

要不怎么说,我俩一认识就是一辈子呢。

就连进京赶考,也携手同行。

自由行啊,真好!
一定有好玩儿的事,说来听听。

那是一段刻骨铭心的回忆……
当年在进京赶考的路上,
我偶遇了一位叫柳枝的姑娘。

李商隐与柳姑娘一见钟情,约好三天后相见。谁知温庭筠偷偷拿走了李商隐的行李,当他得知此事后非常生气。

你给我解释清楚!为什么要拆散我们?

失约于人家姑娘,罪过啊!

谁叫我脾气好呢,原谅你了!

不过,后来我也想明白了,哥们儿都是为我的前途着想。

落榜

唉,结果还是落榜了,竹篮打水一场空!

你俩还真是一对铁哥们儿。

夹缝中的坎坷仕途

有时，一些不好的预感，似乎总是无比准确。开成三年（838年），注定成了李商隐生命中一道悲剧性的坎儿。按当时考试规定，考中科举并不能直接做官，还要通过人事部门的铨（quán）选考试。第二年春天，在等候吏部铨试期间，李商隐收到了泾源节度使王茂元幕府发来的邀请，成为王府的幕僚。当时的李商隐才华横溢、年轻帅气，自然引起了王茂元女儿的注意。不久，两个年轻人便喜结连理。

虽说李商隐深得老丈人的赏识，但是这个政治小白却忽略了一点：那就是晚唐时期，"牛李党争"的影响极深。王茂元与"李党"首领李德裕私交甚好，是"李党"骨干，这是大唐人都知道的事。可是李商隐的恩师令狐楚又与"牛党"首领牛僧孺交往甚密，是"牛党"骨干。这就让人尴尬了，曾经"牛党"的得意门生，一桌婚宴后，竟成为了"李党"的乘（chéng）龙快婿。

这次，李商隐活生生地把一副好牌打了个稀巴烂。令狐绹得知此事后，气愤地指责他忘恩负义。当时在朝廷内部，非牛即李，这是三岁小孩儿都知道的事。可是李商隐却两头都沾亲带故，结果，牛李两党都看他不爽。作为幕僚，他一生卑微，还背上了背叛师门的骂名，终究难成大事。在随后的吏部考试中，本来被录用的李商隐竟被人偷偷抹去姓名，丢掉了做官的资格。

这样的遭遇让李商隐有苦说不出，感叹之余，作诗《漫成三首》(不妨何范尽诗家，未解当年重物华。远把龙山千里雪，将来拟并洛阳花。)，感激令狐楚、王茂元的同时，也谴责了文人之间互相轻视的做法。最终，还是温庭筠出面，喊上李商隐和令狐兄弟三人，几家仇人把酒言欢后，才终于相逢一笑。

当然，李商隐也为此付出了沉重的代价。开成四年（839 年），虽说通过了公务员考试，被授职秘书省①校书郎，但是不到半年，他就被调到弘农（今河南灵宝）任县尉。这可是一个连文人都瞧不上的差事，而且还直接被调到地方当村官。远离朝堂不说，还时常遭到上层官员的责难。不过为了生计，李商隐也只能低头了。

①秘书省正字：官职名，在秘书省从事文字勘（kān）正工作。秘书省，是我国古代专门管理国家藏书的中央机构。

然而，此后职场的不顺却接二连三：先是李商隐因替百姓申冤，得罪了上层官员，尽管能勉强混口饭吃，但是就他那暴脾气，没多久就丢下一纸辞职书。两年后，李德裕拜相，李商隐收到秘书省正字的通知。刚要大展宏图，却传来母亲病逝的噩耗，于是回家守孝，而这三年正是李德裕如日中天的时候。守孝期满，岳父又不幸去世，此时朝廷又发生政变，新皇上上位，李德裕被免，李商隐一下失去了最大的靠山，仕途遭到了致命的打击。

虽然当时在李商隐看来，京城的官儿比外派的官儿更容易升迁，而且李德裕已经是朝廷的代表。可是他终究要面对一个现实：李德裕被扫地出门，他被迫失业了。可是大中元年（847 年），就在他抑郁不得志时，又面临职场站队的关键抉择：要不要接受李德裕手下郑亚向他抛来的橄榄枝，加入他的幕府，任判官一职。

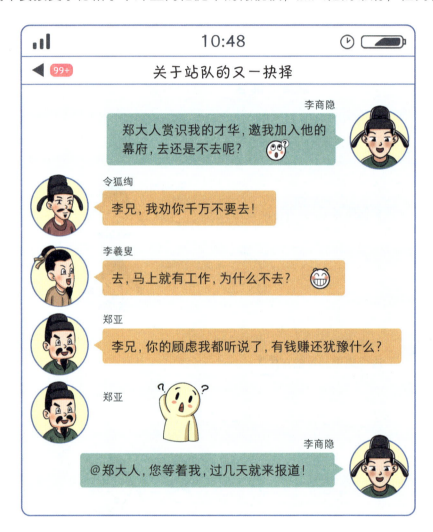

初见桂林美景，李商隐欣喜作诗《晚晴》（*深居俯夹城，春去夏犹清。天意怜幽草，人间重晚晴……*）。一想到此行远离党争，又有人抬举，而且外放的令狐绹还帮不上实质性的忙，就觉得自己捡了个大便宜。但又不得不说，见多识广的令狐绹还是很有政治眼光的。虽然郑亚诚心想要聘请李商隐，但他却看到郑亚的职业生涯已经走到了尽头。果不其然，没多久郑亚就被贬了。而原因却又非常残酷，在当时的政治环境下，若是没有靠山，是很难竞争到核心层的。

唉，真是愁死了！又要背李商隐的古诗。

我的古诗独树一帜、广为传诵，熟背几首分分钟秒杀众人。

无限好，只是近黄昏 天意怜幽草，人间重 蝴蝶，望帝春心托杜鹃 双飞翼 一点通

您的诗词是很优美，蕴含的道理也很深刻，就是读不懂啊……

无题诗

这才是无题诗的魅力所在啊。

无题？什么是无题，难道是我的智商出了问题？

我的情绪 我做主

无题是说，我的诗词带有强烈的个人情感，其中的喜怒哀乐只有自己知道。

难怪读来朦朦胧胧，让人百思不得其解，还害得我都开始怀疑自己的智商了！

人在职场，一直郁郁不得志，但又不能说出来，只能将自己的想法寄托在无题诗上了。

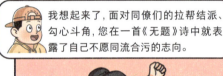

我想起来了，面对同僚们的拉帮结派、勾心斗角，您在一首《无题》诗中就表露了自己不愿同流合污的志向。

活出真实的自己

"……隔座送钩春酒暖，分曹射覆蜡灯红。嗟余听鼓应官去，走马兰台类转蓬……"热闹都是他们的，我什么也没有啊。

无题诗真是耐人寻味啊

我怎么觉得您是在讽刺什么人……

知我者君也。其实，真正的好诗从来不怕人猜，反而越猜越有趣呢。

落魄的夕阳晚景

由于上司郑亚被贬官，李商隐不幸失去了工作。848年，无奈之下的李商隐只好回到长安，给令狐绹写信，希望谋求一个职位，但是没有任何回应，结果只能通过考试得到一个小职位。此时的李商隐官职低微，前途渺茫，人生落寞。大中三年（849年），武宁军节度使卢弘正[1]邀请李商隐到徐州任职，这份信任和照顾让他重新燃起仕途的希望之火，当即愉快地答应了。

16:09

99+ 重燃希望之火

卢弘正
小李，我对你还是非常欣赏的。

李商隐
多谢卢大人的赏识与关照，我一定兢兢业业、任劳任怨！

李商隐

妻子王氏
官人，人生不能事事如意，你尽力就好。

温庭筠
李兄，你这是翻身了啊。

李商隐
唉，这不安定的人生，往后还不知如何呢？

[1] 卢弘正：唐朝著名诗人卢纶的儿子。为人刚正不阿，一世英名。

[2] 此诗和虞世南的《蝉》骆宾王的《咏蝉》并成为"咏蝉三绝"。

如果卢弘正的仕途是顺利的，李商隐可能还有职场翻身的机会。然而不巧的是，李商隐追随卢弘正仅一年多，卢弘正就不幸病故。一次次燃起的亮光，又一次次瞬间熄灭，位卑寄人篱下的李商隐心有万般惆怅。他在《蝉》[2]中感叹："本以高难饱，徒劳恨费声。五更疏欲断，一树碧无情。薄宦梗犹泛，故园芜已平。烦君最相警，我亦举家清。"此后，李商隐不得不另谋生路。可能这就是天意，上天为了塑造一个好诗人，往往会令其命运多舛（chuǎn）。

大中五年（851年），李商隐的妻子不幸病逝，而他却未能见其最后一面。由于李商隐常年在外，夫妻聚少离多，李商隐对妻子怀有深深的歉意；而李商隐在事业上的波折，更是增强了这份歉疚的感情。如今，妻子病逝，李商隐沉浸在丧妻之痛中几乎无法自拔。似乎唯有作诗，才能寄托他对妻子的相思之苦。

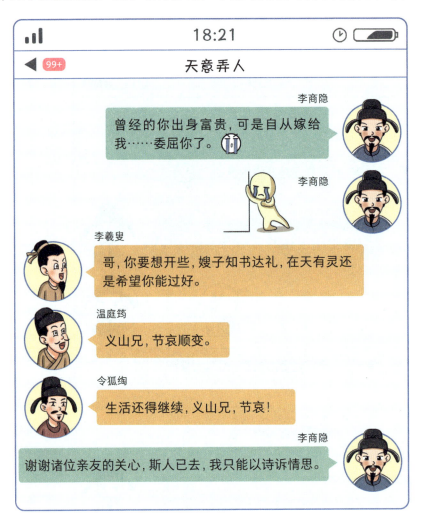

李商隐一生官职低微，四处漂泊，对妻子却始终不离不弃。面对妻子的离去，他可以说是肝肠寸断。在写给妻子的悼（dào）亡诗中，无不流露出他对爱妻的一腔深情，特别是这首《暮秋独游曲江》（荷叶生时春恨生，荷叶枯时秋恨成。深知身在情长在，怅望江头江水声。）用情至深，令人动容。作诗悼亡亲人，真正能做到既深情又专情的，唯有晚唐诗人李商隐。世间美好的东西就像梦一场，悠悠转转后，留给诗人的只有无边的惆怅和不尽的悲伤。

大中五年（851年），西川节度使柳仲郢（yǐng）向李商隐发出了邀请，希望他能到四川任参军一职。不久，李商隐就奔赴巴蜀。然而四年间，他时时怀念亡妻，生活过得郁郁寡欢，更别说追求仕途的成功。一想到自己曾在《夜雨寄北》（君问归期未有期，巴山夜雨涨秋池。何当共剪西窗烛，却话巴山夜雨时。）中对妻子寄予了浓浓的情思，如今却已成为绝唱，就不禁潸（shān）然泪下。

自从妻子王氏离开后，李商隐就再未续娶。在生命的最后几年，他曾潜心修行信佛，不仅结交当地僧人，捐钱刊印佛经，甚至还想过出家为僧，以求解脱。"三年以来，丧失家道，平居忽忽不乐，始克意事佛，方愿打钟扫地，为清凉山行者。"巴蜀之地的生活是李商隐宦游生涯中最平淡稳定的时期，但也承载了他这一生最伤心断肠的往事。

大中九年（855年），柳仲郢被调回京城，李商隐的工作又成了问题。好在柳大人回京后，给他安排了一个盐铁推官的职位。虽然是个小吏，但是待遇还算不错。至此，李商隐对职场的升迁之路彻底死心了。闲暇时，便会邀上三五友人，登高望远，吟诗作赋。在《乐游原》（向晚意不适，驱车登古原。夕阳无限好，只是近黄昏。）一诗中，可以看到诗人对迟暮晚景的留恋和一生不得志的感慨。

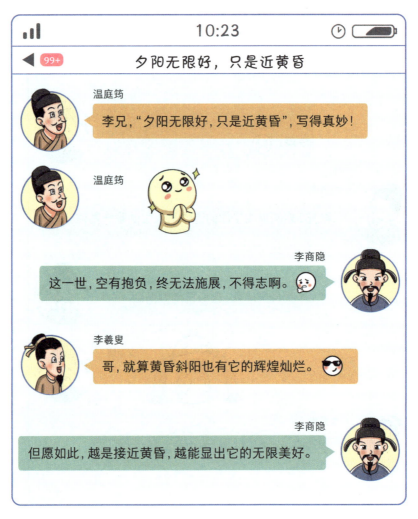

两年后，已过不惑之年的李商隐眼看着自己的生活正一步步沉沦下去，再加上这些年郁郁不得志的生活，让他的身体越来越差，为此还大病一场。之后，李商隐便毅然辞掉官职，告别京城故友，带着儿子和女儿，回到荥（yíng）阳老家，彻底归隐起来。受牛李党争的影响，李商隐一生都是在夹缝中前行，除了个人的不幸外，更是时代的悲哀。

对于晚年的李商隐来说，此次回荥阳可以说是魂归故里，那里有他和妻子王氏住过的老宅，也有少年李商隐嫩肩挑大梁的儿时过往。当他躺在床上，目光停留在桌上那把虽锈迹斑斑、但却是妻子的挚爱之物——锦瑟[1]时，心中不由得涌出一抹淡淡的悲伤，提笔写下生命中最后一首诗《锦瑟》（锦瑟无端五十弦，一弦一柱思华年。庄生晓梦迷蝴蝶，望帝春心托杜鹃。沧海月明珠有泪，蓝田日暖玉生烟。此情可待成追忆，只是当时已惘然。）。

20:15

魂归故里

99+

李商隐
> 儿啊，我仿佛看到你娘了，她还朝我笑呢。

李衮师[2]
> 爹，您又胡思乱想了，还是先喝了这碗药吧。

李羲叟
> 哥，你的《锦瑟》一如既往的朦胧，可是越读越美！

李商隐
> 只恐怕往后你再也看不到这样的诗了……

李商隐

崔珏[3]
> 李兄，你的诗里永远藏着真挚和深情。

①锦瑟：装饰华美的瑟。瑟：拨弦乐器，通常二十五弦。

②李衮（gǔn）师：李商隐之子，晚唐诗人。
③崔珏（jué）：唐朝著名诗人，早年与李商隐结下了深厚的友谊。李商隐逝世后，写下了感人肺腑的《哭李商隐》。

一如李商隐的诗作风格，这首《锦瑟》写得晦（huì）涩（sè）、隐深，但是透过那沾满泪痕的纸张，却依然令人倍感他对蹉跎人生和无限哀思的感慨。此时的诗人已隐约有一种预感，觉得自己久病累疾、命不久矣。一想到这里，就陷入各种矛盾之中而不能自拔。李商隐跌宕（dàng）的一生，空有一腔青云之志，却最终消磨在晚唐的衰败之中。大中十二年（858年）底，李商隐孤寂而安静地在家中病故。

偶像,您这一生朋友圈友人众多,为什么说崔珏是难得的知己呢?

珏兄弟,近来在哪儿发财呢?

等升发工资了,请你喝酒哈!

崔兄是我的铁哥们儿啊!

当年李商隐郁郁而终,文坛集体沉默,崔珏却悲痛万分,写下感人肺腑的《哭李商隐》悼念旧友。

虚负凌云万丈才

一生襟抱未曾开

鸟啼花落人何在

竹死桐枯凤不来

良马足因无主踠

好感人啊!

崔兄和我可是老相识,我俩三观相投,都经历过鲤鱼跳龙门,都擅长写优秀的小作文,只是他比我年轻,颜值高。

岁月，真是把杀猪刀

不会吧，大唐美男子也在意颜值？

谁说不是呢。不过，崔兄的诗风颇有我的华美，他对我还是极为佩服的。

您可是晚唐诗坛的一颗巨星，只可惜生不逢时，结果成了政治牺牲品。

想当初，我也是胸怀大志的奋斗青年，只是一直不被重用。就连离去了，都没人待见。悲哀啊！

崔兄，你要保重啊！

好在有这位情深义重的朋友，您九泉之下也能瞑目了。

要不怎么说崔兄是我的挚友呢。

史上最佳好兄弟

大唐最勇敢的追梦人
——七绝圣手王昌龄

他不仅能写激扬高昂的边塞诗,也能写柔情似水的闺怨诗、刻骨铭心的友情诗;在整个唐代,只有李白可与他的七绝诗相提并论。无论是边塞从军,还是仕途从政,他始终坚守自己的玉壶冰心。他,就是"七绝圣手"王昌龄。

盛唐时期大臣,著名边塞诗人

别名:王少伯、王龙标、王江宁

生卒年代:698年 - 757年

出生地:山西太原

字号:字少伯

王昌龄的好友列表

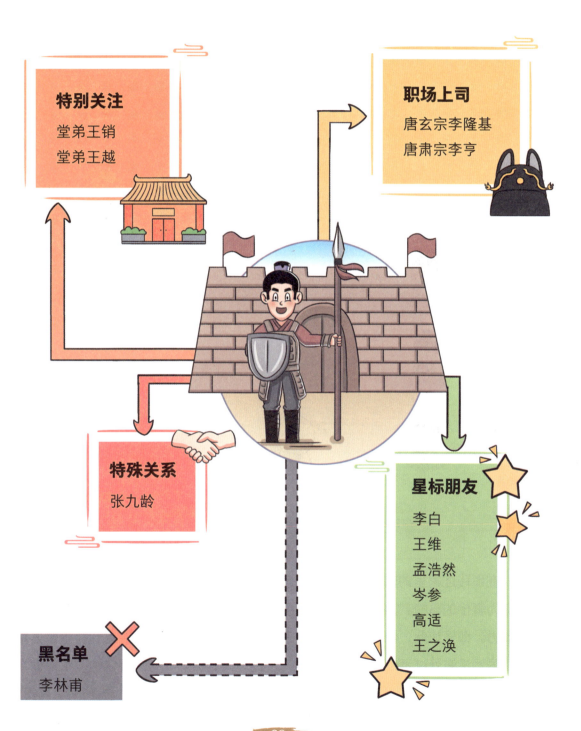

特别关注
堂弟王销
堂弟王越

职场上司
唐玄宗李隆基
唐肃宗李亨

特殊关系
张九龄

星标朋友
李白
王维
孟浩然
岑参
高适
王之涣

黑名单
李林甫

不羁放纵爱自由

圣历元年（698年），王昌龄出生在山西太原一个乡村农家。当时武则天已经把持朝政近二十年，总算决定将皇权归还于李唐。王昌龄的家境非常贫寒，用他的话说就是"久于贫贱，是以多知危苦之事"。父母微薄的工钱几乎不能按月如数到手，只能维持温饱。遇到灾荒，一家人简直是食不果腹。所以，王昌龄幼年时的日子并不好过，一心想着怎么才能脱贫致富。

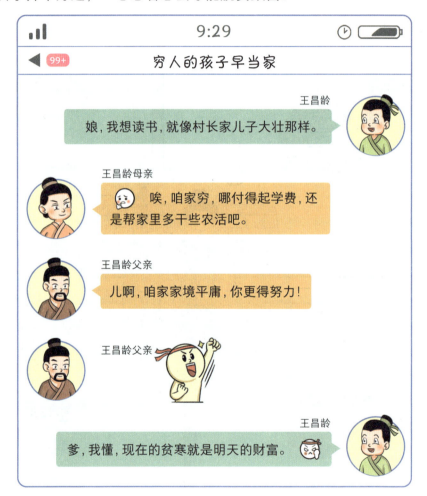

在那段连家里的耗子都哭着要搬家的日子，读书对于王昌龄来说，简直是一件极为奢侈的事情。为了贴补家用，小小年纪的他就已经下地干活儿，充当家中劳动力。即便如此，他也仍知贫寒更须读书的道理，一闲下来就跑到村长家去蹭课，虽然没有受过系统的教育，但他"三更灯火五更鸡"的刻苦精神，也使他掌握了不少学问。

后来，这个寒窗苦读的学子，不仅日日耕读于山水之间，还常常漫游于中原一带。开元八年（720年），王昌龄便去往嵩（sōng）山学道，想在此短暂停留，修身养性，等候时机。隐居嵩山期间，他有幸结识到当时著名的道士焦炼师①，喜出望外，写下一首《谒焦炼师》："中峰青苔壁，一点云生时。岂意石堂里，得逢焦炼师。炉香净琴案，松影闲瑶墀。拜受长年药，翩翩西海期。"

不羁放纵爱自由

当时大唐道教文化兴盛，隐幽闲净的环境最能渲染出出世高人的仙风道骨。王昌龄在隐居期间自然也少不了寻仙访道。然而，此行却迟迟未果。后来几年，唐玄宗颁布了一条军事法令，改府兵制为募兵制。意思是说，国家出钱招兵，供给衣食，免征赋役。一时间，许多文人墨客，急欲参军，以求立功。当满怀报国之心的王昌龄听说了这个消息时，一腔热血顿时被激活，于是毫不犹豫地加入了保卫边疆的队伍。此时的他26岁，正是最肆意、潇洒的年华。

①炼师：对炼丹的修炼人的称呼。焦炼师是一位著名的女道士。李颀、李白、钱起都有诗寄赠给她。

在黄沙漫卷、旌（jīng）旗飞扬的时代洪流下，开元十二年（724年），王昌龄像大多数知识分子一样，背上行囊，赴河陇①、出玉门，踏上保家护国的边塞之路。然而，上天似乎有意要磨炼这个有志青年。原以为可以投身军幕，做个幕府掌书记，毕竟这是当时不少文人的升迁之路。然而，王昌龄在边塞数年，竟然没打过几场大仗。对国家而言，这是幸事；但是对他而言，只能说是运气太差。

①河陇：地名，古代指河西与陇右，今甘肃西部地区，大致包括敦煌、嘉峪关、武威、金昌、张掖(yè)、酒泉等地。

本以为可以行走于刀锋边缘，然而越是信心满满越是遭到致命的打击。不过，西北之行也并非一无所获，让王昌龄亲眼目睹了边塞独有的大漠风情、烽火羌（qiāng）笛，以及将士们的英雄气概，从而留下了不少雄浑豪迈的千古名篇。在他的诗作中，寥（liáo）寥数语，道尽唐玄宗时期战场的荒凉肃杀、戍边将士的艰苦卓绝。而王昌龄的边塞诗，大多数作于此时，他也因此成为盛世大唐独一无二的歌者。

满腔报国热忱的王昌龄可能永远也想不到自己竟然在大唐诗坛崭露头角。西北大漠，满目皆是无边的黄沙，就算耗尽眼力也看不到一丝绿意，然而正是边塞的苍凉，戍边将士的艰辛，为他提供了宝贵的素材。诗人纵马疆场、昂首仰望，便是一首千古绝唱《**出塞**》(秦时明月汉时关，万里长征人未还。但使龙城^①飞将^②在，不教胡马度阴山。)。秦汉时的明月，依旧照耀着大唐的边疆关塞，多少王朝兴衰，战争仍不休，将士们只能前仆后继地奔向沙场。

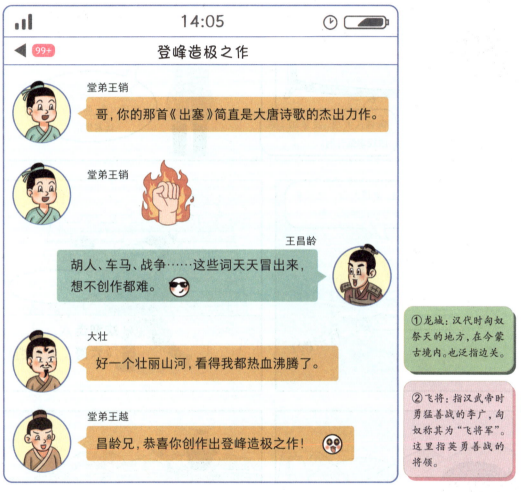

①龙城：汉代时匈奴祭天的地方，在今蒙古境内。也泛指边关。

②飞将：指汉武帝时勇猛善战的李广，匈奴称其为"飞将军"。这里指英勇善战的将领。

有意栽花花不开，无心插柳柳成荫。金戈（gē）铁马的塞外生活让原本籍籍无名的王昌龄用自己特有的方式奏响了盛唐边塞诗的最强音。《**出塞**》这首七绝压卷之作更是直接把我们带入对盛唐边关雄壮气势的畅想之中。"如果当年龙城飞将李广还在，怎会让匈奴犯我边关呢？"唐朝的历史，一半在史书，一半在唐诗。这位热血青年将潜藏于心底的豪情壮志尽情地挥毫而出，属于他的高光时刻开始了。

王昌龄自编自导了一个节目，叫《大唐，我来啦》。

收视率

大唐，我来啦!

偶像，《大唐，我来啦》的收视率飙升啊！

大唐诗人 向往的边塞生活

今天老王继续带大家穿越大唐，聊聊诗人的边塞生活。

哇，穿越大唐！这可是我梦寐以求的心愿！

大唐，我来啦!

穿越一日游

欢迎走入《大唐，我来啦》

哇——

词穷了吧！大家往南看，青海湖上空正腾起薄薄云雾。

哇——

玉门关

大家再往北看,放眼远望,千里之外便是军事要塞——玉门关。

热门景点 玉门关

玉门关

玉门关?就是那个著名的景点吗?

古时候的玉门关是一处重要的关隘和屯兵之地,无数战士在这里抛洒热血。

玉门关

从青海湖到玉门关,延绵数千里,得有多少戍边将士守护边境啊。

要不怎么说,戍边将士才是大唐最可爱的人呢!

步入仕途，事业大起大落

王昌龄原以为纵马驰骋在塞外荒漠，就能得到重用，只可惜造化弄人，他除了留下耳熟能详的佳句之外，并没有因参军而满血复活。当他用雄浑笔墨写下令人迷醉的边塞风光后，便毅然选择隐居石门谷。然而，此后一年，与世俗隔绝的他仍然没能压抑住那颗积极入仕的心。开元十五年（727 年），他转试科举，一举成名，心想：自此总该风云际会、龙腾虎跃，可是仅仅得到了秘书省校（jiào）书郎的工作，不免有些不甘。不过考前却发生了一段插曲。

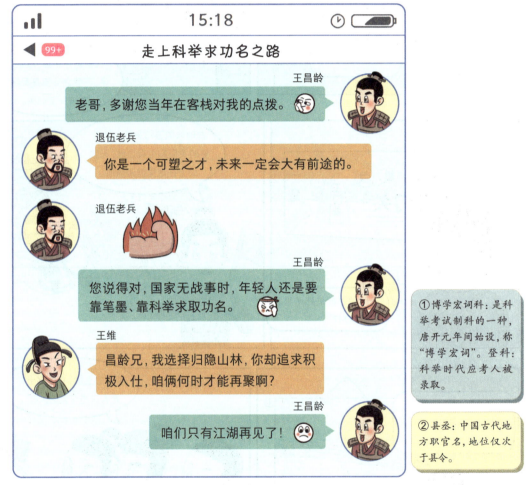

① 博学宏词科：是科举考试制科的一种，唐开元年间始设，称"博学宏词"。登科：科举时代应考人被录取。

② 县丞：中国古代地方职官名，地位仅次于县令。

隐居于林的王昌龄正是听了这位退伍老兵的话，才收心好好读书。事实也再次证明，他不但能到边疆扛枪，还能勤学苦读一举进士登第，步入仕途。然而，校书郎这个简单而琐碎的职位并不能满足他的一腔热血。开元十九年（731 年），王昌龄参加博学宏词科①，再迁河南汜（sì）水县尉。三年后，他再次升任为江宁县丞②，就是江宁县的县令。

出身寒门的王昌龄虽然在学业上取得了不小的成就，然而，命运并没有优待他。在政治上，他属于宰相张九龄①一派，张大人名声清雅，善于直抒己见。可是在朝堂上，正直的品格往往会招来他人恶意的诽（fěi）谤。开元二十五年（737年），张九龄被奸臣李林甫诬陷，贬去荆州。当时满朝皆默，只有王昌龄站了出来，在诗中大骂李林甫，甚至指责唐玄宗怠（dài）政。结果，一腔热血的书生不仅未能在官场一展抱负，还一再被贬。次年，即被发配岭南。

在朝为官，别人一个个见风使舵，而王昌龄还是像写边塞诗那样，毫无保留地直抒己见。他在《宿灞上寄侍御玙（yú）弟》中就直言不讳地批判朝廷，"诸将多失律，庙堂始追悔""虽有屠城功，亦有降虏辈""明主忧既远，边事亦可大""公论日夕阻，朝廷蹉跎会"。然而，这些大实话不仅没能挽回大唐的陨（yǔn）落，还给王昌龄带来了无情的贬谪，在荒蛮之地待了一年之久。

入仕之路并没让王昌龄找回当年在边塞时的万丈豪情，好在发配岭南一年后，遇天下大赦，北归途中，因随和、真诚的性情，结识了不少诗坛名家，虽不是达官显贵，却也都是才华横溢之人。开元二十七年（739 年），王昌龄在巴陵①与李白相遇，二人同是盛唐大诗人，且都因遭人诽谤而仕途不顺。英雄惜英雄，王昌龄挥笔写下《巴陵送李十二》（摇曳巴陵洲渚分，清江传语便风闻。山长不见秋城色，日暮兼葭空水云。）。

15:23

结识众好友 99+

堂弟王销
哥，现在你的朋友圈子可都是赫赫有名的大人物啊。

堂弟王销

李白
昌龄兄，多谢你送我的赠别诗。

王昌龄
这就是缘分，第一次见面，我就觉得咱俩投缘。

孟浩然
好期待能与昌龄兄一起荡舟轻游，把酒诗话啊。

王昌龄
孟兄，听说你身体不好，我怎么敢让你舍命陪君子呢。

①巴陵：今湖南岳阳。

之后，王昌龄再逢喜事。开元二十八年（740 年），路过孟浩然老家襄阳时，他又拜访了好友老孟。他乡遇故知，老哥俩自然要痛饮一番。但是他做梦也不会想到，这次拜访竟然将老孟送上了黄泉路。当时孟浩然身上长了毒疮，不能吃海鲜，可是一高兴就忘了忌口，导致旧疾复发，一命呜呼。王昌龄苦不堪言，好不容易跟老友吃顿饭，还眼瞅着他因贪嘴而送了命。

站在人生的分叉路口，王昌龄陷入了沉思：曾经，他在荒芜之地绽放出耀眼的光芒；如今，在追逐功名的路上却依旧没有得到重用。眼下，他又被调往江宁① 任县丞。一想到这些不如意，他就整日在洛阳买醉，与岑参②、綦毋潜、李颀等好友借酒消愁。细嚼**《芙蓉楼送辛渐》**③（寒雨连江夜入吴，平明送客楚山孤。洛阳亲友如相问，一片冰心在玉壶。），仍能看出他那颗坚定的赤子之心。

步入仕途 事业大起大落

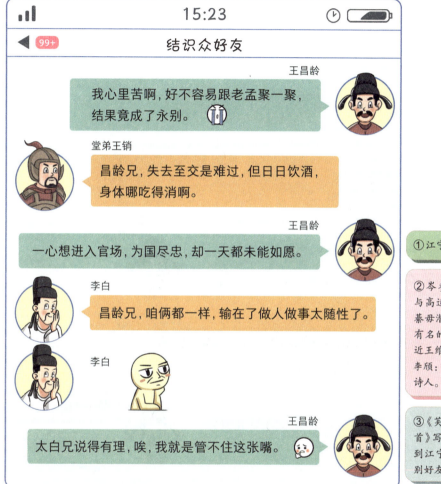

① 江宁：今江苏南京。

② 岑参：唐代诗人，与高适并称"高岑"。
綦毋潜：唐代江西最有名的诗人，诗风接近王维。
李颀：唐代著名边塞诗人。

③《芙蓉楼送辛渐二首》写了王昌龄被调到江宁任县丞时，送别好友辛渐的情景。

此时王昌龄的内心一定是极为失望的，所以在接到朝廷的调令时，迟迟未赴任。学识渊博、成绩优异的他却只得到闲差半职，还不如投生个好人家，一出生就含着金汤匙。不过，王昌龄自小的磨砺（lì）却让他练就了一颗坚强的心。人终究还得强烈而炙热地活下去，千磨万击又何妨？从"一片冰心在玉壶"，不难看出他的初心未改，念着洛阳家人的同时，对国家、对美好愿景仍怀着一腔炙热。他的心，一如盛装在洁白玉壶之中的冰一般清廉正直。

此后，王昌龄便上任江宁县丞这个职位，之后又因说错话，于天宝七年（748年），被贬到偏远的西南边陲龙标①担任县尉。自上次和李白分别之后，彼此就深深想念，这一次当李白听说王昌龄再次被贬的遭遇，赶忙写诗表示安慰，一首**《闻王昌龄左迁②龙标遥有此寄》**（*杨花落尽子规啼，闻道龙标过五溪。我寄愁心与明月，随风直到夜郎西。*）把两个人的友谊长存于历史的记忆之中。

① 龙标：今湖南怀化。

② 左迁：即贬谪的意思，在古代尊右卑左。

王昌龄一再被贬的遭遇，连李白都为他感到叹息。只可惜他做不了什么，只能将愁思寄给明月，让淡淡的月光陪伴王昌龄踏上去往龙标的艰辛之路。然而，恰是因为有这些志同道合的诗友，才给了王昌龄最大的慰藉。虽然长年的贬谪（zhé）生涯浇灭了他胸怀天下的热情，却给予了他情同手足的友情。在鼎盛的大唐诗坛，向来不乏神仙一般的人物，他们个个诗文出色，气韵不凡，但他们也一样情深似海。然而，谁也不知道，王昌龄这次贬谪，又会迎来怎样的命运。

虽然王昌龄在与诗坛名家的互动中，留下不少佳作，但天宝十四年（755年），安史之乱的爆发，却让他的玉壶冰心随着大唐盛世一起凋（diāo）零，化成了泡影。年至花甲的王昌龄提刀上马，赶回家乡杀伐叛军。然而，谁也没有想到，次年十月，他在途经亳（bó）州时，却被亳州刺史闾丘晓杀害。关于王昌龄的死因，一直以来都是千古之谜，但更多的传闻却是闾丘晓忌恨他耿介的性格和出众的才华。

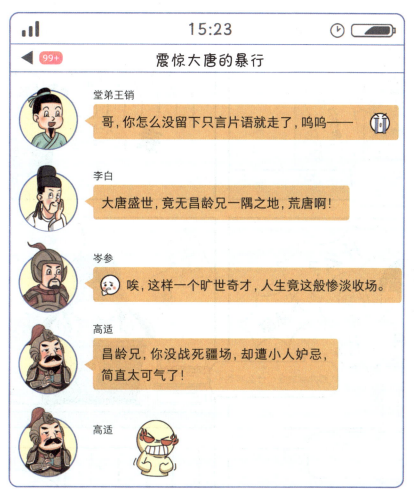

王昌龄的离去让天下哗然，让所有人都难以释怀。如此一个旷世奇才，竟被命运一次又一次地捉弄，未能战死疆场，却毫无征兆地惨遭小人妒忌，红尘之旅戛然而止。好在天道轮回，时隔不到一年，闾丘晓就因延误军情而被处死。冤仇算是得报，但是这位"七绝圣手"、这颗耀眼的星辰终究还是随着开元盛世一同寂灭，消失在历史长河里。然而，他这一生，始终不曾背叛过自己的初心。"一片冰心在玉壶"，或许就是后人对其一生最中肯的评价。

偶像,听说您高升龙标尉了,恭喜恭喜!

被贬还能高升?最近真是倒霉。

衰

什么?

龙标尉

那龙标尉是个什么官呢?

龙标尉就是龙标的县尉,打理政务、调解百姓纠纷、调查案件、收税……

人才啊,一个人干了这么多活儿。

账单

唉,挣着卖白菜的钱,操碎了心。

既然这个官儿有这么多职能，地位应该很高吧？

龙标尉

一品

二品

三品

......

从品级上来说，龙标尉是从九品下，几乎没有什么地位。

一品

二品

......

龙标尉

放着江宁那个繁华的沿海城市不待，来到这个穷乡僻壤，真是亏啊。

心情更是差到极点。好在我人缘好，经常收到老友的慰问信，要不然早就抑郁了。

说得我都心生怜悯，恨不能立马去陪你。

这主意好，记得多给我带点儿你那里的土特产啊！

英年早逝的大唐鬼才
——诗鬼 李贺

　　他是落魄的王孙，却有着绝世的才华与勤奋；他的诗作，诗风空灵诡异，想象跳跃奇谲；他擅长写仙境、梦境和鬼魅之境；他喜欢审视虚无的世界，展开对生命、现实的思考，形成了独一无二的"长吉体"；他的一生极为短暂却波澜起伏。他就是名传千古的诗鬼李贺，他的诗、他的名，永远不朽！

中国文学史上最著名的浪漫主义诗人

李贺与李白、李商隐合称唐朝"三李"

别名：李昌谷、诗鬼

生卒年代：790年－816年

出生地：河南福昌(今河南宜阳县)

字号：字长吉，号诗鬼

李贺的好友列表

特别关注

父亲李晋肃
李母郑氏

职场上司

唐德宗李适
唐顺宗李诵
唐宪宗李纯

特殊关系

颜真卿
高仙芝
封常清

星标朋友

沈亚之
白居易
崔植
杨敬之
王参元
沈子明

恰逢少年，诗名传遍天下

在大唐诗坛有一个另类，他就是有着 27 年传奇人生的李贺。关于他是仙是鬼这一文化课题，文坛各路高手竟辩论了一千多年。李贺这么牛，到底是什么来头呢？李贺出生在唐德宗贞元六年，祖上是唐高祖李渊的叔父李亮，有了这层亲戚关系，身体里也算流淌着贵族血液。

① 李晋肃：李贺的父亲，唐代河南福昌（今河南洛阳宜阳县）人。去世前，任河南陕县县令。

② 家道中落：意思是家业衰败，境况不如从前富裕。

③ 昌谷：唐朝李贺出生地，今河南宜阳县。

武则天上位后，大肆屠杀李氏子孙，到了李晋肃① 这一代，李家早已经家道中落② ，一家人勉强在昌谷③ 落魄度日。虽然是日落西山的皇族，但是李贺对他姓李、有着皇室血统这一身份却始终引以为傲，为此时常霸气地留下这样的签名——皇孙、宗孙、唐诸王孙。身份自带镀金光环，这不假；问题是，传到李贺这一支，皇族血脉早已没味儿了。李贺是空有羡煞旁人的镀金身份，而过着一介布衣的寒门生活。

贞元十二年（796年），李贺7岁，在这个同龄人还是懵懵懂懂的年纪，他已经因一首《高轩过》初出茅庐。文坛大家韩愈[1]品读后，迫不及待地想要见一见这颗小童星，于是便带着学生皇甫湜（shí）[2]去了李贺家。大人物亲自登门，李晋肃这个不入流的小官吓得大气不敢出，而李贺反倒不慌不忙，略一思索，即是一首《高轩过》："华裾织翠青如葱，金环压辔摇玲珑……"

①韩愈：唐代文学家、政治家、教育家，唐宋八大家之首，与柳宗元并称"韩柳"。
②皇甫湜：唐朝大臣，师从韩愈，倡导古文运动。

年幼的孩童被视为诗坛神童，两个大人物对此感到不可思议，为此他们出了一个题目要现场考一考他，那就是要求孩童当场赋诗，这面试现场的压迫感可是十分强烈。然而，这个初出茅庐的少年刚一落笔，就让在座宾客大吃一惊，连连称奇，7岁孩童竟然有如此新奇的想象力、跌宕多姿的情感。从此，李贺因这首惊绝一时的诗作名扬天下。

李贺虽然才思敏捷，神童加身，有着让人十分羡慕的艺术细胞，但他并没有因此骄傲自满。世上最可怕的事就是：比你有天赋的人比你还努力！李贺就是一个典型。除了才华是李贺的重要标签外，相貌也为他的辨识度增色不少。据史料记载，李贺"体形细瘦，通眉长爪"。这模样怎么看都很难与大众心中英俊潇洒的诗人标签联系到一起，倒是更像一个老道士。然而，这个长相清奇、极具特征的人却比任何人都努力。

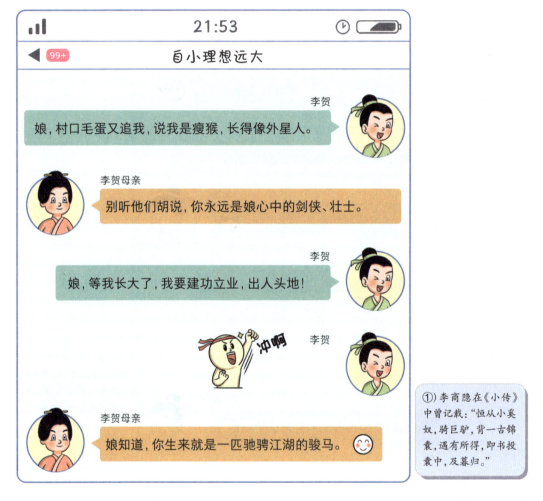

①李商隐在《小传》中曾记载："恒从小奚奴，骑巨驴，背一古锦囊，遇有所得，即书投囊中，及暮归。"

　　李贺虽然长相奇特，挥手就是一幅大作，但背后更有着"铁杵成针"的刻苦。少年时的他每天早晨都会骑着他的小毛驴出门寻诗觅句，所到之处，无论是大好河山还是民生疾苦，都会感怀吟诵上几句，偶有佳句，还会记在小本上。日暮归家后，他再铺纸磨墨，整理一天的诗作[①]。这世上如果真有天才的话，那一定是1%的天分，加上99%的勤奋淬炼而成。天纵奇才的李贺也不例外。

贞元二十年（804 年），15 岁的李贺就已经誉满京华。然而，在那个略显尴尬的中唐时期，诗歌的盛唐气象早已远去。特别是受安史之乱的影响，唐朝的精神风貌早已发生了重大改变，在大唐文艺圈，诗人大腕如流星般陨落。在李贺出生前二三十年，当初在大唐诗坛叱诧风云的人物，如王维、李白、高适、杜甫，还有岑参都相继离去。而同时代的诗人，如孟郊、韩愈、白居易、元稹，纷纷进入文坛的第一方阵。

① 沈亚之：初至长安，曾投韩愈门下，与李贺结交，与杜牧、张祜、徐凝等为友。
② 陆游：南宋文学家、史学家、爱国诗人，越州山阴（今浙江绍兴）人。

对于初出茅庐的李贺，要想在众多繁星中独具光芒，只能另辟蹊径。然而，无论是何种体裁、何种风格，都已经被前人或同时代的诗人写得没有余地了。这么说来，唯有写出独一无二的灵魂，才能让他的诗变得与众不同，这也正是李贺之所以被称为诗鬼的原因所在。为此南宋大诗人陆游② 曾说，曹植、李白、李贺这三个人，"落笔妙古今，冠冕百世"，李贺的诗岂一个"牛"字了得。

一日，李贺像往常一样骑着他的小毛驴从外面回来。

我有一只小毛驴，骑着去赶集……

一进屋，他就开始整理一天的诗作。李母看见桌上堆积如山的草稿，心疼不已。

儿啊，你这是在用命写诗啊!

日复一日，李贺风雨无阻，坚持外出采风。

我要永不停息。

一日，李贺竟然骑着他心爱的小毛驴来到了阴森森的坟场。

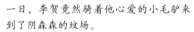

欢迎光临

您怎么去那里了!

多看会儿!

我正在研究墓碑上的文字。你瞧，这行文写得多妙!

怪不得大家都说您是个鬼才，不会真是鬼吧?

特立独行，写出独一无二的鬼诗

　　转眼间小神童长大了。先是娶妻成家，不久在文坛泰斗韩愈的支持下，走上了学而优则仕的路线。那个年代，入仕不光有科举，还有拜谒，就是托关系。李白受家庭出身的影响，只能走拜谒这条路。李贺同样如此。元和二年（807年），他背上行囊，骑着那头小瘦驴来到洛阳，准备拜求韩愈。韩愈是当时文坛界的大家，耿直讲义气，最难得的是，他乐于成人之美，即便是出身寒门的学子，只要你是千里马，他也心甘情愿作伯乐。

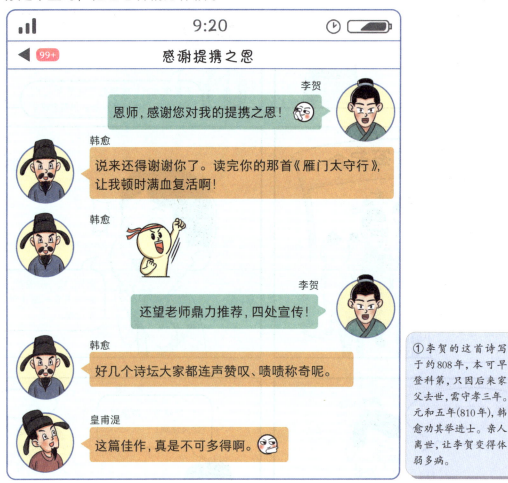

①李贺的这首诗写于约808年，本可早登科第，只因后来家父去世，需守孝三年。元和五年(810年)，韩愈劝其举进士。亲人离世，让李贺变得体弱多病。

　　当时韩愈在业界享有极高的声誉，若是能得到他的提携，成名之路可以说是坐上了火箭。不过，李贺的硬实力也足够强悍，在**《雁门太守行》**①（黑云压城城欲摧，甲光向日金鳞开。角声满天秋色里，塞上燕脂凝夜紫。半卷红旗临易水，霜重鼓寒声不起。报君黄金台上意，提携玉龙为君死！）一诗中，处处透着新奇的构思、丰富的想象，远超其他作品，想不成名都难。

元和五年（810 年），李贺参加韩愈组织的河南府试。考场上，他洋洋洒洒地写下《十二月乐词并闰月》这篇满分小作文，凭借超前的创新风格，还有"东方风来满眼春，花城柳暗愁杀人""离宫散萤天似水，竹黄池冷芙蓉死"等金句，不仅当场镇住了考官，还震惊了大唐诗坛。李贺不愧是奇才，府试顺利通过后，当年入长安参加进士考试。然而，就在这个人生高光的关键时刻，他却突然被告知：资格审查不合格，礼部考试没资格参加。

木秀于林，风必摧之。志在必得的李贺不幸遭到卑鄙小人的嫉妒。韩愈为此勃然大怒，写下《讳辩》，为爱徒据理力争。尽管韩大人的文章掷地有声，但所有努力都敌不过世俗的力量和人心的险恶。李贺不得不带着一腔怨怨被迫离开考场，愤然写下《出城》（雪下桂花稀，啼乌被弹归。关水乘驴影，秦风帽带垂。入乡诚可重，无印自堪悲。卿卿忍相问，镜中双泪姿。）这首悲歌。

就这样，李贺被迫失去了参加进士考试的资格，心灰意冷的他回到昌谷，闭门读书。困守昌谷期间，他将自己对大唐文艺圈的倾轧（yà）与偏见融入字里行间："长安有男儿，二十心已朽。""只今道已塞，何必须白首。""天眼何时开，古剑庸一吼。""我当二十不得意，一心愁谢如枯兰。"……旷世奇才写出如此字字泣血、行行带泪的文字，似乎一夜之间走到了悲凉的尽头。此时，离他写出传世的"鬼诗"，俨然不远了。

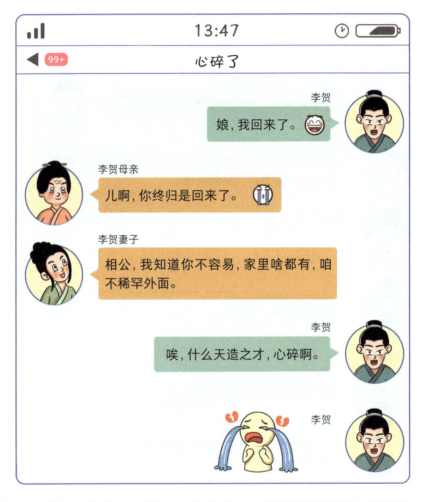

被拒之门外的落魄青年，除了寄情诗作，又能跟谁诉说呢？于是跌入谷底的李贺只能将心中的绝望与痛苦，呕成血，酿成了最苦的诗。"*我有迷魂招不得，雄鸡一声天下白。少年心事当拿云，谁念幽寒坐呜呃。*"（《致酒行》）一个无望的背影，行走在萧条的古道上，生怕别人认出他是李贺。但是一想到家中的妻儿老母，现实生活的重压，他又不得不从低迷的诗境中走出来。

虽然未能上演"春风得意马蹄疾"这一幕，但李贺终究是李贺，也许是沾了李家宗室的光，也许是承蒙韩愈大人的推荐，他又回到了长安。元和六年（811年），通过考核后，谋了个奉礼郎①的官职，一个不入流的九品小官。此后，李贺在京城一待就是三年，虽然工作琐碎，但却与张彻、沈亚之、崔植、杨敬之、王参元等人成了志同道合的朋友。

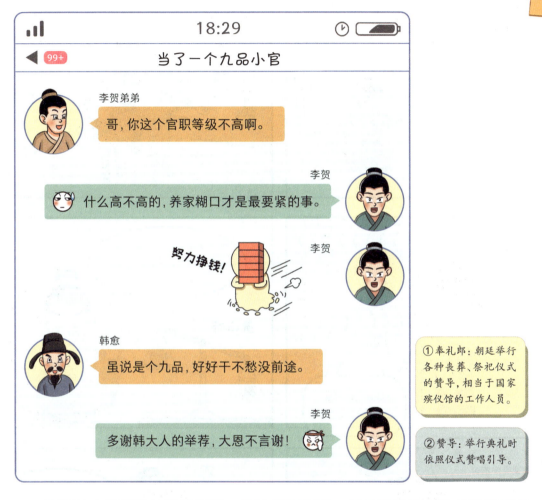

① 奉礼郎：朝廷举行各种丧葬、祭祀仪式的赞导，相当于国家殡仪馆的工作人员。

② 赞导：举行典礼时依照仪式赞唱引导。

尽管对才华横溢的李贺来说，仕途颇不如意，但是其诗歌创作却迎来了高峰期。由于他耳闻目睹了不一样的世间百态，所以创作了很多反映现实、鞭挞（tà）黑暗的诗篇，奠定了他的"诗鬼"之名。好友沈亚之被诬陷，考试落第，他在《送沈亚之歌》中愤愤地写道："吴兴才人怨春风，桃花满陌千里红……请君待旦事长鞭，他日还辕及秋律。"谴责主考官失职行为的同时，也勉励好友不要灰心。自此，一首首脍炙人口的名篇回响在中唐的上空。

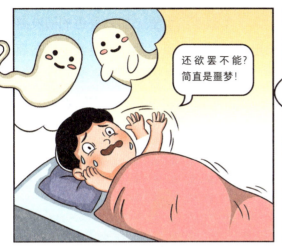

弃笔从戎，人生走向终点

时光飞逝，李贺在奉礼郎这个岗位一干就是三年。原本就是一个心高气傲的人，如今，终日与生死、神鬼打交道，几乎卑微到尘埃里。加之身边的旧友新知，一个个春风得意，相比之下，更显得自己惨到了极点。然而，更大的打击还在后面。深爱的妻子因病离世，仕途升迁又无望，诸多苦闷叠加到一起，让本就孱（chán）弱的身体每况愈下。814年，李贺辞去奉礼郎职务，告病回老家。

① 曹魏时期，魏明帝曹睿命人将汉武帝时立在长安的能承接露水的金铜仙人，运往洛阳。因太重而被弃置，后不知所终。

途中，他又亲眼目睹了藩镇作乱的滚滚烽烟，不由得百感交集，喷涌而出一篇佳作**《金铜仙人①辞汉歌》**（……衰兰送客咸阳道，天若有情天亦老。携盘独出月荒凉，渭城已远波声小。），这构思完全不落俗套，借用典故将心中的悲愤寄托给见证了汉代兴衰的金铜仙人，而这不正是李贺自己仕途无望、含恨离开京城的酸楚写照吗？尤其是"天若有情天亦老"这一充满想象力的佳句，更是历来被文人雅士所引用，足见其旷世的影响力。

蛰居家中的李贺虽然笔耕不辍,然而与诗为伴的日子也让他的思想发生了很大的转变,身为皇室宗亲,却不能报国,加上生计问题的压力,何不弃笔从戎?于是,病情好转后,他便辞去奉礼郎,前往山西潞州①,投奔韩愈的侄婿张彻②。元和九年(814年),在昭义军节度使郗士美府中,做了幕僚。想当初,他骑驴觅佳句,如今却骏马渡黄河,意气风发之下,吟诵出"<u>大漠沙如雪,燕山月似弓。何当金络脑,快走踏清秋。</u>"(《<u>马诗二十三首·其五</u>》)这首名作。

李贺弟弟
哥,听说你奔赴战地了,终于可以一展抱负了!

李贺
驰骋疆场,心情迫切啊。

李贺

张彻
马上就要留名青史了!加油干!

李贺
梦寐已久的建功立业机会来了。

①潞州:今山西长治。

②张彻:韩愈的学生、侄女婿,元和四年的进士,在京期间,他与李贺交往颇多。

仕途上压抑多年的李贺,终于迎来了命运上的转机。一想到自己即将驰骋疆场,理想与现实的距离正在缩短,他的心情就极为迫切。然而,此时朝廷内部简直乱如一锅粥,宦官专政,奸佞横行,军队毫无战斗力。本以为可以功成名就,没想到元和十一年(816年),节度使郗(chī)士美辞官,幕府解散,李贺又成了无业游民。连曙光都没有看到,他就在最黑暗的时候与战友各奔东西。

文不能报效国门，武不能驰骋疆场，这一次，李贺对皇室和朝廷、功名和人生，彻底绝望了。回乡路上，他拖着病躯写出"四时别家庙，三年去乡国。旅歌屡弹铗，归问时裂帛。"(《客游》)，他的心已凉到了极点。人生的失意落寞，让李贺的身体更加羸弱不堪。不久，他就病倒了。病榻上，李贺自知时日不多，于是强撑病躯，整理所存诗作，并托付给友人沈子明保管①，那可是他的毕生心血。

① 李贺死后十五年，沈子明又将其作品集交给杜牧，杜牧亲自为其作序，这才有了我们今天看到的两百多首李贺诗。

此时，李贺笔下的诗歌更是充斥着伤感悲观的字眼，《秋来》(桐风惊心壮士苦，衰灯络纬啼寒素。谁看青简一编书，不遣花虫粉空蠹。思牵今夜肠应直，雨冷香魂吊书客。秋坟鬼唱鲍家诗，恨血千年土中碧。) 这首临死前的绝命诗，可谓写尽了诗人心中的悲凉与苦闷。本以为满腹文章，可以增加生命的亮度，怎料功名不就，遗恨地下。不久，李贺便撒手西去，时年 27 岁。

偶像，您除了写鬼诗，有没有写过马诗啊？

小菜一碟

我可是横跨人、鬼、仙三界的诗坛大师！写马诗……

边塞诗大师

高适　岑参　王昌龄

人家王昌龄、岑参、高适才是边塞诗大师，您……？

镇店之宝

《李贺诗词集》

他们跟我能一样吗？我的诗词是唐诗的"镇店之宝"！

……

嘘……你就吹牛吧！谁信呢？

大唐诗歌风云榜

1

《马诗》

我的《马诗》一直稳居"大唐诗歌风云榜"榜首呢。

嗯……这首诗倒是通俗易懂，没杀死我的脑细胞。

啊——沙漠！你是那么的壮丽、那么的独特！

哇，我感觉自己穿越到了大沙漠。

冲啊！

驰骋疆场，就是我最大的荣耀！

太酷啦，看得我都热血沸腾了！

划重点

好好向我学习，你也能写出炫酷的小作文！

活在唐诗中的"冤大头"
——"五言长城" 刘长卿

他不是天之骄子，也并非胸怀奇才；他一身正气，却被命运捉弄；他在泥沼中艰难跋涉，却依然能看到繁星满天。当盛世气象一去不回，他却凭自己独到的诗风，屹立诗坛。他就是"五言长城" 刘长卿。

中唐诗人的杰出代表

别名：刘文房、刘随州、自称"五言长城"

生卒年代：约726年－约790年

出生地：宣城(今安徽宣城)

字号：字文房

刘长卿的好友列表

星标朋友

薛据
杜甫
严士元
王维
丘为

职场上司

唐玄宗李隆基
唐肃宗李亨
唐代宗李豫
唐德宗李适

黑名单

吴仲孺

特殊关系

裴敦复
苗丕

籍籍无名的平民百姓

大唐大红大紫的诗人很多，刘长卿就是其中之一。关于他啥时候出生，历来众说纷纭。学者闻一多先生认为其生于 709 年，学者傅璇琮（cóng）先生则认为应该生于 710 年左右或者 725 年左右。没有确切记载也很正常，毕竟那个时候户籍可没有现在这么规范。出生不详，家世也没那么明朗。刘长卿的家世可以说是籍籍无名。有学者称，刘长卿或与汉皇后裔刘备同出一宗，有着很远的亲戚关系。不过，这样的身世也谈不上显贵。

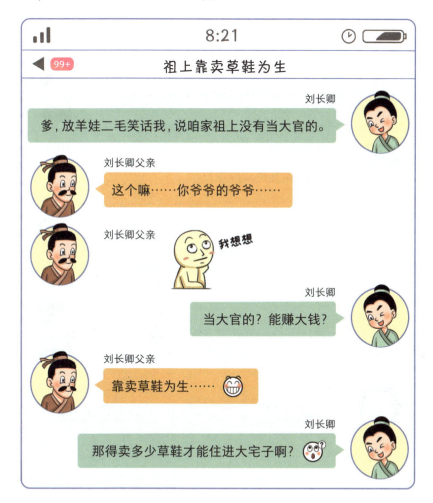

卖草鞋之人正是刘备，其早年以此谋生。当时有一套士农工商的阶层划分，刘备显然是商人身份，处于末位。而刘长卿出生于农民家庭，其地位反倒比刘备还高了两级。不管怎么说，刘长卿的身世可以说是无名小辈，一个再平常不过的草根而已。不过小小年纪的他却有着远大的目标，那就是跨越到知识分子阶层。

刘长卿从懂事时起，就把入仕视为自己实现人生价值的最佳途径。他终日对着写有"学而入仕"几个字的一面墙，头悬梁、锥（zhuī）刺股，想着未来能一展宏图。后来，还求学嵩山。那时的他学习刻苦，才思敏捷，满脑子想的都是快意人生。但是像他这样出身寒微的读书人，最怕的是什么？无疑是屡试不第，可是他却偏偏在科考之路上，连连碰壁，次次中招。二十岁便开始参加科考，竟然一考就是十余年。考试水平没见提高，应考经验倒是日渐丰富。

一再落选，可谓屡战屡败，眼见应考经验越来越丰富，同病相怜的人还戏称他是"超龄留级生"，但是十年考试路，就算是钢铁之心的人，也是一肚子苦水。心中无限惆怅，只能在诗中自怜。*"北中分与故交疏，何幸仍回长者车。十年未称平生意，好得辛勤谩读书。"*（《客舍喜郑三见寄》）而这"科举不第之愁"也仅是刘长卿悲剧一生的第一站。显然，他不是被命运眷顾的幸运儿。

眼见"金榜题名"快成泡影，但是刘长卿却依旧渴望能够入世为官。在当时的大唐帝国，知识分子除了国考这条路，还流行由大官举荐入仕，也就是说盛行干谒之风。于是，刘长卿托关系，给河南三品大员裴敦复[1]写了一首诗，希望得到贵人的提携。在《小鸟篇·上裴尹》这封自荐书中，他写道："自怜天上青云路，吊影徘徊独愁暮。衔花纵有报恩时，择木谁容托身处。岁月蹉跎飞不进……"

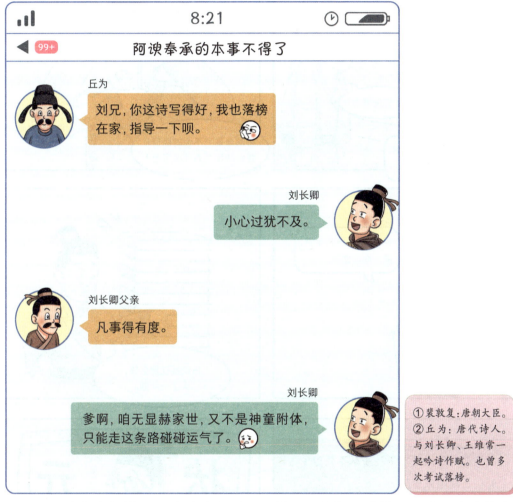

干谒诗在唐朝就是一种诗歌类型，不外乎是希望寻求伯乐、实现人生抱负。这种诗写得好，分分钟走上人生巅峰。此时的刘长卿，虽满腔愁苦，但他更愿为此一搏，万一哪个大人物欣赏他的才华呢。但是在自荐诗中，他也没有表露出怀才不遇的愤恨，"不辞奋翼向君去，唯怕金丸随后来"，或许是数年来，失败对于性格的磨合，让他多了一些小心翼翼。

避免落榜第二条

要想把牛吹上天，怎么也得技高一筹，真本事才是根本。

监考老师也有错，没事在那抖什么腿，分散我的注意力。

避免落榜第三条

遇到挫折，
不能一味怨天怨地，
责怪别人。

俺娘也有错，非说考前要吃100个汤圆，害得我考场上没饿死，先撑死。

避免落榜第四条

崇尚科学，反对迷信，
实力才是真功夫。

逢考必过！

你咋念叨起来了呢？
避免落榜第五条——

历史上最惨的国考生，经历半世漂泊

俗话说，十年磨一剑。天宝十四年（755年），碰壁十余年的刘长卿终于得偿所愿，考中进士。本以为总算可以顺利入仕，可是，还没来得及"春风得意马蹄疾，一日看尽长安花"，刚一仰头，就与历史的巨轮，撞了个满怀。同年，安史之乱爆发，长安城陷入一片混乱。在这风云突变之际，唐玄宗哪儿还有精力考虑这些新科举人，连夜带着一大队人马跑出长安，直奔四川。

① 薛据：唐朝著名诗人，与杜甫、王维、岑参、刘长卿、高适等人相交游，受到诸名家的推崇与尊敬。

当横冲直撞的安禄山一举攻破长安，刚刚喜提进士的刘长卿，心情简直瞬间跌到了谷底。在这之前，他还在欣喜若狂地等着上任，就连告知亲朋好友的文案都已经写好了，谁知竟然败给了动荡的时局。皇上已经自顾不暇，仓皇逃难，更别说他这可有可无的小人物了。刘长卿想到这里，万般无奈的背后只剩下一颗"想要撞墙的心"。

安禄山的大军势如破竹，一度攻陷长安和洛阳。刘长卿被派往江南，在这里，他担任了苏州长洲县尉、海盐县令。而他的宦海生涯，更是一把辛酸泪①。刘长卿新官刚上任便被人举报，说他贪污钱粮，结果锒铛入狱。估计连刘长卿本人都纳闷，我既没有挡谁的道，也没有政敌，而且就算是芝麻小官，也是满腔热情、兢兢业业，怎么就被人当头浇了一盆冷水呢？其实，他的问题就出在不懂"人情世故"。

锒铛入狱

刘长卿
唉，竟然被人陷害，吃牢饭。这世道啊！

丘为
刘兄，难道是有人看你不顺眼，要拔了你这颗眼中钉？

王维
我估计八成是得罪了权贵，水火不容啊。

薛据

薛据
身处乱世，有时刚正不阿未必是明智之举。

杜甫
人在江湖，连说理的地儿都没有。

① 在唐玄宗逃亡途中，三子李亨称帝，即唐肃宗。上任后，他整治安史之乱，承认了刘长卿等考生的身份。

原本想着清清白白做官，没想到却遭人诬陷，这下，刘长卿可太冤了。其实，问题就出在他过于耿直的性格。人在江湖，若是脾气太过耿直，做事不懂得灵活变通，就很容易吃大亏。此时的刘长卿即使内心多么愤懑（mèn）憋屈，也只能将怨气揉在诗词里，"不见君来久，冤深意未传。冶长空得罪，夷甫岂言钱。"（《罪所留系寄张十四》）这样的愁肠百结，简直让人难以消解。

幸运的是，之后，唐肃宗收复了长安和洛阳，并大赦天下，刘长卿心想命运的曙光终于照进了现实。然而，虽说逃出了牢笼，但是皇上转而便是一道调令，上元元年（760年），将他发配到了广东潘州南巴①。彼时的广东可以说是穷山恶水、蛇鼠出没之地，生产力欠发达，极为落后。当时无论是谁被发配到这里，都相当于直接宣判了政治生涯的死刑。

① 广东潘州南巴：即今广东茂名。
② 干越亭：在今江西余干县东南。

③ 严士元：唐朝官员，刘长卿曾写诗《别严士元》为友人送别。

原以为是绝处逢生，然而一纸令下，刘长卿竟被发配到一个荒蛮之地，他又怎么开心得起来呢？在无数个失意的长夜，刘长卿只能将所有的愁闷化作长诗，他一边感叹时运不济，"独醒空取笑，直道不容身"（《负谪后登干越亭②作》），一边为抱负未展、前途无望而愁，"谪宦投东道，逢君已北辕。孤蓬向何处，五柳不开门"（《至饶州寻陶十七不在寄赠》）。监牢的悲哀，被贬的酸楚，让诗人创作出一首首愤懑之作，他也凭此类诗句逐渐出名。

虽说下一站是个穷山恶水之地，但是刘长卿也得硬着头皮上路。谁知途中，他竟遇到了大唐诗坛的名家李白。当时李白被流放夜郎，但途中就被赦免①，惊喜交加之下，便有了那首意气风发的大作《早发白帝城》②。一个遇赦，悠游四海；一个遭贬，前途暗淡。一喜一愁，这让刘长卿的愁思又多了几分。在这样的羁（jī）旅风尘，两个坎坷的人互诉心事，短暂的相逢有时也是一种慰藉。

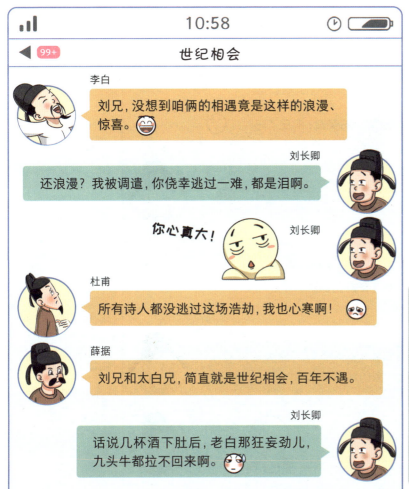

① 758年，李白因永王李璘案，被流放夜郎。翌年春，行至白帝城的时候，忽然收到被赦免的消息，诗人惊喜交加，随即乘舟东下江陵。

②《早发白帝城》："朝辞白帝彩云间，千里江陵一日还，两岸猿声啼不住，轻舟已过万重山。"

在那个年代，千里之外的两个人能够相遇本就不是一件易事，然而当诗人一想到自己的凄苦际遇，友人意气风发的豪迈飘逸，心中的苦闷徒增，大笔一挥，就是一首千古之作《将赴南巴至馀（yú）干别李十二》："江上花催问礼人，鄱阳莺报越乡春。谁怜此别悲欢异，万里青山送逐臣。"几杯酒下肚后，两人就此别过，而他们分别时的样子，一个是意气风发渐行渐远，一个则是步履蹒跚跟跄前行。

此后，刘长卿意外收到皇上旨意，说他那个案子需要再审。老刘心想：终于可以沉冤昭雪了，但没想到结果居然还是维持原判。至于他什么时候到的南巴，在那儿干了几年，就没有太多的笔墨。此后，他又被朝廷调往浙西，当时那里早已不是什么风水宝地，本来还挺繁华富庶，可是战乱一来，破败萧条。话又说回来，若是好山好水之地，又怎能轮得上他这个戴罪之身呢？

18:21

99+

都快抑郁了

丘为
刘兄，当年你那冤案，平反了吗？

刘长卿
唉，还不是不了了之，没有等来一个交代。

杜甫
刘兄，你在那里佳作倒是频出啊，《新年作》看得我都想家了。

刘长卿
谁说不是呢，连个说话的人都没有，只能跟猴子唠唠嗑了。

刘长卿

①《新年作》："乡心新岁切，天畔独潸然。老至居人下，春归在客先。岭猿同旦暮，江柳共风烟。已似长沙傅，从今又几年。"

②刘展：是时任淮西节度使王仲昇（shēng）麾（huī）下的一名副使，素有威名，御军严整。

当时正值安史之乱，北方乱成一锅粥不说，江南也没好到哪儿去。唐肃宗不知道从哪儿得到的情报，说刘展②要夺位，心里一惊，连夜派人来江南刺杀刘展。刘展被逼无奈，一把火，搞得江南大乱。哪还有什么桃红柳绿、吴侬（nóng）软语，所到之处皆是生灵涂炭、哀号遍野。这段时期，刘长卿反倒多与僧人来往，受此影响，诗风平和空灵，如"香随青霭散，钟过白云来"被《唐诗归》评为佳句。

此后，大历五年（770年），刘长卿任鄂（è）岳转运判官①。然而，好景不长，大历九年，年近半百的他因刚强的性格得罪了鄂岳观察使吴仲孺。这个人可不简单，是郭子仪②的女婿，平定安史之乱的核心人物，因战功显赫，身价也是水涨船高。按照律法，这个罪名肯定是要掉脑袋的。好在当时的监察御史苗伾还算公正严明，对刘长卿从轻发落，将他贬到睦州③担任司马。

① 转运判官：主管钱粮盐铁的运输事宜。

② 郭子仪：唐代中兴名将，曾平定安史之乱，收复长安，多次抵挡外族入侵，为维护唐朝稳定立下汗马功劳。

③ 睦州：今浙江省杭州淳（chún）安。

又是一次冤假错案，在这命悬一线之际，估计连老天也看不下去了。而经历了半世漂泊的刘长卿，对官场的起伏已然看淡。他这个四海为家的旅人，似乎更向往归隐的生活。在《初到碧涧招明契上人》（*渐老知身累，初寒曝背眠。白云留永日，黄叶减馀年。猿护窗前树，泉浇谷后田。沃洲能共隐，不用道林钱。*）中，我们再也看不到曾经那个整理好行囊、拍拍身上的泥土、继续前行的刘长卿，而是更向往闲看悠悠白云缭绕安静沙洲的归隐诗人。

建中二年（781 年），人到暮年的刘长卿时来运转，出任随州刺史他终于有了施展才干的机会和舞台，乌纱帽可算能戴到终老。要知道，刺史可是当时州郡最高的行政长官。然而，刘长卿的官运实在是太差。没过几年，淮西节度使李希烈割据称王，与大唐军队展开激战，随州被李希烈攻占。刘长卿只好离开随州，逃到江东避难，在淮南节度使杜亚的幕府中打杂。

生逢乱世，空有一身抱负却无从施展。宦海浮沉，被诬蔑、被降谪、被驱逐，却无处申冤。漂泊半生，浮浮沉沉，让他尝尽现世冷暖。此后几年，刘长卿一直待在繁华的扬州，直至病故。回首一生，只能写诗寄情。而他的诗中无不是极尽消极的人生态度：*"一官成白首，万里寄沧州。久被浮名系，能无愧海鸥。"*（《松江独宿》）身处乱世，处境残酷，要想在官场保持住文人的品格和操守谈何容易，更何况是像刘长卿这样一个倔强的文人呢？

偶像，您这么一身正气，还一贬再贬，要是换作我，早就崩溃了！

崩溃！

系统坏了

还不是因为我一根筋，只能被命运捉弄。

您也贬得其所啦，要不然，也不会有《逢雪宿芙蓉山主人》这样的传世之作。

日暮苍山远，
天寒白屋贫。
柴门闻犬吠，
风雪夜归人。

十年国考路，两度被诬陷。

冤啊！

我爸说，内心的强大不是被人夸出来的，而是自己熬出来的，看来一点儿都不假。

重振旗鼓

压力

所以，寥寥二十字，字字扎人心啊。

扎心！

话说，那是一个人烟稀少、大雪漫山的冬夜……我心里孤单啊。

映 衬

我知道这叫映衬，暗示了您当时被冷酷的现实害得走投无路，难有立身之地。

谁说不是呢，每走一步，前面都是未知的悬崖。

在这清寒的雪天，看到主人归来，更是苦上加苦啊！

其实，我是一个要求不高的人，一小屋，一炉火就行。

如果能有我妈最拿手的肉包子，那就更好了。

功名只向马上取
——诗雄岑参

他出身官僚世家，却遭遇残酷的政治洗牌；他一生渴望建功立业，却郁郁不得志；他是久居边塞的老兵；他是真正踏足西域的诗人，为大唐边塞诗打开了独特的视角。他，就是唐代著名的边塞诗人岑参。

唐代著名的边塞诗人，与高适并称"高岑"

别名：岑嘉州

生卒年代：718年－769年

出生地：荆州江陵(今湖北江陵)或南阳棘阳(今河南南阳)

岑参的好友列表

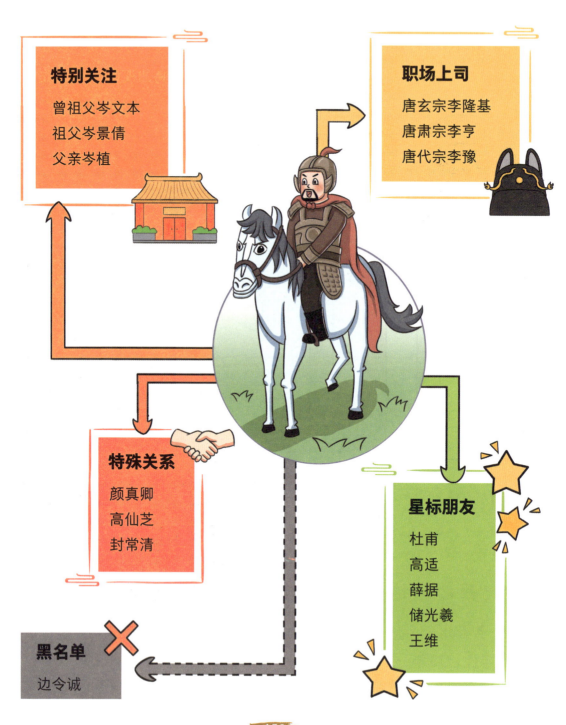

特别关注
曾祖父岑文本
祖父岑景倩
父亲岑植

职场上司
唐玄宗李隆基
唐肃宗李亨
唐代宗李豫

特殊关系
颜真卿
高仙芝
封常清

星标朋友
杜甫
高适
薛据
储光羲
王维

黑名单
边令诚

一路向西，开启戎马生涯

岑参出身于一个官宦世家，作为名门之后，家族四代共出过三位宰相——曾祖父岑文本是唐太宗李世民时期的名宰相，伯祖岑长倩是唐高宗李治时期的宰相，堂伯父岑羲（xī）是唐中宗和唐睿宗时期的宰相。岑参的父亲岑植[①]虽不是宰相，但任过晋州刺史，妥妥的地方官。如此显赫的家族本是大唐的荣耀，然而，政治势力的变化向来最为复杂且无情。身处名门，也可能不是被灭族，就是被流放边陲。

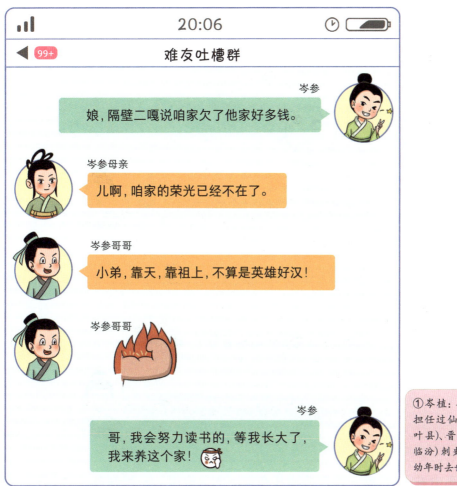

①岑植：岑参父亲，担任过仙州(今河南叶县)、晋州(今山西临汾)刺史。在岑参幼年时去世了。

岑参本来能当个官二代，然而在残酷的政治斗争中，稍不小心就站错队。岑参幼年丧父，与哥哥相依为命，过着艰辛的读书生涯。5岁他就阅遍史籍，9岁能赋诗词。他的文章雄浑大气，一度成为众人传抄吟诵的佳作。开元二十年（732年），岑参随家移居嵩阳，在这里他潜心攻读，写下"片雨下南涧，孤峰出东原""山风吹空林，飒飒如有人"等雄阔奇壮的山水诗，成了一位有名气的山水诗人。

虽然混乱的世道、衰落的家族破坏了岑参渴望的美好前程，但是逆境却培养了他强烈的功名进取心。重续家族荣光，成了他奋发向上的最强音。而此时，他唯一能选择的路径就是开启科举考试这扇窗。经过近十年的奔走漫游，天宝三年（744年），岑参登进士第，但是这次鲤鱼跳龙门并没有拉开他辉煌的人生之幕。经过三年的等候，朝廷才给了他一个右内率府兵曹参军的职位。

岑参高中进士后，就一直苦苦挣扎在官场的最底层。一想到自己这个不入流的小官，与祖上曾经的辉煌隔着银河般的差距，他的心理包袱就难以放下。于是，隔三岔五就给自己打气："好好干，一定能有出头之日。"然而，像他这种没落公子，在朝中当官哪是那么好混的，更何况还是个边缘角色。既然在朝中混不出个名堂，在边疆或许另有可能。于是，岑参带着对功名的满腔热忱，开启了"*功名只向马上取，真是英雄一丈夫*"的戎马生涯。

为了理想四处奔波的岑参在好友颜真卿的帮助下，结识了高仙芝这位大将军。比起岑参的不得志，高仙芝的前半生可谓完美开启。他本是高句丽人，大唐灭高句丽后，随父入唐，因战功卓著，一路青云直上，成为安西都护府的支柱。天宝八年（749年），一纸聘书下来，岑参被任命为右威卫录事参军，在安西四镇[①]节度使高仙芝幕府当了掌书记。自此，他正式踏上了边塞戎马之路。

① 安西四镇：由安西都护府统辖的四个军镇：碎叶（今新疆库车）、焉耆（今新疆焉耆）、于阗（今和田）、疏勒（今喀什）。

② 颜真卿：唐朝名臣、书法家，擅长行书、楷书。

此后，岑参整鞍勒马，一路向西，满心期待能跟随这位大唐名将攀上人生的高峰。为了心中的理想抱负，他甘愿抛下妻儿，放弃安逸的日子。历经数月时间，他终于到达安西。日常除了写一些例行公文，更是留下了诸多流传千古的边塞诗佳作。在他的笔下，字字句句都是西部边陲战袍怒马的诗人形象。"今夜不知何处宿，平沙万里绝人烟。""十日过沙碛，终朝风不休。"此时的岑参俨然成了真正踏足西域的诗人，憧憬着在战场上一展他的人生理想。

但是作为大唐唯一的西域诗人，岑参还是没能赶上一个好时代。虽然在高仙芝的率领下，大唐在中亚的声誉和势力一度达到了巅峰，但是盛唐的荣光也即将发生逆转。再厉害的将领也有吃败仗的时候，常胜将军高仙芝在一次极为重要的怛（dá）罗斯之战中打了败仗，导致数千唐军沦为战俘。战败的高仙芝被皇上解除了安西四镇节度使的职位，岑参也只能随他灰溜溜地撤回长安。

这次战败使得岑参忧心忡忡，原本寄希望于跟随高仙芝建功立业，没想到不仅没有争得军功，还要面对天子的问责，官职自然也没有提升。不久，岑参返回长安，担任右金吾大将军的虚职，心情万分惆怅。不久前，他还尽数边塞之景，憧憬着做一个上场杀敌的勇士，如今满面风霜。然而，世事无常，他的满腔热血只能留存在一展胸中志向的诗作之中。

失去依靠的岑参只得再次回到长安，等待崛起的时机。好在长安有很多好友，闲暇之余，可以一起出游排解郁闷。天宝十一年（752年），愁困中的岑参和友人杜甫、高适、薛据、储光羲①一起登上长安城的佛教圣地慈恩寺②。岑参虽然人在长安，但心念塞外边关，一想到曾经辽阔的西域版图不复往日，大唐盛世背后危机重重，不由感慨万千，写下**《与高适薛据同登慈恩寺浮图》**（登临出世界，磴道盘虚空。突兀压神州，峥嵘如鬼工。）一诗。

一想到前路漫漫，仕途坎坷，登高远眺时，岑参顿然领悟禅理，不如辞任而去，出家当和尚，追求无边的佛法。好在这些不得志的好友都纷纷拿自己的境遇开解他。其实，岑参也明白，自己只不过是嘴上发发牢骚而已，他心中背负的家族荣光还没实现怎能轻言放弃。第二年，岑参便再次踏上通向远方的道路。

高仙芝战败后，昔日手下封常清①接过重任。强将手下无弱兵，他在边疆战功显赫，被封为安西都护府和北庭都护府的最高长官。看到封常清光宗耀祖，岑参心里那团建功立业的小火焰熊熊燃起，连夜请求出塞。天宝十三年（754 年），岑参在封常清的提携下，被任命为安西都护府和北庭都护府的节度判官。这一次，他一扫多年的颓废和迷茫，以万丈豪情再次奔赴西域。

① 封常清：唐玄宗时期名将。

回想岑参第一次出塞，封常清还在高仙芝手下；如今他再次出塞，由于身份地位不同于往日，岑参的心态自然也与第一次出塞迥（jiǒng）然不同。上次是灰溜溜地回来，这一次他一扫郁郁寡欢，心里只想着如何让这勇武身姿意气风发地挥洒在边塞的风沙飞雪中。当然，这不仅救活了岑参的为官生涯，也救活了他的写作生涯。自此以后，边塞诗人岑参将中国的边塞诗推向历史的最高峰。

岑参二度回到边塞，迸发出了极强的热情。封常清出师西征，在《**轮台歌奉送封大夫出师西征**》中，他写道："轮台城头夜吹角，轮台城北旄头落。羽书昨夜过渠黎，单于已在金山西。"虽然不乏逢迎之意，但从岑参的诸多诗作来看，仍不乏将大唐军事光芒与西域风情完美融合的杰作，比如，广为传颂的《**走马川行奉送封大夫出师西征**》(君不见走马川行雪海边，平沙莽莽黄入天。轮台九月风夜吼，一川碎石大如斗，随风满地石乱走。)就为世人描绘了一幅绝世的西部风光。

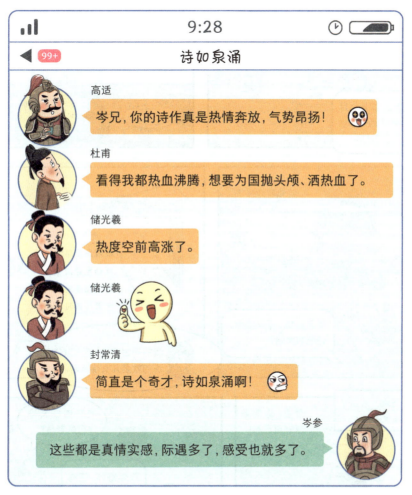

生动的作战场面，以及字里行间洋溢的昂扬气势，让我们看到了一个活脱脱的边塞诗人。无论是在生活经验上，还是情感体验中，都拥有唐代诗人无与伦比的真实经历。此时的岑参在边塞诗的创作上可谓达到了巅峰，眼前所见皆可入诗，而且这也赋予了唐诗更强大的生命力，将大唐边塞诗定格在了最高光的辉煌时刻。

荣光擦肩而过，仕途渐行渐远

此后，岑参激情满满地期待着属于自己的荣光，但他做梦也不会想到，意外比明天先到。天宝十四年（755年），安史之乱爆发。高仙芝、封常清奋力坚守边关，可是局势始终未见扭转，不幸他们又遭到小人的诬陷，唐玄宗大怒之下夺其性命。一心想追随上司建功立业的岑参，没等来捷报，却等来了飞来横祸。时逢乱世，玄宗仓皇西逃，肃宗即位，昔日好友也只能见机行事。

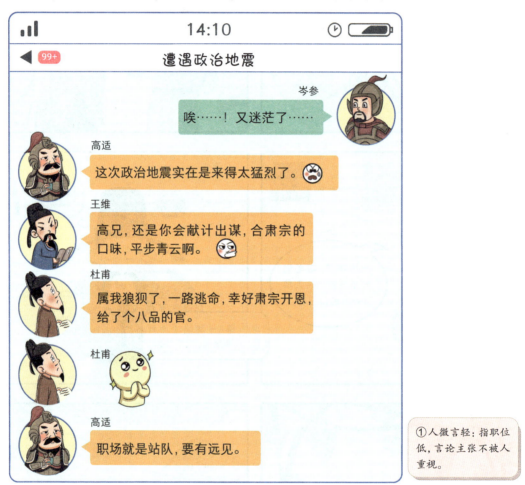

① 人微言轻：指职位低，言论主张不被人重视。

随着两座靠山在政治剧变中轰然倒塌，一心企盼凯旋回朝，却只能长吁短叹的岑参心想：再在边关混日子，前程必定会被漫漫风沙淹没，于是他决定投奔新皇帝。面对恩主被杀的局面，又没有高适那样的政治远见，他只能寄希望于新的政权。在好友杜甫等人的联名推荐下，他当了一个右补阙。虽为谏官，还是给皇帝提意见，但是在那个纷扰的乱世，人微言轻①，岑参只能绝望地仰天长叹，难道毕生追求的功业就这样在一片哀鸣声中彻底化为泡影？

其实，边塞归来的岑参背着很重的心理包袱，奋斗这么多年，终究一事无成，亏自己还是大唐边塞诗坛风云榜的头号人物。尽管还有个一官半职，但是简直低微到尘埃，别说是展现才华，即便是正常的例行本职，进言规劝，也经常不受皇上的待见。曾经的他豪情万丈两赴西域，如今却硬生生地错过了高仙芝、封常清两位大将的荣耀时刻，没沾到光，反倒在安史之乱的剧变中随波浮沉。

① 虢州：今河南省西部一带。

闻名边塞的盛唐诗人心心念着建立功业，结果却屡屡受挫，只能将积聚的郁闷挥洒于诗中。在写给杜甫的《寄左省杜拾遗》（晓随天仗入，暮惹御香归。白发悲花落，青云羡鸟飞。）中，他发牢骚说自己每日煞有介事地上班，除此一无所获。随后几年，岑参又被调到外地当虢（guó）州 ① 长史，后又任太子中允、虞部、库部郎中。曾经的他时时心忧中原，渴望一展宏图，如今却离当大官、争富贵的追求越来越远。

此后，在安史之乱的颠沛流离中，岑参一路跟随唐肃宗和唐代宗。大历元年（766年），岑参被任为嘉州①刺史，这可是他一生中最大的官职，人称"岑嘉州"。虽然是个正四品，但是心中却没有半点儿迟来的喜悦。战乱让盛世大唐变得满目疮痍，曾经苛求的梦想到底对不对？为了功名，朋友家人各奔东西，这样的追求是否还值得？

忧心忡忡

高适
岑兄，你终于等来了这一天。

岑参
唉，我心里苦啊，心境早已不复当年了。

岑参

杜甫
我也觉得年纪大了，时常有英雄迟暮之感。

王维
岑兄，听说蜀中战乱又起，要多保重啊！

① 嘉州：今四川乐山。

嘉州历来是兵乱之地，日渐衰老的岑参从成都出发，辗转于悬崖峭壁中，行程艰险可想而知。不久又赶上蜀中大乱，结果被困途中，迟迟不能到。直到次年，他才正式到嘉州上任。可是这里哪是久居之地，正如他在《行军诗》中所写："干戈碍乡国，豺虎满城堡。村落皆无人，萧条空桑枣。"所幸的是，公事清闲，他可以遍游风景，然而，当他仰望秀丽风景时，又不由得勾起对往昔平静生活的回忆，于是心中又是一阵苦闷。

嘉州上任仅一年，岑参就被罢官免职。坎坷仕途让他想起当年在嵩阳隐居读书的日子："早年迷进退，晚节悟行藏。他日能相访，嵩南旧草堂。"（**《初至西虢官舍南池，呈左右省及南宫诸故人》**）一生追逐功名，希冀恢复家族荣耀，可是，接连遭受现实的打击后，让坚持了一辈子理想的岑参终于挺不住了，决意返乡。没想到四川再次内乱，岑参生命中的最后时光竟被无情地困在成都，直到大历四年（769年），一代边塞诗人病逝于成都。

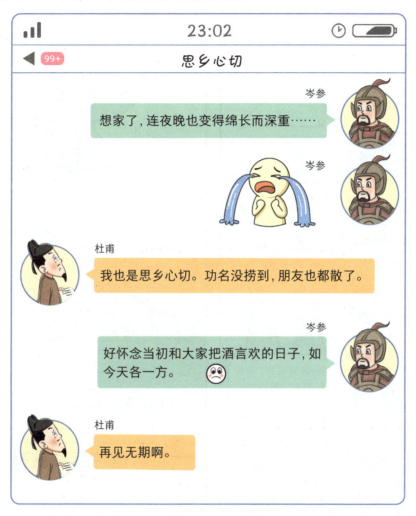

作为闻名后世的边塞诗人，岑参一度想取得功名，结果却败给了巅峰陨（yǔn）落的时代。临终前，他在**《西蜀旅舍春叹，寄朝中故人呈狄评事》**中哀叹说："四海犹未安，一身无所适。自从兵戈动，遂觉天地窄。功业悲后时，光阴叹虚掷。"在动荡的时代里，当大唐荣耀不再，他所希冀的理想最终随着大唐的兴衰而化为乌有。然而，在中国文学史，他终究留下了边塞诗的绝唱。

偶像，您真是个奇才，边塞的雪竟然写得这么壮美。

创造力

想象力

要想写出好文，没有想象力和创造力怎么行。

穿越？

"忽如一夜春风来，千树万树梨花开"，把雪比作梨花，不会是幻觉吧？

中原八月到处郁郁葱葱，而边塞都已经雪花纷飞，你说怪不怪？

怪不得您说一夜之间，春风吹来，千树万树间像梨花盛开一样。

大唐诗坛称霸赛

不来点儿别出新裁，怎么称霸大唐诗坛呢？

可是，大雪纷飞，前不着村后不着店，您是去哪儿啊？

武判官

岑参

朋友武判官要回京，我总得送他一程啊。

铁哥们儿的友情也可以这么暖。

武判官

岑参

要不说我有情有义呢，友人都走出很远了，我还站在那儿。

这时此处是不是该静默三分钟？无声胜有声啊？

那是永别好不好？哪能这么早就去了呢？